KiWi
1985

Das Buch
Was bedeutet es, als alleinstehende, arbeitslose Frau Mitte dreißig in Seoul zu leben? Ein Roman, der die prekäre Lage und die Probleme des koreanischen Mittelstandes und von alleinstehenden Frauen porträtiert. Er erzählt vom Träumen und Scheitern, vom Hoffen auf eine bessere Zukunft und von der Aussichtslosigkeit vieler Menschen angesichts steigender Immobilienpreise und einer sich immer schneller drehenden Welt.

Die Autorin
Cho Nam-Joo war neun Jahre lang als Drehbuchautorin fürs Fernsehen tätig. Ihr Roman »Kim Jiyoung, geboren 1982« hat sich weltweit über zwei Millionen Mal verkauft und war auch in Deutschland ein großer Bestseller. Cho Nam-Joo lebt in Korea.

Der Übersetzer
Jan Henrik Dirks promovierte an der Seoul National University in Theaterwissenschaft und lehrt nun an der Gachon University und am Literature Translation Institute of Korea. Er übersetzt Romane und Sachliteratur und wurde 2015 für die Übersetzung des Romans »Vaseline-Buddha« von Jung Young Moon mit dem Daesan Literary Award ausgezeichnet.

CHO NAM-JOO

WO ICH WOHNE, IST DER MOND GANZ NAH

ROMAN

Aus dem Koreanischen
von Jan Henrik Dirks

Kiepenheuer
& Witsch

MIX
Papier | Fördert gute Waldnutzung
FSC® C014496

1. Auflage 2025

Titel der Originalausgabe 고마네치를 위하여 (For Gomaneci)

Originally published in Korean
by EunHaeng NaMu Publishing Co., Ltd.
This book is published with the support of the
Literature Translation Institute of Korea (LTI Korea)
Aus dem Koreanischen von Jan Henrik Dirks

Covergestaltung Barbara Thoben, Köln
Covermotiv © jasmine.drawing / Depositphotos;
© bioraven / Depositphotos
Gesetzt aus der Adobe Caslon
Satz Buch-Werkstatt GmbH, Bad Aibling
Druck und Bindung GGP Media GmbH, Pößneck
ISBN 978-3-462-00809-8

Kontaktadresse nach EU-Produktsicherheitsverordnung:
produktsicherheit@kiwi-verlag.de

AUCH DAS GEHT EINST VORÜBER

Man kann dem menschlichen Gedächtnis nur dankbar sein. Manchmal fühlt sich die Erinnerung an die unerfreulichen Dinge und an eine von Armut geprägte Kindheit regelrecht romantisch an. So ist das mit »vergangenen Dingen«. Man kann mit einem Lachen darüber sprechen, man kann verzeihen, man kann sie als Andenken verpacken. Und doch würde es einen schaudern, wenn man gesagt bekäme, man solle noch einmal in jene Zeit zurückkehren. Natürlich habe ich meine Armut nicht vollkommen hinter mir gelassen. Armut lässt man nicht so einfach hinter sich. Zumindest die armen Leute, die ich kenne, sind heute genauso arm wie früher. Leider zählt auch meine Familie dazu. Nur dass es schon Zeiten gegeben hat, in denen alles noch dicker kam, und andere, in denen wir etwas freier atmen konnten.

Mit der menschlichen Urteilskraft ist es nicht allzu weit her. Bisweilen meint man, man hätte sich verändert, dabei ist das, was sich verändert hat, nur die Gruppe derer, mit denen man sich vergleicht. Ob ich die jetzige Zeit später als diejenige in Erinnerung haben werde, in der ich »noch ärmer« war, oder als die, in der ich »noch nicht so arm« war, weiß ich nicht. Auf jeden Fall aber wird auch diese Zeit eines künftigen Tages Vergangenheit sein.

Es muss irgendwo in Arabien oder in Persien gewesen sein. Jedenfalls in einem Land im Mittleren Osten, da gab es wohl einmal einen König, dessen Leben war ein wahres Wechselbad der Gefühle, ein wildes Auf und Ab von Freud und Leid. Eines Tages erließ er einen besonderen Befehl an seine Untertanen. Man solle ihm etwas bringen, das es ihm ermögliche, seine Freude unter Kontrolle zu halten, wenn er fröhlich sei, und nicht von Trübsal verzehrt zu werden, wenn er traurig sei. Der König, dieser verfluchte Kerl … Die Untertanen zerbrachen sich Tag und Nacht den Kopf. Und schließlich brachte man dem König einen Ring. Auf dem stand eingraviert:

Auch das geht einst vorüber.

Es kommt in letzter Zeit immer wieder vor, dass ich glücklich bin. Dann denke ich daran. Auch das geht einst vorüber. Und auch, dass ich plötzlich traurig werde, geschieht immer wieder. Dann denke ich ebenfalls daran. Auch das geht einst vorüber.

Irgendjemand hat einmal das Drama seines Lebens in sieben Akte unterteilt, aber so vielfältig und bunt war mein Leben nicht. Wenn man es unbedingt unterteilen wollte, kämen vielleicht am Ende drei Akte dabei heraus. Mein Leben in Seoul als Teil der armen Unterschicht wäre der erste Akt. Der zweite Akt, in einem Vorort von Seoul, in der unteren Mittelschicht, wird nun bald beginnen. Der erste Akt meines Lebens, lang und langweilig, scheinbar nicht enden wollend, geht nun zu Ende. Wenn die heutige Nacht vorüber ist, werde ich diese Wohnung, in der ich seit meiner Geburt beinahe vierzig Jahre lang gelebt habe, verlassen.

Ich ordne nach und nach das Gepäck. Sechsunddreißig Jahre – um genau zu sein – habe ich in diesem Haus gelebt. Und seit ich sieben Jahre alt war, in diesem Zimmer, in dem sich seitdem nie etwas verändert hat. In den Ecken haben sich zusammen mit dem Staub allerlei Erinnerungen und Geheimnisse angesammelt.

Nun habe ich alle Schubladen aus dem Schreibtisch herausgezogen, der mir gleichzeitig auch als Schminktisch und zur Aufbewahrung von Kleinkram gedient hat. Ganz hinten in der Schublade, wo man mit den Fingern sonst gar nicht hinkommt, befinden sich, immer wieder nachgekauft und doch immer wieder verschüttgegangen, schwarze Haarbänder und Haarspangen, Lipgloss und blaue Wimperntusche. Es gab Zeiten, da war violette, blaue und grüne Wimperntusche in Mode. Nachdem ich mich mutig zu ihrem Kauf entschlossen und sie anschließend sorgfältig aufgetragen hatte, sah ich aus, als hätte mir jemand ein blaues Auge verpasst, weshalb ich sie später nie wieder verwendet habe. Ich habe gedacht, ich hätte sie weggeworfen, und nun finde ich sie hier wieder, na so was. Und sosehr ich mich auch abmühe, der Inhalt der Dose ist mittlerweile so verkrustet, dass sich ihr Deckel nicht mehr öffnen lässt.

Dann, über dem Schreibtisch auf dem Bücherregal, Romane in alten Taschenbuchausgaben mit weiß verblichenem Rücken. Ringbücher mit dem Bild einer langhaarigen Frau auf dem Umschlag. Damals war gemunkelt worden, ein an Leukämie erkranktes japanisches Mädchen habe für das Bild Modell gestanden. Und die Schulzeitungen aus der Oberstufe. Ich nehme eine Ausgabe heraus und blättere die Seiten in einem Schwung durch. Staub steigt empor wie Zigarettenqualm, und zwei längst abgelaufene Sammelfahrkarten für den Bus fallen aus dem Regal.

Neben dem Schreibtisch die Kommode mit den drei Schubladen. Auf der Kommode, dort, wo immer die Bettdecken abgelegt wurden, ein altes Abziehbild, so groß wie ein Flaschendeckel, zur Hälfte abgekratzt, zur Hälfte noch immer, inzwischen fleckig geworden, auf der Kommode klebend. Darauf abgebildet eine Zeichentrickfigur aus meiner Kindkeit. Ein Fantasiewesen mit gelbem borstigem Fell. Wer war das noch? *Ich will mit dem Raumschiff fliegen! Und eine Prinzessin sein! Komm herbei und mach sie wahr, unsere Wünsche groß und klein!* Richtig. Psammead. Psammead, die Sandfee, die jeden Tag einen Wunsch erfüllt. Damals hatte ich viele Wünsche. Wenn mich allerdings heute jemand fragen würde, was ich mir wünsche, würde mir die Antwort nicht leichtfallen. Was wünsche ich mir mit sechsunddreißig Jahren …

Ich öffne das verrostete Fenster, um den Himmel zu sehen, aber das dreistöckige Gebäude nebenan verdeckt ihn fast völlig, bis auf ein kleines rechteckiges Stückchen, nicht größer als meine Hand. Eine Träne fällt aus meinem Auge. Dies war alles an Himmel, an Besinnung, an Hoffnung, was mir vergönnt war. Wie oft habe ich in diesem Haus meinen Reis gegessen, meine Notdurft verrichtet und mich ausschimpfen lassen.

So wie im Leben anderer gewöhnlicher Leute auch hatte es in meinem Alltag nichts gegeben, was besonders schön oder erinnernswert gewesen wäre, doch nun denke ich mit Wehmut an all diese Momente zurück.

EIN GRAUSAMER WINTER

Es flimmerte vor meinen Augen, und dann rann mir etwas Heißes über die Lippen.

»Oh je! Mani! Du blutest aus der Nase!«, rief Hyeseon.

Erschrocken kamen die anderen Kinder herbeigelaufen. Ich leckte mir über die Lippen und schmeckte etwas Salziges. Ich wischte mit dem Handrücken unter meiner Nase entlang und sah es nun mit eigenen Augen. Blut, da kam wirklich Blut.

Jumi, bei der wir uns getroffen hatten, war ins Badezimmer gelaufen, hatte einen langen Streifen Klopapier abgerissen und zusammengewickelt und kam nun damit angelaufen. Das Klopapier fühlte sich genauso kratzig an wie das bei uns zu Hause. Jumi formte kleine Kügelchen, stopfte sie mir in die Nase und zog dann mit voller Kraft an meinem Pferdeschwanz, so dass mein Kopf nach hinten gerissen wurde. Ich schrie erschrocken auf. Und schloss dann leicht die Augen. Das Blut rann mir nun in den Hals. Oktober 1988. Das erste Nasenbluten meines Lebens. Durch meine geschlossenen Augenlider drang orangefarben das Licht der strahlenden Sonne, und ich hörte, wie das aufgeregte Geplapper meiner Freundinnen nach und nach verschwamm und sich allmählich entfernte. Ein Traum, ja, es war, als träumte ich. Ich schluckte mein Nasenblut herunter.

Da hörte ich, wie jemand lachte. Eines der Mädchen hatte begonnen, und es dauerte nicht lange, und der ganze Haufen war am Gackern. Nicht eine von ihnen hatte sich Sorgen um mich gemacht.

»Seoul to the World, the World to Seoul!«

Die Stimme, die Aussprache, die Stille, die diesen Satz umgab, der anschließend ausbrechende Jubel. An alles erinnere ich mich. Ich war damals gerade einmal acht Jahre alt und es ist fast dreißig Jahre her, aber ich erinnere mich genau. Denn als ich die Eröffnungsfeier der Olympischen Spiele sah, geschah es zum ersten Mal in meinem Leben, dass ein männliches Wesen mein Herz höherschlagen ließ.

Er war ein Jahr jünger als ich. Und wie er dort in strahlend weißem Sportdress, in T-Shirt und kurzen Hosen, auf dem Kopf eine niedliche Mütze mit rosafarbenem Schirm, quer über den hellgrün leuchtenden Rasen lief, da klopfte er an meine Brust, öffnete den Riegel all meiner zwölf Rippenpaare und drang direkt in mein Herz. Der Junge mit dem rollenden Reifen. Mit ihm begann meine Sehnsucht nach jüngeren Männern.

Damals gab es noch ein Land, das sich Sowjetunion nannte, und Deutschland war noch nicht vereinigt. Die Welt war geteilt in zwei Blöcke, die unterschiedlichen Werten folgten und einander nicht anerkannten.

Die Olympiade in Moskau war von den Ländern des Westens, die in Los Angeles von den Warschauer-Pakt-Staaten boykottiert worden. So nahmen nach diesen »halben« Spielen an der Olympiade von Seoul nun so viele Länder teil wie nie zuvor. Die Spiele wurden ein großer Erfolg, und der Herbst 1988 war heißer als der Sommer zuvor.

An viele Athleten erinnere ich mich noch. An Carl Lewis und Ben Johnson, die beiden Rivalen, an das Tischtennis-Traumdoppel Yang Yeongja und Hyeon Jeonghwa, an die Sprinterin Florence Griffith-Joyner mit den knallbunten Fingernägeln und der wehenden Löwenmähne, und vor allem an Turnerinnen wie Elena Shushunova und Daniela Silivas, die kaum älter waren als ich. Eines Abends im Oktober fiel nach einem prächtigen Feuerwerk der Vorhang der Spiele von Seoul, wir jedoch fieberten weiter.

Wir versammelten uns, wenn die Eltern nicht zu Hause waren, in der Wohnung und machten Kunstturnen – wenn man das so nennen konnte. Sobald das Training begann, tauschten wir unsere Röcke gegen weiße Strumpfhosen und unsere Hosen gegen Unterwäsche. Unterhemden und Unterhosen lagen allerdings nicht sehr eng am Körper, und wenn wir im Winter dreilagige Thermo-Unterhemden anziehen mussten, schlug sich das in empfindlichen Punktabzügen in der B-Note nieder, was Hyeseon schließlich, obwohl mitten im Winter, dazu veranlasste, einfach alles auszuziehen und nur in Unterhose zu turnen.

Hyeseon war eigentlich in allem gut. Bei Gummitwist war es nicht ein einziges Mal vorgekommen, dass sie auf das Band getreten wäre. Beim Seilspringen mochte sie noch so sehr aus der Puste geraten, sie blieb doch nie hängen, und beim Gonggi-Spiel, bei dem man Steine mit dem Handrücken auffängt, bog sie nicht nur ihre Finger elegant nach oben, sondern schürzte gleichzeitig auch immer ihre Lippen, ohne dass ein Stein zu Boden fiel. Ihr Erfolg beruhte weniger auf angeborenem Bewegungstalent als vielmehr auf eisernem Willen. Vom Lernen abgesehen, hängte sie sich überall voll rein.

So etwas wie Dehnübungen gab es bei uns nicht. Einen Spagat hatte nie jemand von uns gemacht, und so beschränkten wir uns zunächst weitgehend auf Rolle vor- und rückwärts, verbogen unseren Hals und hüpften munter auf und ab. Manchmal übertrieben wir es auch ein wenig und humpelten dann prompt am nächsten Tag mit einer Oberschenkelzerrung umher. Suyeon, die in der Anfangsphase mit besonderem Geschick geglänzt hatte, verletzte sich am Nacken und musste das Training aussetzen. So waren wir bei unseren Turntreffs nur noch zu fünft. Oft trafen wir uns zum Trainieren bei Jumi, weil die Zimmer in ihrer Wohnung besonders groß und ihre Eltern als Geschäftsleute besonders häufig nicht zu Hause waren. Und einmal in der Woche fand eine richtige Bewertungsrunde statt.

Es war der Tag der Zwischenbeurteilung. Ich hockte, ein Ringbuch mit Katzenmotiv in der Hand, in Jumis Schlafzimmer und notierte die Punktzahlen, und

Hyeseon stand in der diagonal gegenüberliegenden Ecke, beide Arme nach oben gestreckt und tief Atem holend. Ganz so, wie es die echten Turnerinnen auch taten, reckte sie den Hals, blickte einmal kurz mit stolzem Blick in die Luft und stampfte kräftig mit dem Fuß auf. Das sollte offenbar ein doppelter Handstützüberschlag seitwärts werden. Ich kam mit meinen Notizen bis »doppelter Hand…«, als Hyeseon sich bereits in der Ausführung des dritten Rades befand. Nun war das Schlafzimmer von Jumis Eltern zwar nicht gerade klein, aber für drei Räder hintereinander reichte es dann doch nicht ganz, zumal ich nicht nach hinten ausweichen konnte. Hyeseon krachte zuerst gegen die Wand und dann mit dem Fuß voll auf meine Nase. So bescherte sie mir das erste Nasenbluten meines Lebens.

Ich dachte natürlich, die Nase sei gebrochen, aber die Röntgenuntersuchung ergab, dass alles in Ordnung war. Als meine Mutter mir einen Eisbeutel auf die prall geschwollene Nase legte, schimpfte sie so ausgiebig mit mir, dass es für ein Jahr gereicht hätte.

»Deine Mutter hatte nicht mal Geld für ein Hochzeitsfoto! Aber die Frau Tochter genehmigt sich Fotos wie diese, die nicht mal von der Versicherung übernommen werden. Hübsche Fotos kann man ja wenigstens noch irgendwie verwenden. Aber ein Foto nur mit schwarzen Knochen drauf? Na, vielleicht später als Totenporträt[1]. Obwohl, man müsste ja wenigstens was drauf erkennen können. Nur Knochen, da weiß ja keiner, dass du das bist. Das Gratulationsgeld der Trauergäste können wir dann auch vergessen. Mach nur so weiter, du!«

Es war ein solcher Wortschwall, dass ich im Einzelnen nicht verstand, was sie sagte, aber dass sie mit mir schimpfte, war mir schon klar. Ich lag auf dem Rücken, den Kopf leer, sah nach oben und zählte die sich überlappenden Vierecke des Musters an der Zimmerdecke. Mein Vater sagte:

»Nicht Gratulationsgeld, sondern Kondolenzgeld.«

Der Nasenknochen war heil, aber der Bluterguss verschwand nicht so leicht. Mama sagte, ich solle zu Hyeseon gehen und wenigstens die Kosten für die Arztbehandlung einfordern, aber dass man für einen kleinen Unfall beim Spielen die Arztkosten erstattet bekommen wollte, schien mir schon als Kind irgendwie unangemessen. Auch Mama musste das gewusst haben. Deswegen war sie wohl auch selbst nicht hingegangen. Einmal begegneten wir Hyeseons Familie auf dem Markt. Mama hielt mich fest bei der Hand, zitternd, wutentbrannt, ohne ein Wort zu sagen. Hyeseons Mutter wusste offenbar nichts von meiner Verletzung, denn sie machte große Augen, drückte mir ganz sachte den Zeigefinger auf Stirn und Nase und fragte, was denn passiert sei. Der Fleck, zunächst violett, färbte sich allmählich rot, dann grün, dann gelb und war nach einer Weile schließlich verschwunden.

Auch nach meiner Verletzung setzten wir unser Training unbeirrt fort. Für den dreifachen Handstützüberschlag seitwärts hatte es Punktabzug geben müssen, aber Hyeseons Ehrgeiz, mit dem sie locker drei Erdumrundungen geschafft hätte, war ungebrochen und suchte nach immer neuen Herausforderungen. Da kein geeigneter Ball für Ballgymnastik vorhanden war, trieb Hyeseon irgendwo einen Handball auf. Der hatte die richtige Größe und lag uns Kindern gut in der Hand. Auch besaß er, wie wir feststellten, als wir ihn auf den Boden prellten, das richtige Gewicht und eine gute Spannung. Die böse Vorahnung, dass mit diesem Ball etwas ganz schrecklich schiefgehen würde, hatte ich von Anfang an gehabt, und folgerichtig zerdepperte Hyeseon damit auch sofort die Neonbeleuchtung im Schlafzimmer von Jumis Eltern. Nicht dass sie den Ball erst aufgeprellt oder beim Fangen verfehlt hätte. Nein, sie hatte ihn mit aller Kraft in Richtung Zimmerdecke geschleudert, um dann eine Rolle vorwärts zu machen, wobei der Ball, nach sattem Aufprall an der Leuchtstoffröhre, wieder heruntergekommen und hinter ihr hergekullert war und die Leuchtstoffröhre ihrerseits noch einen Moment lang an der Decke gezittert, sich dann aber von dort oben verabschiedet hatte, um schließlich am Fußboden in tausend Stücke zu zerschellen. Diesmal war es Jumi, die von ihrer Mutter etwas zu hören bekam. Dabei war doch Hyeseon für die kaputte Lampe verantwortlich gewesen, aber den Ärger bekamen wir schließlich alle.

Als wir uns also unsere Standpauke abgeholt hatten und nun auf dem Weg nach Hause waren, wurde auch ich Hyeseon gegenüber ein wenig pampig.

»Mag sein, dass du ein gewisses Talent für Bewegung hast, aber Entfernungen einzuschätzen ist, glaub ich, nicht unbedingt deine Stärke.«

»Ich hatte als Kind mal eine ganz schlimme Erkältung, und seitdem hör ich nicht mehr so gut.«

Was sollte das denn heißen? Als Hyeseon mein fragendes Gesicht sah, blieb sie etwas genervt stehen und erklärte:

»Weißt du denn nicht, dass sich im Ohr das Organ für Raumwahrnehmung befindet? Und was hatte ich damals, als ich so schlimm erkältet war? Eine Nasennebenhöhlenentzündung! Davon kriegt man schlechte Ohren. Hör mal, was ich dir jetzt sage, ist ein Geheimnis. Das sage ich nur dir. Auf dem rechten Ohr höre ich immer noch nichts.«

»Ähm ... Wirklich?«, fragte ich.

Weil sie mir nun doch etwas leidtat – beileibe nicht, um sie auf die Probe zu stellen, sondern weil sie mir wirklich leidtat –, fragte ich dies so leise, dass ich es selber kaum hören konnte, so leise, als hätte ich es eigentlich nur im Kopf gedacht. Hyeseon meinte sofort:

»Ja, nee, hör ich nicht.«

Ich hatte damals rechts von ihr gestanden. Ich vermute, dass das, was sie früher gehabt hatte, wahrscheinlich eine Mittelohrentzündung gewesen war. Wahrscheinlich hatte sie sagen wollen, dass dadurch die Bogengänge in ihrem Ohr verletzt worden seien und sie deswegen ihren Gleichgewichtssinn verloren habe. Ob man infolge einer schlimmen Mittelohrentzündung

Gleichgewichtsstörungen bekommen kann, weiß ich nicht, aber dass eine Nasennebenhöhlenentzündung nichts mit dem Sinn für Raumwahrnehmung zu tun hat, steht fest. Außerdem glaube ich, dass Hyeseon auf dem rechten Ohr sehr gut hören konnte.

Die Disziplin »Ball« wurde uns verboten. In der darauffolgenden Woche wirbelte Hyeseon mit der Plastikschnur, die sie anstelle eines Gymnastikbandes mitgebracht hatte, so schwungvolle Schleifen in die Luft, dass Jumi einen langen, tiefen Kratzer in ihrem hübschen weißen Gesicht davontrug, der allmählich verschorfte und aussah, als sei er von den Krallen einer Katze verursacht worden. Die Disziplin »Band« war fortan auch verboten. Wieder eine Woche später zerlegte Hyeseon mit einem misslungenen Wurf des Hula-Hoop-Reifens die Drachenbaum-Pflanze in Jumis Wohnung. Dafür bekamen wir von Jumis Mutter, gerecht verteilt, je zwei Schläge auf den Rücken und ein gehöriges Donnerwetter, bevor wir hinausgeworfen wurden. Bei Jumi durften wir nun nicht mehr trainieren. Eine so schöne, große Wohnung aber gab es sonst nirgends.

Von da an trafen wir uns meist auf dem Hinterhof der Schule. Es wehte nun bereits ein kalter Wind, und so trugen wir dicke Mäntel. So sauber unser Radschlag auch ausgeführt sein mochte, besonders elegant wirkte es nicht. Ständig klimperten irgendwelche Münzen aus unseren Jackentaschen, oder unsere Gesichter verhedderten sich in Kapuzen oder Schals. Das Ganze wirkte eher drollig. Außerdem mussten wir Handschuhe tragen, weil uns ständig kleine Steinchen und Zweige in die Handflächen stachen.

»So geht das irgendwie nicht«, sagte Hyeseon eines Tages traurig, als sie wieder einmal alle Münzen aufsammelte, die ihr aus der Tasche gefallen waren. Jumi brach plötzlich in Tränen aus. Wenn ich so zurückdenke, war es ein sehr kalter Winter damals, als ich acht Jahre alt war.

Beinahe hätte ich die Station verpasst, an der ich aussteigen musste. Überhaupt nichts zu tun und überhaupt nichts zu denken, ist schwieriger, als man meint. Huscht irgendetwas an einem vorüber, folgt man ihm unwillkürlich mit den Augen, und auch beim leisesten Geräusch spitzt man wie ein Tier instinktiv die Ohren. Wenn ich mich innerlich auffordere, nichts zu denken, und deshalb immer wieder denke: »Bloß nichts denken, bloß nichts denken«, falle ich oftmals tatsächlich irgendwann in einen vollkommen gedankenlosen Zustand. Und immer, wenn ich mit der U-Bahn nach Hause fahre, sitze ich einfach nur da und döse vor mich hin.

Erst nachdem ich mit der Rolltreppe nach oben gefahren und aus dem U-Bahnhof nach draußen gegangen war, nahm ich meinen MP3-Player aus der Tasche. Dreieckig, zehn Jahre alt. Gekauft von meinem ersten Monatsgehalt, als ich, nachdem ich den Universitätsabschluss in der Tasche hatte und mich um des Prestiges willen von einer renommierten Restaurantkette als Praktikantin hatte ausnutzen lassen, dann dort gekündigt und eine Zeit lang ominöse Arbeiten in einer veritablen Briefkastenfirma verrichtet und nicht einmal Geld dafür bekommen hatte, anschließend in allen möglichen Aushilfsjobs tätig gewesen war und endlich eine Anstellung und meine erste offizielle Arbeitsstelle gefunden hatte – in sehr bescheidenem Rahmen, in einem Unternehmen, in dem man von firmeninternen Regeln oder Bestimmungen noch nie etwas gehört hatte, wo Sozialleistungen ein absolutes Fremdwort waren und die Arbeitsplatzstruktur auf drei Grundbedingungen beschränkt war: Chef, Angestellter, Schreibtisch. Der MP3-Player, ein kleines Geschenk an mich selbst, als Belohnung dafür, meine nicht immer einfache Jugend und die nicht gerade kurze Phase des Umherirrens so tapfer durchgestanden zu haben – nein, das war er nicht gewesen, sondern ich hatte ihn ganz einfach gekauft, weil ich auf dem nervigen und langweiligen Weg zur Arbeit und nach Hause wenigstens ein bisschen Musik hatte hören wollen.

Assistant Manager Song, der ein paar Jahre zuvor in diese Firma gewechselt war, hatte sich beim Anblick meines MP3-Players halb schlapp gelacht. »Wahahahaha!« Ungelogen. Wa-ha-ha-ha-ha. So hatte er sich beömmelt.

»Es gibt also echt noch Leute, die mit so was rumlaufen! Frau Go, Sie sind ja der helle Wahnsinn. Kann man das Teil auch aufladen?«

»Da ist eine AA-Batterie drin.«

Da holte Song unvermittelt sein Handy aus der Tasche und begann, mir Musik vorzuspielen. Na klar. Song, der mit seiner dicken Hornbrille aussah wie Jo Youngnam. Der sich die Krawatte zweimal um den Hals wickelte. Der sich nach dem Mittagessen nicht die Zähne putzte, sondern stattdessen nur Kaugummi kaute.

Auch wenn er als Assistant Manager formal den gleichen Rang hatte wie ich, war ich eindeutig länger in der Firma als er. Und ich hatte genau mitbekommen, dass er unmittelbar nach dem Pinkeln seine Reiswickel mit ungewaschenen bloßen Händen aß. Und dass er an allen nur erdenklichen Orten auf den Boden rotzte.

Aber ich schaffte es nicht, den Mund aufzumachen. Wenn ich mich abends schlafen legte, würde ich wieder daran denken. Würde meine Bettdecke wegkicken und mir sagen, wie ungerecht das alles sei. Und mich fragen, weshalb ich es wieder nicht hinbekommen hatte, ihm Konter zu geben. Song hatte keine Manieren. Gewohnheitsmäßig gab er hirnrissiges Zeug von sich, besonders mir gegenüber. Wenn du mir noch ein einziges Mal so kommst, setzt es was, dachte ich und übte sogar allein vor dem Spiegel. Aber wenn ihm vor lauter Geläster wieder einmal der Geifer aus dem Mund tropfte, bekam ich entweder Schluckauf oder Schockstarre. Wenn er nur nicht so gesabbert hätte. Außerdem hatte er die Angewohnheit, vor jungen Frauen den Mund leicht zu öffnen und sich dann mit der Spitze von Daumen und Zeigefinger langsam über den Mundwinkel zu wischen. Vor mir tat er dies selbstverständlich nicht. Dieser Wichser.

Ich habe zehn Jahre lang in einem Architekturbüro gearbeitet, verstehe aber nicht das Geringste vom Bauen oder von Gebäudeplanung. Ich war im Team für allgemeine Angelegenheiten, gab Geld heraus, wenn man mir Quittungen reichte, und nahm Quittungen entgegen, wenn ich Geld herausgab, sorgte einmal im Monat für die exakte Überweisung des Monatsgehaltes, überprüfte gewissenhaft, ob eingegangenes Geld *korrekt* eingegangen war, und erstattete dem Chef darüber jeweils Bericht. Wenn es hieß, dass ein gutes Grundstück zu erwerben sei, fuhr ich manchmal auch anstelle des Chefs hin, um es zu begutachten. Dann schoss ich viele Fotos und brachte die gewünschten Unterlagen mit. Zuerst dachte ich, dass dies irgendetwas mit der Firma zu tun hätte, aber in Wirklichkeit ging es um private Immobilieninvestitionen des Chefs. Es hieß, er habe mit diesen Grundstücken eine Menge Geld verdient.

Im Team für allgemeine Angelegenheiten waren wir immer zu zweit. Vor sieben Jahren hatte Assistant Manager Kim, die etwas älter war als ich, in der Firma aufgehört, weil sie ein Kind bekam, und so war ich von da an nicht mehr »Miss Go«, sondern »Assistant Manager Go«, und es wurde eine neue »Miss Kim« eingestellt. Ich fragte mich, ob auch ich, wenn ich selbst irgendwann heiraten würde und Kinder bekäme, kündigen würde. Nachdem Frau Kim gegangen und die jüngere Kollegin gekommen war, machte ich mir so meine Gedanken, die allerdings, aus heutiger Perspektive, vollkommen überflüssig waren. Ich blieb unverheiratet. Um ehrlich zu sein, nicht aus Überzeugung, sondern zwangsläufig. Ich hätte schon gerne geheiratet, aber außer sieben verheirateten Männern und vier alten Jungesellen, die keine Freundin hatten und auch unmissverständlich erkennen ließen, weshalb dies so war, gab es in der Firma einfach niemanden, den ich hätte treffen können.

Von da an war ich »Assistant Manager Go«. Und, auch wenn es mir leidtat, »Miss Kim« blieb weiterhin »Miss Kim«. Nach etwa zwei Jahren begann Miss Kim, ihrem Unmut darüber Luft zu machen.

»Sag mal, läuft das hier so, dass man auch nach zehn Jahren oder hundert Jahren immer noch ›Miss Kim‹ bleibt? Wenn ich mit Geschäftspartnern zu tun hab, ist mir das total peinlich. Und vor den Kunden auch.«

Dazu fiel mir nicht viel ein. Aber ich war ja immerhin »Assistant Manager«. Vielleicht war es aus einer Art Minderwertigkeitskomplex heraus, jedenfalls hatte ich das Gefühl, als zielten ihre Worte im Grunde auf mich ab. Dass die vorige Frau Kim wegen ihrer Schwangerschaft gekündigt hatte und ich dadurch Assistant Manager geworden war, wusste auch Miss Kim. Offenbar hatte sie es bei einem Firmenessen von irgendwem gehört. Danach war es, so hatte ich den Eindruck, immer wieder vorgekommen, dass sie mir gegenüber sehr genervt auftrat. Natürlich war auch das nur ein Gefühl von mir.

Dies bedeutete durchaus nicht, dass ich mich nicht angestrengt hätte. Ich schlug dem Chef auch einmal vor, ob er mich nicht vielleicht zu »Sektionsleiterin Go« und Miss Kim zu »Assistant Manager Kim« ernennen könne, ohne Gehaltserhöhung, einfach so, dachte ich, als kleine Motivation, um unsere Arbeitsmoral und unsere Effizienz ein wenig anzukurbeln.

»Hm, na gut, können wir machen. Ach, Assistant Manager Go, sagen Sie doch bitte Miss Kim Bescheid, sie soll mal kurz zu mir kommen.«

Nette Antwort. Miss Kim hat im letzten Herbst geheiratet und gleichzeitig in der Firma aufgehört. Auf sie folgte »Miss Song«. Und ich blieb »Assistant Manager Go«. Ich malte mir schon aus, wie ich auf meinem Platz hocken bleiben würde, angewurzelt wie eine uralte knorrige Bergkiefer, während neben mir Miss Kim, Miss Lee, Miss Park, Miss Choi und Miss Schlagmichtot einen lustigen Reigen vollführten. Das machte mich depressiv. Noch depressiver allerdings machte mich, dass ich entlassen wurde. Im Winter 2015. Diese grausame Zeit werde ich so schnell nicht vergessen.

Mehr als dreißig Jahre lang bin ich diese steile Straße hinauf- und hinuntergekraxelt. Und während dieser dreißig Jahre hat sie sich ungefähr einhundertvierunddreißigmal verändert. Mal wurde sie breiter, dann wieder schmaler, dann wieder breiter, dann wurden Häuser gebaut, dann welche abgerissen, dann wieder welche gebaut. Es wurden Bäume ausgerissen, Geländer angebracht, noch mehr Strommasten aufgestellt und noch mehr Stromleitungen an ihnen aufgehängt. Eines aber hat sich nie verändert: dass dieser Weg für mich trotz wachsender Körpergröße und Schrittlänge stets lang und ermüdend war.

Dass unser Viertel zu den ärmsten in Seoul gehörte, konnte man sich an fünf Fingern ausrechnen. Die Quote von Jugendlichen, die von zu Hause ausrissen, war hier am höchsten, die derjenigen Schüler, die auf die Oberstufe gingen, am niedrigsten. Und auch wenn es hierzu keine Statistiken gab, stand doch fest, dass die Vielfalt der Beilagen auf dem abendlichen Essenstisch, die Anzahl der Schuhpaare pro Person und die Häufigkeit, mit der man ein Bad nahm, hier am geringsten waren. Das Viertel S-dong, ein typisches Seouler »Mondviertel«, kleine Häuschen auf steilen Hügeln, »dem Mond nahe«, mein Zuhause.

Solche Mondviertel gab es früher viele. Sadang-dong, Samgye-dong, Donam-dong, Dowon-dong, Jeonnong-dong, Bongcheon-dong … Und eben S-dong. Je mehr so ein Viertel dann noch verwaltungstechnisch aufgespalten wurde in Teilbezirk 1-dong, 2-dong, 3-dong und so weiter, desto miserabler lebte es sich dort, hieß es. Unsere Adresse war 7-dong, aber weil es mir widerstrebte zu sagen, ich käme aus dem »siebten Teilbezirk«, sagte ich immer einfach nur »S-dong«. Das allein sagte ja auch schon alles.

Unser Viertel hätte sich prima geeignet als Kulisse für »Drei Familien unter einem Dach«[2]. Ein Gewirr von kleinen Gässchen, ein- bis zweistöckige Häuser, dicht an dicht, von Familien wimmelnd, jedes Zimmer vollgestopft. Öffnete man das Schlafzimmerfenster, sah man unmittelbar die Tür des Nachbarhauses, wurde wiederum diese geöffnet, war da gleich die Treppe, die in die Wohnung im Obergeschoss führte. Wenn irgendwo gekocht wurde, drang der leckere Geruch durch alle Fenster. Abends versammelte man sich auf einem leeren Grundstück mit weitem Blick auf das nächtliche Seoul, die Kinder hüpften über kaum noch sichtbare Gummibänder oder spielten Ball, und die Erwachsenen saßen auf dem Boden und aßen gemeinsam Melonen oder frittiertes Gemüse. Man lebte furchtbar eng beieinander, alles übereinander wissend, sich ständig umeinander sorgend, sich gegenseitig einmischend, miteinander streitend.

Am Eingang des Viertels stand das S-Apart, das noch älter war als ich. Hyeseon hatte dort gewohnt. Schon als ich klein war, war das S-Apart der einzige Hochhauskomplex unseres Viertels und Sehnsuchtsort aller Kinder aus der Nachbarschaft. Denn dort gab es einen Spielplatz. Zwei Schaukeln, drei Wippen, eine Rutsche, ein Sandkasten, das war alles. Wer Glück hatte, ergatterte einen Platz auf der Schaukel, die meisten aber saßen zu zweit oder dritt im großen Sandkasten und gruben Löcher oder spielten Vater-Mutter-Kind. Wer auf eine der beiden Schaukeln wollte, musste sich in einer endlosen Schlange anstellen, und weil man, damit sich ja niemand vordrängelte, immer sehr dicht aufrückte, passierte es zuweilen, dass man die Schaukel mit vollem Schwung an den Kopf bekam. Einmal war es auch vorgekommen, dass Hyeseon, die ihren hart erkämpften Platz auf der Schaukel nicht gleich wieder abgeben wollte, einen dringend anstehenden Gang zur Toilette so lange hinauszögerte, bis es schließlich in die Hose ging.

Eines Tages hing am Hintereingang des S-Aparts, der den Komplex mit dem oberhalb gelegenen Teil des Viertels verband, ein Schild mit der Aufschrift: *Externen Personen ist der Zugang untersagt.* Der Grund bestand darin, dass ständig Leute, die nicht in der Hochhaussiedlung wohnten, deren Gelände überquerten, um auf kürzestem Wege zur Bushaltestelle zu gelangen. Meine Mutter, die nach einem Besuch bei ihren Eltern auf dem Heimweg aus dem Bus gestiegen war und wie immer den Schleichweg nehmen wollte, war auf einen verschlossenen Hintereingang zum Gelände des Wohnkomplexes gestoßen. Damals, in jenem Sommer, als die Hitze so schlimm war, dass ein paar alte Leute aus den Wellblechbaracken ins Krankenhaus eingeliefert werden mussten. Mama war erst bis zum Haupteingang und dann einmal um den gesamten Wohnkomplex herummarschiert, um nach Hause zu kommen, wo sie schließlich, nachdem sie sich den Schweiß abgeschüttelt hatte, vor Wut explodiert war.

»Sperren die uns einfach den Weg ab! Haben wir vielleicht ansteckende Krankheiten? Scheißen wir denen in den Garten? Ist so ein Weg dafür da, dass man überall hinkommt oder dass man ihn absperrt? Die sollen es nur mal wagen, hier raufzukommen, dann breche ich denen die Beine!«

So kam es, dass das Verhältnis zwischen den Bewohnern der Hochhaussiedlung und denen im oberen Teil des Viertels eine Zeit lang ziemlich frostig war. Auch gab es Streit, weil die Händler in der Marktgasse den Leuten aus den Hochhäusern nichts mehr verkaufen wollten, und ein Mann, der nachts in betrunkenem Zustand das Schloss des verriegelten Hintereingangs aufgeknackt hatte, wurde zur Polizei gebracht. Die Kinder aus dem oberen Viertel warfen, ohne dass sie jemand dazu aufgefordert hätte, leere Keksschachteln, Kaugummis oder angelutschte Lollis über die Mauer des Wohnkomplexes. Die Erwachsenen hatten ihre Abkürzung, die Kinder ihren Spielplatz verloren.

Irgendwann nach ein paar Monaten allerdings war der Hintereingang plötzlich wieder offen. Doch die Kinder gingen nun nicht mehr auf den Spielplatz, und die Erwachsenen benutzten nun auch nicht mehr wie früher den Schleichweg. Ich, im Mondviertel geboren und gemeinsam mit Kindern, die aus ähnlichen Verhältnissen stammten, aufgewachsen, hatte bis dahin nicht gewusst, was es bedeutete, gut zu leben oder nicht gut zu leben. Nun aber war mir zum ersten Mal bewusst geworden, was es hieß, arm zu sein.

Darüber, wie das S-Apart entstanden war, gab es eine besondere Geschichte, die stimmen mochte oder auch nicht. Anfang der Siebzigerjahre soll der Präsident sich in Seoul umgesehen und befunden haben, dass dieses Viertel dermaßen heruntergekommen sei und seine Einwohner so arg in Schmutz und Unrat lebten, dass es das Beste wäre, diesen unschönen Anblick mit einem großen Neubaukomplex zu verdecken, so dass er die Anweisung zu dessen Bau erließ und in Windeseile ein fünfstöckiger Wohnblock errichtet wurde. Ein paar Jahrzehnte später war das S-Apart, das einstige Wahrzeichen, welches das schmutzige Mondviertel verdeckt hatte, allerdings selbst zu einem Schandfleck in der Landschaft geworden. Zahlreiche Risse im Gebäude waren mit Zement geflickt worden, was in der Nacht einen geradezu schaurigen Anblick bot. Wenn man genau hinsah, beschlich einen auch das Gefühl, dass das Gebäude sich ein wenig zu einer Seite neigte, und es hieß, dass bei Sicherheitskontrollen schon vor Langem ein Risiko festgestellt, von den Bewohnern aber unverdrossen unter den Teppich gekehrt worden sei.

Vergangenen Sommer wurde im S-Apart sogar ein Film gedreht. Ein Horrorfilm, der davon handelte, wie in einem alten Wohnkomplex immer wieder kleine Kinder verschwanden. Da war in dem bis dahin immer ruhigen Hochhausblock richtig was los. Die Leute aus dem Viertel, die zum ersten Mal so etwas zu Gesicht bekamen und über die Kameraausrüstung und die großen Fahrzeuge staunten, drängten Tag für Tag hierher, um sich die Sache anzusehen, und vor allem meine

Mutter hätte sich am Drehset am liebsten häuslich eingerichtet. Auch ich kam öfters vorbei.

Nach einem Jahr kam der Film dann ins Kino. Es war Freitagabend, und ich hatte keine rechte Lust, nach Hause zu gehen, weshalb ich in der Nähe der Firma allein etwas essen und dann ins Kino ging, um mir den Film anzusehen. Der Saal war ziemlich leer und die Klimaanlage ziemlich kühl. Die erste Szene spielte im S-Apart. Eine Weile sah man ohne irgendwelche Musik- oder Toneffekte einfach nur das stille Gebäude im hellen Tageslicht, da wurde plötzlich das Fenster einer Wohnung blitzschnell herangezoomt. Einige Kinozuschauer kreischten erschrocken auf. Wow, es brauchte wirklich nicht viel, um sich hier zu gruseln.

Das Gefühl, dem Schleichweg in der Wohnsiedlung, den ich so oft gegangen war, dem Spielplatz, auf dem ich in meiner Kindheit gespielt hatte, den alten Fensterrahmen, zu denen ich gleichgültig hinaufgeblickt hatte, und der vor offenen Fenstern flatternden Wäsche nun in einer Horrorfilmszene wiederzubegegnen, lässt sich nicht leicht beschreiben. Der Täter in diesem Film war der Geist eines Kindes, das entführt und ermordet und schließlich im Wandschrank einer leeren Wohnung des Gebäudes vergraben worden war. Der Geist hatte seine Freunde einfach aus Langeweile nicht gehen lassen wollen. Nach allerlei dramatischen Wendungen kehrten alle Kinder schließlich unversehrt wieder heim, und der Geist blieb ganz allein weinend in der leeren Wohnung zurück. Auch ich musste weinen. Ich weiß nicht, weshalb bei mir plötzlich so heftig die Tränen flossen, aber auch nachdem der Abspann gelaufen, die Musik verklungen und die Lichter im Saal wieder angegangen waren, hatte ich mich noch immer nicht wieder im Griff.

An diesem Abend nahm ich nicht die Abkürzung nach Hause. Ein Großteil der Bewohner war offenbar ausgegangen, denn in den meisten Wohnungen des S-Apart brannte kein Licht. Auch Hyeseons Familie war vor ein paar Jahren weggezogen. Die Risse in den Wänden wirkten heute besonders tief.

Mein Vater lag auf der Seite, den Rücken zu mir gewandt, meine Mutter saß vor ihm und blickte auf einen Haufen Flyer mit Werbung für Hochhauswohnungen. Vaters Schnarchen war sanft, leise, gleichmäßig. Mama zog ihm die Decke über den Kopf.

»Schon am frühen Abend dieser Lärm, ich werd noch wahnsinnig.«

»Vater ist heute wohl schon früh nach Hause gekommen.«

»Kommt er ja zurzeit dauernd.«

Der Laden meines Vaters hatte immer wieder Veränderungen durchgemacht, erst von einem Obstladen zu einem Obst- und Gemüseladen, dann zu einem Obst-, Gemüse- und Lebensmittelladen und danach zu einem Obst-, Gemüse- und Lebensmittelladen, der auch Bungeoppang, Waffeln mit süßer Bohnenmusfüllung, im Angebot hatte, aber schließlich war er doch pleitegegangen. Als am Markteingang ein kleiner Supermarkt entstanden war, der je nach Einkaufssumme Sticker vergeben und sich dann zu einem großen Supermarkt entwickelt hatte, wo man mit einer Kundenkarte Punkte sammeln konnte, war es für Vaters Obstladen immer schwieriger geworden. Die Eröffnung des großen Einkaufszentrums aber, das mit dem Stadtviertelbus in zehn Minuten erreichbar war, traf die Marktgeschäfte, den benachbarten Supermarkt und natürlich auch unseren Laden schließlich wie eine Bombe.

Als die Nachricht des neu entstehenden Einkaufszentrums die Runde zu machen begann, hatte der Leiter des Supermarktes jeden Tag die Vereinigung der Geschäftsleute und die Händler aus der Umgebung aufgesucht und ein Maßnahmenkomitee gegründet. Er sagte, dass die Eröffnung des Einkaufszentrums das örtliche Handelsrecht zunichtemachen werde, und schlug vor, vor dem Hauptsitz des Unternehmens eine Protestdemo zu veranstalten. Auch in unseren Laden kam er und scharwenzelte um meinen Vater, den »Herrn Geschäftsführer«, herum, um ihn zu überzeugen.

»Hier geht es doch nicht nur um das Überlebensrecht Ihrer Familie, sondern auch um Ihren Stolz, nicht wahr, Herr Geschäftsführer? Sie müssen doch wenigstens so lange arbeiten, bis Ihre Frau Tochter unter der Haube ist!«

Mein Vater nickte, sagte »Ja« und »Jawohl« und nahm brav mit beiden Händen das Infoblatt entgegen. Aber sobald der Supermarktinhaber gegangen war, murmelte Vater:

»Da sorgt sich wohl die Katze um die Maus. An wem liegt es denn, dass ich so mies dran bin? Verdammter Heuchler.«

»Aber zur Protestdemo gehst du schon, oder?«

»Bin ich bescheuert?«

Mein Vater war bescheuert. Er ging zur Demo. Viermal. Dessen ungeachtet öffnete das Einkaufszentrum ein paar Monate später mit riesigen, tanzenden Tubemen und großem Hallo seine Tore, machte von Tag zu Tag bessere Geschäfte und sorgte dafür, dass der Supermarkt in unserem Viertel schließlich dichtmachen musste.

Unser Laden wurde vollkommen umgestaltet und in ein Imbisslokal verwandelt. Anfangs lief es etwas besser als mit dem Obstladen, aber schon bald standen wir tief in den roten Zahlen. Dies lag daran, dass sich am Eingang der U-Bahn-Station die Läden dreier Imbissketten breitgemacht hatten, die Gimbap-Reisrollen für schlappe tausend Won anboten, und dass außerdem noch ein Laden für Tteokbokki, Reiskuchen in scharfer Soße, aufmachte, der rund um die Uhr geöffnet hatte. Damals wusste mein Vater noch nicht, wie die Dinge liefen, und war dementsprechend entspannt.

»Die denken wohl, dass die Leute in unserem armen Viertel sich jeden Tag nur mit Gimbap vollstopfen, und machen deshalb hier einen Gimbap-Laden nach dem anderen auf! Und wer bitte schön isst denn mitten in der Nacht Tteokbokki? Drei Monate und die sind am Arsch, alle miteinander. Das garantiere ich euch!«

Aber die Leute standen zu den Essenszeiten ausnahmslos vor den Gimbap-Läden Schlange und führten sich auch spätnachts Tteokbokki zu Gemüte. Am Arsch waren wir. Darin war mein Vater inzwischen recht bewandert, und so war er weder besonders enttäuscht noch besonders wütend. Er entließ die Kochhilfen, die bei ihm gearbeitet hatten, und kümmerte sich nun allein darum, die Gimbap-Reisrollen zu wickeln, die Sundae-Würstchen zu schneiden und die Tteokbokki-Reiskuchen zu braten. Nach einigem Grübeln senkte er das Alter seiner Zielgruppe und nahm nun Schüler ins Visier, bot preiswerte Gerichte wie Reiskuchen im Pappbecher oder Mini-Gimbap an und stellte auch eine Slush-Maschine auf. Es hatte zwar zunächst den Anschein, als könnte er auf diese Weise leicht an das Taschengeld der Kinder kommen, aber auch das war schon nach kurzer Zeit wieder vorüber. Zu allem Überfluss schloss auch noch die Nachhilfeschule, die sich im ersten Stock desselben Gebäudes befand, so dass nun so gut wie gar keine Schüler mehr kamen.

Vater ging nun dazu über, den Laden früher zu schließen, früher nach Hause zu kommen und früher schlafen zu gehen. Da war es wirklich ein Glück, dass ich zu der Zeit in der Firma angestellt war und wenigstens ein mickriges Gehalt bekam, denn sonst hätten wir buchstäblich hungern müssen.

Mama studierte die Werbeflyer. Darauf sahen die Hochhäuser alle prächtig aus. Der Himmel war tiefblau, die Wolken von der Abendsonne angestrahlt, und es hätte vollkommen natürlich gewirkt, wenn dahinter noch der Drache mit der Zauberperle im Maul angeflogen gekommen wäre. Halogenstrahlende Gebäude, hoch aufragend inmitten weiter grüner Rasenflächen, umsäumt von niedrigen Hügeln und einem plätschernden Bächlein. Allem Anschein nach waren nicht nur neu gebaute Hochhäuser, sondern auch eigens errichtete Berge und fließende Gewässer im Angebot enthalten. Da konnte Manhattan kaum mithalten. Vermutlich. In Amerika war ich nie gewesen. Ich hatte nicht mal einen Reisepass.

»Was guckst du dir denn da so fleißig an?«

»Solche Hochhauswohnungen wollen die hier bauen, oder?«

»Wenn die Anwohner sich eine Sorte Wohnblock ausgesucht haben, dann bekommt die Firma den Auftrag. Du, das ist ein Wahnsinnskonkurrenzkampf.«

»Ach was. Das lief doch schon ein paarmal so. Erst wurde groß herumgetönt von wegen Stadtsanierung, Neubau hier, Neubau da, und dann wurde nichts draus.«

»Diesmal aber echt.«

Vater, der bis eben gerade vor sich hingeschnarcht hatte, stieß seine Decke weg und räusperte sich ausgiebig und geräuschvoll.

Die Brücke im Mondenschein
eilig überquert,
vorbei am Bambushain durchkämmt vom Wind.
So viele Male, so viele Male
stand ich dort vor deinem Hochhausblock …[3]

Das Lieblingslied meines Vaters. Das Lied, das er seit meiner frühesten Kindheit vor sich hin summte. Vater, der vorsichtig auf den alten Esstisch geklettert war, hatte beide Arme nach oben gestreckt, wobei sein gewölbter Bauch unter dem ausgeleierten Unterhemd hervorsah, klemmte fachmännisch eine neue Leuchtstoffröhre in die verrußte Fassung und sang dabei. »*Doch du musstest geh'n, gingst für immer fort, nur mir nicht aus dem Si-hiii-inn!*« Er sang es, während er Papierflugzeuge für mich faltete, er sang es, während er die Apfelkisten vom Laden nach Hause trug, er sang es, während er die Reisrollen wickelte, er sang es, wenn er trank.

Wenn Vater freihatte, klang den ganzen Tag Yun Suils Stimme aus dem alten Kassettenrekorder, in dem die Kassette so laut ratterte, dass die Musik daneben unterging. Viele Leute wissen gar nicht, dass das Lied *Der Hochhausblock* mit dem Geräusch einer Türklingel beginnt. Erst klingelt es zweimal. *Dingdong! Dingdong!* Dann, nach einer kurzen Pause, ein wenig dringlicher, noch fünfmal. *Dingdongdingdongdingdongdingdongdingdong.* Und dann die berühmte Eingangsmelodie. *Bam bam bammm barababa bamm.*

Für mich trug das Lied den Titel »Die Türklingel«. Hatte unsere Wohnung damals eigentlich eine Türklingel? Unsere Wohnungstür war öfter geöffnet als geschlossen, und auch wenn sie mal zu war, abgeschlossen war sie fast nie. Die Frauen aus der Nachbarschaft kamen, noch während sie meine Mutter riefen, bereits in den Flur hereingepoltert, der Briefträger oder die Gemeindesprecherin klopften brav an der geöffneten Tür an und fragten: »Hallo? Jemand zu Hause?« Eine Türklingel drückte bei uns jedenfalls niemand. In der Hochhaussiedlung aber, so viel hatte ich nun begriffen, pflegten sich Besucher mit einem vornehmen, dezenten »Dingdong« anzukündigen. Irgendwie ... gebildet. So empfand ich es als Kind. Die Leute im Neubaublock waren gebildet. Und heute denk ich: Pah, gebildet. Drauf geschissen! Geld hatten die, das war alles.

Dass zum ersten Mal von einer Hochhaussiedlung die Rede war, lag schon zwanzig Jahre zurück. Damals fanden im ganzen Land große Sanierungsprojekte statt, und natürlich war auch unser Viertel dafür vorgesehen. Mama hatte Angst davor, dass sich etwas ändern würde, was Vater dachte, wusste niemand so genau, und mir kam der Gedanke, dass wir möglicherweise während der Bauphase im Haus meiner Großeltern würden wohnen müssen. Es kursierten hier und da verschiedene Gerüchte, aber noch wurde ja nicht gebaggert oder abgerissen, und so waren die Leute einfach ein wenig aufgeregt. So kam es auch, dass meine Mutter irgendwo hörte, Hausbesitzer würden im Zuge der Stadtsanierung mit einer Apartmentwohnung entschädigt – was zwar nicht vollkommen falsch war, aber so nun auch nicht ganz stimmte –, und infolgedessen so in Aufregung geriet, als würden augenblicklich die Bulldozer anrücken, um das gesamte Viertel dem Erdboden gleichzumachen.

Zunächst aber brauchte man einen Stadtsanierungsverband und, um einen solchen Verband zu gründen, ein Komitee zur Gründung eines Stadtsanierungsverbandes. Wegen der Gründung des Stadtsanierungsverbandes oder der Gründung des Verbandsgründungskomitees oder der eigenen Bewerbung als Komiteemitglied kamen nun immer wieder Leute bei uns vorbei, um irgendwelche Einverständniserklärungen absegnen zu lassen, und Mama holte Vaters tief in der Schminktischschublade vergrabenen, als rechtsgültige Unterschrift dienenden Signaturstempel hervor und knallte ihn auf das Papier. Weniger, um sich tatsächlich mit allem einverstanden zu erklären, sondern eher, weil es ihr einfach Spaß machte, irgendetwas abzustempeln. Bald darauf hing an den Strommasten am Eingang unseres Viertel ein großes Banner mit der Aufschrift *Herzlichen Glückwunsch zur Stadtsanierung*, und überall entstanden Immobilienbüros, die Vokabeln wie »Stadtentwicklung« und »New Town« im Namen trugen. Nun sei grünes Licht für das Projekt gegeben worden, und man suche jetzt eine Baufirma. Aber dabei blieb es auch. Erst hieß es, die Baulizenz sei »erteilt«, dann »noch nicht erteilt«, dann »so gut wie erteilt«, und so ging es im Vorfeld der anstehenden Parlamentswahlen ständig hin und her.

»Stadtentwicklung«, »New Town«, »Apartmentsiedlung«, ohne diese Worte kam in diesen Tagen keine Wahlkampagne aus. Für die Einwohner gab es nur ein einziges Wahlkriterium. Wer würde die Hochhaussiedlung am schnellsten bauen lassen. Allerdings taugte auch dieser sehr einfache Maßstab nicht unbedingt dazu, sich ein Urteil zu bilden. Denn sämtliche Kandidaten hatten es sich auf die Fahnen geschrieben, dem Herzenswunsch der Bürger nachzukommen und die Sanierung innerhalb kürzester Zeit zum Erfolg zu führen. Ein Kandidat warb damit, in der gleichen Partei wie der Seouler Bürgermeister zu sein und diesen auch persönlich zu kennen, ein anderer brüstete sich damit, früher einmal Erfahrungen in der Bezirksverwaltung gemacht zu haben, und wieder ein anderer betonte, dass er sich ganz persönlich eine Sanierung des Viertels erhoffe, weil er aus dieser Gegend stamme. Nun, auf jeden Fall würde ja einer dieser Kandidaten gewählt werden, und dann würden die Hochhäuser gewiss wie die Pilze aus dem Boden schießen. Nur leider kam es nicht dazu. Die Konjunktur befand sich in einer schwachen Phase, die Lage auf dem Immobilienmarkt war ungünstig, die Kosten des Projekts lagen höher, die erhofften Gewinne niedriger als erwartet.

Immer wenn die Sache wieder umgeschmissen wurde, wuchs Mamas Sehnsucht nach einer Apartmentwohnung ins Unermessliche. Das war bei den meisten anderen Leuten in unserem Viertel nicht anders. Und wer wollte es ihr, die keine Ahnung hatte, und den armen Leuten in der Nachbarschaft, die ähnlich gestrickt waren, auch verdenken. Es war bei ihr kein Neid oder gar Eitelkeit, und sie wollte sich auch nicht als Immobilienspekulantin betätigen. Zwar sprach man davon, dass in den Sechziger- und Siebzigerjahren die Bauern von

Majukgeori über Nacht zu Millionären geworden seien, aber dass die Tage, an denen einem infolge der Stadterneuerung ein Vermögen in die Hände fallen konnte, nun vorbei waren, war auch allen klar.

Es ging ihnen nicht darum, reich zu werden. Sie wünschten sich nur, einmal in einer hübschen, sauberen Wohnung leben zu können, und das treffendste und einfachste Wort dafür lautete »Hochhauswohnung«. Für die Leute in unserem Viertel war dieses Wort ein Synonym für »Wohnung mit fließendem warmem Wasser, wo im Sommer nicht der Schimmel die Wände hinaufkroch und im Winter nicht die Wasserleitung platzte«. Wo es ordentliche, gerade Wege gab, einen Spielplatz, auf dem die Kinder sicher herumtoben konnten, und eine Garage, in der die Verwandten, wenn sie zu den Feiertagen zu Besuch kämen, ihr Auto abstellen könnten, und wo allabendlich der Wachmann mit der Taschenlampe patroullierte und alle dunklen Ecken ausleuchtete.

Vater setzte sich mit einem Ruck auf.

»Hallo, Vater ... Ich bin wieder zurück.«

Meine verspätete Begrüßung quittierte er mit einem leichten Abwinken. Was sollte das heißen? Alles klar? Schon gut? Sei einfach ruhig? Dann weiteten sich, als wollte er etwas sagen, seine Nasenlöcher, er atmete einmal tief ein und dann wieder aus, wandte mir dann erneut den Rücken zu und ließ sich wieder auf die Matte fallen. Mama starrte ihn so angestrengt an, dass ihr fast die Adern in den Augäpfeln platzten. Immer wenn sie das Thema Neubausiedlung ansprach und Vater ihr einen Dämpfer versetzte und meinte, solange man nichts Genaues wisse, solle man erst mal abwarten, reagierte sie verärgert.

»Läuft doch alles wie am Schnürchen, und du bist nur am Herummosern! Du sauertöpfischer Miesepeter! Sauer wie Essigsäure!«

Vater ließ deutlich erkennen, dass er schlechte Laune hatte, und so sprang ich an seiner Stelle mit einer Antwort ein.

»Hör mal, Mama, ich glaub nicht, dass man das einfach so alles bekommt. Überleg doch mal, unsere Wohnung ist doch kaum dreißig Quadratmeter groß. Das Haus von Frau Hwang dagegen hat bestimmt mehr als neunzig Quadratmeter. Und drei Stockwerke. Da wird es doch kaum so sein, dass alle das gleiche Apartment bekommen, oder?«

»Dann kriegen die Hwangs eben eine größere Wohnung. Das werden die Leute, die das Haus bauen, schon regeln. Oh, seht mal hier! Das gefällt mir. Da ist ja direkt ein großer Park vor dem Haus!«

Och, Mama … *Obige Abbildung kann vom tatsächlichen Produkt abweichen.* Warum die diesen wichtigen Satz bloß immer in so winzigen Buchstaben drucken?

Es war zwar unklar, was für Düsenjäger über unser Viertel fliegen sollten, aber irgendwann hieß es, dass eine begrenzte Bauhöhe einzuhalten sei, man also nicht einfach beliebig viele Stockwerke übereinandertürmen dürfe. Das bedeutete, man konnte eine noch so tolle

Baufirma beauftragen, man würde bestimmt nicht allen, die ein Apartment wollten, auch eines anbieten können. Dabei wimmelte es von Interessenten wie von Sardellen in den Fischernetzen an der Südküste. In unserem Viertel gab es ja kaum genug Platz, um beim Ddakji-Spielen die kleinen Papierquadrate auf den Boden zu werfen. Die engen Häuschen mit kaum sechzig Meter Wohnfläche klebten dicht an dicht aneinander, und in den erst vor Kurzem errichteten kleinen Mehrfamilienhäusern waren unzählige Haushalte untergebracht. Trotzdem kassierten die Bauunternehmen und der Vorstand des Anwohnerverbands sicher noch ordentlich ab. Die Zahlungsanteile für die hier entstehenden Hochhauswohnungen waren so unerschwinglich, dass die bedauernswerten bisherigen Einwohner im Nu auf der Straße landeten.

Ich brachte es einfach nicht fertig zu sagen, dass ich heute entlassen worden war. Aus dem Ärmel der Wolljacke, die meine Mutter trug, schaute ihre lange Unterwäsche hervor, abgetragen, lilafarben mit dunkelroten Flusen. Na so was, sie trug schon lange Unterwäsche. Wie konnte ich, die als Einzige in unserem Haushalt Geld verdient hatte, ihr sagen, dass es jetzt nicht um die blöde Hochhauswohnung ging, sondern darum, wie wir ab sofort über die Runden kommen sollten? Ach, richtig, mein Vater verdiente natürlich auch ein wenig Geld.

Ich begann zu ahnen, warum arbeitslose Familienväter auch nach ihrer Entlassung jeden Morgen im

Anzug das Haus verließen, irgendwo im Park oder in den Bergen ihren steinhart gefrorenen Gimbap kauten und ihn zusammen mit ihren Tränen hinunterschluckten. Wahrscheinlich würde auch ich morgen früh um halb sieben aus dem Haus gehen. Aber in den Gimbapladen würde ich nicht gehen. Schmerzlicher als die Tatsache, dass ich keinen ernsthaften Trost bekommen würde, wenn ich meinen Eltern meine undankbare Lage beichtete, war für mich, dass ich trotz meiner Arbeitslosigkeit morgens nicht würde ausschlafen können. Ich war ein Morgenmuffel. Außerdem hatte ich niedrigen Blutdruck und deshalb morgens absolut keine Energie. Sollte ich, damit ich morgen ausschlafen könnte, einfach sagen, ich sei krank und würde meinen Monatsurlaub nehmen? Aber was wäre dann übermorgen …

Wenn ich damals mit dem Turnen weitergemacht hätte … Ich zog mir die Decke über den Kopf und gab mich unnützen Gedanken hin.

Im Winter 1988 hatte ich auch nach dem Ende unserer Turntreffs mit dem Turnen weitergemacht. Das hatte ich Mama zu verdanken. Auch damals hatte mein Vater gesagt, wenn man nicht genau wisse, was Sache sei, solle man stillhalten, und damit Wasser über das auflodernde Projekt gießen wollen, Wasser, so kalt wie aus einem eisigen Gebirgsbach im klirrenden Winter, aber Mama hatte keine Ruhe gegeben. Und ich, die ich genauso wenig Ahnung hatte, auch nicht.

Die anderen konnten besser turnen als ich. Schon was den Übungseifer anging, reichte ich nicht im Entferntesten an Hyeseon heran. Aber nach unserem tränenreichen letzten Treffen veränderten sich die anderen. Sie amüsierten sich darüber, wie lächerlich wir uns doch benommen hätten, machten die Turnbewegungen von damals nach und gackerten los. Das verstand ich nicht. Wie konnten sie jenen heißen Herbst und jenen traurigen Winter mit einem Mal so ins Lächerliche ziehen? Weil ich im Gegensatz zu ihnen mein Turnfieber nicht so einfach hinter mir lassen konnte, lachten sie mich aus.

»Glaubst du im Ernst, das, was wir da gemacht haben, war Rhythmische Sportgymnastik? Nie im Leben! Wir kriegen die Bewegungen doch überhaupt nicht hin!«

»Kannst du die Beine ganz nach vorn und hinten spreizen? Oder zur Seite? Du kommst doch noch nicht mal mit den Handflächen auf den Boden, wenn du die Beine durchstreckst.«

»Ich meine damit nicht, dass gerade du besonders schlecht wärst. Wir alle kriegen das doch nicht hin. Es ist hoffnungslos!«

Bei unserem letzten Treffen auf dem Hinterhof der Schule war ich diejenige gewesen, die am meisten Ruhe bewahrt hatte. An diesem Tag jedoch flossen die Tränen aus meinen noch nicht allzu großen Augen wie das Wasser aus einer geplatzten Wasserleitung. Je länger ich darüber nachdachte, desto trauriger wurde ich, und so heulte ich, bis sich Rotz und Tränen vermischten.

»Aber … was war denn dann … das, was wir … die ganze Zeit … gemacht haben?«, schluchzte ich. »Wie … wie könnt ihr euren Traum … so einfach aufgeben?«

Da sagte Hyeseon, die mich bis dahin nur wortlos angeschaut hatte:

»Dann mach doch weiter! Es hindert dich ja keiner.«

Seit diesem Tag entfernten wir uns voneinander. Ich wollte nichts mehr mit ihnen zu tun haben, weil sie mich so kühl behandelten, und sie wollten nichts mehr mit mir zu tun haben, weil sie meinten, ich sei nicht normal. Vor allem aber hatte ich seit dem nächsten Jahr, als ich neun Jahre wurde, keine Zeit mehr, mich mit ihnen zu treffen, weil ich von da an offiziell Rhythmische Sportgymnastik lernte. Dann ergab es sich, dass wir auf unterschiedliche Mittelschulen und anschließend unterschiedliche Oberschulen gingen und uns kaum noch sahen. Aber wenn ich jetzt darüber nachdenke, war das eigentlich nicht schlimm. Wir hatten uns ohnehin nicht mehr viel zu sagen.

Allen Widrigkeiten und unfreundlichen Blicken meiner Umgebung zum Trotz hatte ich tapfer mit der Rhythmischen Sportgymnastik begonnen und schließlich wie die Heldin einer griechischen Tragödie mit dem Turnen wieder aufgehört. Wenn ich mich meinem Schicksal damals entschlossener entgegengestellt hätte … Wenn ich dem Turnen weiter nachgestrebt hätte … Vielleicht wäre dann aus mir auf diesem für Kunstturnerinnen so unfruchtbaren Boden eine Turnprinzessin wie Sin Sujin oder Son Yeonjae geworden.

Ich hätte eine gute Universität besucht, viel Geld verdient und von Anfang an in einer Hochhauswohnung gewohnt. Und jetzt wäre ich Trainerin und würde junge Talente ausbilden. Aber selbst wenn ich jetzt Kunstturntrainerin wäre, müsste ich trotzdem morgen wieder früh aufstehen. Das war doch zumindest ein gewisser Trost.

DA HABE ICH GESAGT, ICH MÖCHTE TURNEN

Wenn es nach meinem Vater ging, dann hatte Mama eine Schraube locker. Nur eine einzige unter Hunderten von Schrauben, und die war auch nicht ganz rausgefallen, sondern nur nicht fest angezogen. Irgendwo stimmte etwas mit Mamas Gleichgewicht nicht, zwar konnte sie aufrecht stehen, aber wenn man ein wenig an ihr rüttelte, war eindeutig ein leises Scheppern zu hören, wobei unklar war, woher es kam, und wenn man sie in Bewegung setzte, zitterte sie zwar ganz leicht, funktionierte aber ansonsten ohne größere Probleme. So sei das bei Mama. Als Kind war es mir nie recht bewusst geworden, aber als ich älter wurde, dachte ich, dass Vater ein ziemlich weiser Mensch sei.

Mama war die jüngste Mutter in unserer Klasse. Ich konnte gut mit ihr reden. Sie war meine beste Freundin. Eine Zeit lang, damals. Seit ich klein war, erzählte ich Mama alles, was ich gehört, gesehen und erlebt hatte, und sie hörte immer gut zu.

Damals mochte ich meinen Vater nicht. Egal, was ich sagte, er hörte nie zu, und wenn doch, sagte er nichts dazu. Es hatte etwas Beklemmendes. Wenn er freihatte, schlief er den ganzen Tag – das Gesicht zur Wand gerichtet. Für mich war Vater nichts als ein großes Stück Rücken, das nie antwortete. Warum ihn Mama wohl geheiratet hatte? Wenn ich sie fragte, blickte sie mit traurigen Augen ins Leere und meinte:

»Mein Vater hat auch immer gesagt, ich sei ganz schlimm unterbelichtet.«

Wie Mama sagte, waren Großvaters Worte ihr gegenüber immer begleitet von der Bemerkung »debiles Dummerchen«. Das gefiel mir zwar nicht, aber ich dachte mir einfach, er mache auf diese Weise vermutlich seinem Ärger Luft, darüber, dass er seine geliebte Tochter einem armen Schlucker zur Frau gegeben hatte.

Mamas Familie war zwar nicht steinreich, aber doch durchaus wohlhabend. Großvater hatte, seit Mama klein war, einen Reisladen betrieben und damit ziemlich viel Geld gemacht. Und sie war das einzige Kind der Familie. Sie sagte, sie sei auch das einzige Kind im Dorf gewesen, das in westlichen Kleidern herumgelaufen sei. Sie hatte auch – und das in der damaligen Zeit – Klavierstunden gehabt und Nachhilfeunterricht bei einem Hauslehrer, der bei ihnen wohnte, und einen Chauffeur gab es auch. Trotzdem konnte sie nicht Klavier spielen, hatte große Lernschwierigkeiten und schaffte es auch als Mittelstufenschülerin kaum, allein den Weg nach Hause zu finden. Deswegen gab es auch den Chauffeur. Großvater saß hin und wieder im Lotossitz da, leicht mit dem Körper hin und her schaukelnd und leise vor sich hin murmelnd:

»Alles verkorkst, deswegen. Wegen so einer kleinen

Macke. Wenn von vornherein alles aussichtslos gewesen wäre, hätten wir sie einfach aufgegeben. Aber bei dem kleinen bisschen … Da müssen wir ja unserer Menschenpflicht nachkommen. Debiles Dummerchen.«

Mama hatte dazu nichts gesagt, sondern Großvaters Ansichten nickend zugestimmt. Insofern, als sie die Realität genau erkannte, war sie normal. Allerdings bestand diese Realität in ihrer eigenen Debilität. Mama war nicht normal, aber weil sie selbst nicht glauben konnte, dass sie nicht normal war, konnte es sein, dass meine nicht normale Mutter irgendwo doch nicht unnormal war. Es war ein ziemlich vertracktes logisches Rätsel. Wenn ein grün gekleideter Mensch sagt, alle grün gekleideten Menschen seien Lügner, ist er dann ein Lügner oder nicht? So in dieser Art halt.

Eigentlich hatte Mama keine großen Probleme. Doch immer mal wieder gab es plötzlich Momente, in denen sich die Schraube löste. Nicht in dem Maße, dass dies für sie zu großen Beeinträchtigungen im Alltag geführt hätte, aber doch so, dass sie sich merkwürdig verhielt. Besonders, wenn sie sich an fremden Orten befand, war sie manchmal ziemlich durch den Wind.

Als ich in die sechste Klasse ging, war es vorgekommen, dass ich mit Mama in der Stadt unterwegs war und wir die Bushaltestelle, an der wir hätten aussteigen müssen, verpasst hatten. Wir waren fünf oder sechs Stationen zu weit gefahren, und deshalb schlug ich vor, von der Haltestelle auf der gegenüberliegenden Straßenseite mit der gleichen Buslinie in die entgegengesetzte

Richtung zurückzufahren. Auch Mama wusste, dass wir ein ganzes Stück zu weit gefahren waren. Der Bus gegenüber fuhr genau dorthin, wo wir hinmussten, und Fahrtgeld hatten wir auch genug. Aber Mama meinte, wir sollten einfach zu Fuß gehen. Ich konnte es ihr so lange erklären, wie ich wollte, sie beharrte darauf, dass sie das Gefühl habe, wir würden mit dem Bus nicht zurückkommen. So standen wir dort am Fußgängerüberweg und stritten lauthals miteinander, bis ich Mama schließlich bei der Hand nahm und vierzig Minuten lang mit ihr nach Hause ging.

Das, was mein Großvater meiner Mutter als »debilste Aktion« ankreidete, war, dass sie meinen Vater getroffen hatte. Großvater sagte, er habe unheimlich viel Mühe darauf verwendet, meine Mutter in gewöhnlicher Weise zu erziehen. Nachdem sie ungewöhnlich spät gelernt hatte zu sprechen, zu laufen und ohne Windeln auszukommen, lernte sie auch in der Schule sehr schlecht. Deshalb hatte Großvater sie verwöhnt und verhätschelt, um sie zum Lernen zu bringen, so dass sie es schließlich mit Müh und Not auf eine Fachhochschule am Seouler Stadtrand geschafft hatte.

Es gab damals durchaus nicht viele Eltern, die eine lernunfähige Tochter unbedingt auf eine weit entfernte Fachhochschule schicken wollten. Die Nachbarn lachten meine Großeltern für ihre vergeblichen Mühen nur aus. Doch Großvater setzte seinen Willen durch. Denn er glaubte, mit einem Fachhochschulabschluss würde manches anders, und zumindest bestünde dann die

Möglichkeit, einen Mann aus etwas besserem Hause für sie zu finden. So verflüchtigte sich das einst große Vermögen der Familie, und Mama heiratete schließlich meinen Vater, der als Handlanger auf der Baustelle am Gebäude der Fachhochschule arbeitete, auf die Großvater sie unter Aufwendung aller finanzieller Mittel geschickt hatte. Warum waren eigentlich alle Schulen, damals wie heute, ständig Baustellen? Mein Mutter brachte die Hochschule, auf die sie es so mühsam geschafft hatte, schließlich nicht zu Ende.

Wie ich erst später erfuhr, war sie noch vor dem Ende des ersten Semesters mit mir schwanger. Sie wurde von ihren Eltern rausgeworfen und brach die Schule ab. Schwanger – gemeinsame Wohnung – Kind – Heirat. So war die Reihenfolge offenbar gewesen. Eine Hochzeitsfeier hatte es natürlich nicht gegeben, nur eine eilige Eintragung im Standesamt, um meine Geburtsanzeige in die Wege leiten zu können. Wie sie sich das erste Mal getroffen hatten, wer sich zuerst verliebt hatte, wer dem anderen wie ein Geständnis gemacht hatte, wie es angefangen hatte, wie und wann sie es hinbekommen hatten, ein Kind zu machen – schließlich wurde meine Mutter immer vom Chauffeur zur Schule gebracht und abgeholt –, darüber verloren die beiden nie ein Wort.

Soweit ich weiß, hatte Vater keine Familie. Ich weiß auch nicht, ob er zur Oberschule gegangen war, und wenn ja, ob er sie abgeschlossen hatte. In der jährlichen Befragung zu den häuslichen Verhältnissen schrieb Vater jedes Mal etwas anderes. Mittelschulabschluss,

Oberschulabschluss, Oberschule abgebrochen. Zusammengekommen waren ein Gelegenheitsarbeiter ohne Geld, ohne Bildung und ohne Familie und eine Studentin aus reichem Hause.

Im Fernsehen hatte ich einmal eine Dokumentation gesehen über eine Frau, die an einer rennommierten Frauenuniversität studierte, und einen Mann, der vor dieser Universität Bungeobbang verkaufte. Die beiden hatten einander geheiratet. Er war mutig gewesen, und sie hatte erkannt, dass es ihm ernst war. Der erbitterte Widerstand der beiden Familien hatte ihr Vertrauen zueinander umso mehr gefestigt. Die Worte des jungen Ehepaares, das den Wunsch äußerte, irgendwann gemeinsam an den Platz vor der Universität zurückzukehren, um dort Bungeobbang zu verkaufen, hatten mich zu Tränen gerührt und es mir schlagartig bewusst gemacht. Dass es mit meinen Eltern doch ganz ähnlich war. Na ja, obwohl …

Meine Mutter war ständig wütend, mein Vater blieb unverändert zugeknöpft. Als Mamas Genervtheit irgendwann ein Extrem erreicht und auch Vaters Desinteresse schlimme Ausmaße angenommen hatte, meldete ich unsere Familie bei einer Fernsehsendung an, in der Familienprobleme besprochen und gelöst wurden. Denn ich hatte das Gefühl, dass nicht mehr viel fehlte, bis es bei uns zu Hause zum großen Knall käme. Einige Tage später meldete sich ein Rundfunkmitarbeiter und stellte mir am Telefon verschiedene Fragen.

»Streiten Ihre Eltern oft?«

»Na ja, äh … Streiten tun sie eigentlich nicht.«

»Dann werden sie einander gegenüber wohl auch nicht gewalttätig?«

»Nein, das nicht.«

»Leidet einer der beiden vielleicht an Alkohol- oder Spielsucht? Oder geht fremd?«

»Soweit ich weiß, nein.«

»Ist einer der beiden mal von zu Hause weggelaufen?«

»Nein.«

»Ähm … Dann ist es vielleicht so, dass einer den anderen vollkommen ignoriert und wie Luft behandelt, obwohl er im gleichen Haushalt lebt? Man redet nicht miteinander, isst und schläft getrennt?«

»Meine Eltern schlafen nicht getrennt.«

»Sagen Sie … Wo ist denn dann das Problem?«

Da wurde es mir klar. Dass zwischen den beiden eigentlich alles in Ordnung war. Glücklich waren sie zwar auch nicht gerade, aber sie lebten einfach weiter, ohne dass es grundlegende Probleme gegeben hätte.

Nachdem unsere Turngemeinschaft in die Brüche gegangen war, hatte ich nichts mehr zu tun, ging gleich nach der Schule nach Hause, warf meine Schultasche in die Ecke, begab mich ins Schlafzimmer und legte mich hin. Und vergammelte die Zeit. Weil ich wirklich nichts zu tun hatte. Und weil zu dieser Tageszeit noch nichts im Fernsehen lief. Ich lag neben meiner Mutter auf der Matte, wälzte mich herum, schlief ein, wenn ich schläfrig war, stand auf, wenn Mama mich weckte, aß etwas, sah dann mit Mama fern, ging in mein Zimmer, machte meine Hausaufgaben, schlief weiter. Mama gefiel das offenbar.

»Ich wollte dir sowieso schon sagen, dass du mit dem Turnen, oder was immer du da gemacht hast, lieber aufhören und schön früh nach Hause kommen solltest. Kinder, die spät noch draußen herumlaufen, schnappt die Hongkong-Hexe. Pass bloß auf.«[4]

»Mama, an so einen Quatsch glaube ich doch nicht.«

»Aber es stimmt. Ich hab gehört, bei der Polizeistation gibt es unwahrscheinlich viele Vermisstenanzeigen. Hab ich von Gyeomis Mutter gehört, die geht beim Wachposten am Markt immer auf Patrouille. Die sagt, die Hongkong-Hexe ist wahnsinnig schnell. Die rennt hundert Meter in neun Sekunden.«

Als Mama mit bierernster Miene all diese absurden Geschichten von sich gab, war ich einen Moment lang verwirrt. Was sollte das? Erzählte sie mir absichtlich irgendwelchen Blödsinn? Sie konnte das doch nicht allen Ernstes selbst glauben. Als ich mich leicht konsterniert einen Augenblick zurückzog und im Stillen diese und jene Überlegung anstellte, fuhr Mama fort:

»Letztes Jahr. Da gab es doch diesen Flugzeugabsturz. Kim Hyon Hui. Mayumi, meine ich.[5] Die alte Frau war damals mit im Flugzeug. Die ist gestorben, aber ihre Katze hat überlebt, und nun ist die Frau von dem Geist der Katze besessen.«

Zwar war ich noch nie mit dem Flugzeug geflogen und wusste deshalb nicht, ob die Mitnahme von Katzen erlaubt war, aber angenommen, dem wäre so, und die alte Frau wäre gestorben und die Katze hätte überlebt, dann hätte doch der Geist der alten Frau in den Körper der Katze eindringen müssen und nicht umgekehrt. Aber viele Kinder erzählten genau die gleiche Geschichte wie meine Mutter. Sie glaubten felsenfest daran und hatten schreckliche Angst.

Es war ein dunkler, regnerischer Herbsttag, als Hyeseon im erleuchteten Klassenzimmer saß und weinte, weil sie sich vor dem dunklen Himmel fürchtete und sich nicht traute, nach Hause zu gehen.

»Draußen ist es so dunkel wie in der Nacht, was mache ich, wenn die Hongkong-Hexe kommt?«

Die Hongkong-Hexe, die bei der Flugzeugexplosion zu einem Geist geworden war und die hundert Meter in neun Sekunden lief, war doch wohl noch in der Lage, zwischen Tag und Nacht zu unterscheiden. Jedenfalls brachte ich Hyeseon schließlich zum S-Apart. Offenbar fiel ihr, als sie sich in den sicheren Hausflur ihrer Wohnung gerettet hatte, gerade noch ein, dass ja nun ich ganz allein nach Hause gehen musste, und so kramte sie aus einer Schublade eine Taschenlampe hervor und gab sie mir. Ich lehnte dankend ab und gab ihr die Taschenlampe zurück. Sie zog mich am Arm, drückte mir die Taschenlampe fest in die Hand und dann legte sie jeden einzelnen meiner Finger um die Taschenlampe.

»Nimm die mit. Immer gut leuchten. Verstanden?«

Als ich mich umdrehte, um zu gehen, meinte sie noch flehentlich:

»Falls, also nur falls du der Hongkong-Hexe wirklich begegnen solltest, musst du, wenn du was sagst, am Ende unbedingt ›Hongkong‹ sagen. Dann passiert dir nichts.«

»Alles klar. Hongkong.«

Der Himmel war noch immer dunkel, und die Taschenlampe gab nur ein funzeliges Licht von sich. In der einen Hand hielt ich die Taschenlampe, in der anderen meinen Regenschirm, der dadurch, dass ich meinen Schuhbeutel an den runden Griff gehängt hatte, ziemlich schwer geworden war. So verließ ich die Hochhaussiedlung, in der Hyeseon wohnte, überquerte die Gasse und ging den Hügel hinauf.

Der alte Schirm hielt den Regen ab, und das schwache Licht der Lampe reichte gerade einmal bis zu meinen Fußspitzen. Der Weg war weit und langwierig, und mir taten Arme und Beine weh, aber Angst hatte ich keine. Während ich so allein durch die einsamen Hintergassen ging, in denen es einen auch am helllichten Tage zuweilen schauderte, summte ich ein Lied. Vielleicht lag es an der Taschenlampe. Weil sie nicht die ganze Umgebung erhellte, sondern ihr Schein nur auf meine Füße fiel, hatte ich keine Angst.

Ich hatte gehört, dass die Hongkong-Hexe in den Nachrichten gewesen sei, aber gesehen hatte ich es nicht. Wahrscheinlich war davon die Rede gewesen, dass viele Kinder wegen diverser Gerüchte Angst hätten. Aber die anderen Kinder meinten, die Hongkong-Hexe sei ganz in echt in den Neun-Uhr-Nachrichten gewesen, und sie machten ein umso größeres Brimborium um die ganze Sache. Später war die Hongkong-Hexe auch in Puppenspielen und Filmen zu sehen. Doch wirkte sie dort trotz passender Verkleidung und diverser Spezialeffekte letztlich weniger gruselig als in unserer Fantasie. Eher halfen diese Darstellungen den Kindern, über ihre Ängste hinwegzukommen, und so verschwand die Hongkong-Hexe allmählich aus unserem Gedächtnis.

Im Winter pflegten wir uns einmal am Tag, nämlich bevor wir zur Schule gingen, zu waschen, die Füße abzuspülen und die Zähne zu putzen. Die Haare wuschen wir uns alle drei Tage. Aus meiner Bettdecke drang immer ein muffiger Geruch, der, wenn ich jetzt darüber nachdenke, vermutlich darauf zurückzuführen war, dass ich immer mit ungewaschenen Füßen zu Bett ging. Auch wenn damals kein warmes Wasser vorhanden war, gibt mir die Tatsache, dass wir uns nur einmal am Tag gewaschen haben, heute doch arg zu denken. Trotzdem habe ich damals von niemandem zu hören bekommen, ich sei schmutzig oder würde stinken. Damals hatten alle Kinder in unserem Viertel im Winter ein dunkles Gesicht, und wenn sie sich arglos am Kopf kratzten, rieselten weiße Schuppen. So war das im Winter. Der Winter war für uns die kalte und schmutzige Jahreszeit.

Einmal, als ich von der Schule nach Hause kam, war Mama nicht da. Obwohl sie doch immer zu Hause war oder zumindest, wenn sie einmal ausging, stets wieder zurück war, ehe ich aus der Schule kam. Und nun war sie nicht da. Sie, die sich manchmal draußen verirrte, sich bisweilen sturstellte und mit den Nachbarn stritt und, wenn sie durcheinander war, schon mal unsere Telefonnummer vergaß. Aber ich machte mir keine Sorgen. Ich freute mich, einmal allein sein zu dürfen, und verriegelte die Tür. Es war das erste Mal, dass ich Mama betrog. Ich öffnete den Kleiderschrank, zog Mamas Kleider an, hängte mir die Handtaschen um und zog die Stöckelschuhe an. Auch öffnete ich sämtliche Schubladen des Schminktisches und beschnüffelte die verschiedenen Parfüms.

Mein Blick blieb an Mamas Vergrößerungsglas hängen. Das lag immer vor dem Spiegel des Schminktisches. Eine große Linse mit schwarzem Plastikgriff, eigentlich für Naturbeobachtungen gedacht. In unserer Familie gab es niemanden, dessen Augen so schlecht gewesen wären, dass er ein Vergrößerungsglas benötigt hätte, und Bücher oder Zeitungen las hier niemand. Wenn Mama vor dem Spiegel stand und sich die Haare auszupfte, in der einen Hand das Vergrößerungsglas, um die Achselhaare auf der gleichen Seite zu betrachten, in der anderen die Pinzette, war dies ein unvergleichlich skurriler Anblick. Kaum glaubwürdig zu beschreiben. Man hätte meinen können, eine solche Körperhaltung sei doch gar nicht möglich. Aber es soll schließlich auch Leute geben, die sich mit der Zunge am Ellenbogen lecken können.

Ich öffnete das halb durchsichtige Schiebefenster des Schlafzimmers. So kräftig man auch schob, es ließ sich nicht einfach in einem Schwung öffnen. Weil es jedes Jahr im Zuge des großen Frühjahrsputzes neu gestrichen worden war. Und weil durch jede neue Farbschicht der Spalt zwischen Schiebefenster und Rahmen immer weiter ausgefüllt wurde. Mama meinte zwar, sie habe immer gute Laune, wenn neu gestrichen werde, weil die Wohnung dann glänze wie neu, allerdings ließen sich die Schiebefenster und Schiebetüren dann eben nicht mehr gut öffnen. Und gut schließen natürlich auch nicht. Deshalb blieben Fenster und Zimmertüren im Sommer immer auf und im Winter immer zu. Während die Natur vier Jahreszeiten zu bieten hatte, gab es bei uns zu Hause nur zwei. Stand das Fenster offen, war, auch wenn mal ein kalter Wind hereinkam, Sommer, war das Fenster geschlossen, herrschte, auch bei leicht stickiger Luft, Winter. Wann Sommer war und wann Winter, bestimmte mein Vater.

Im Herbst 1988, es war plötzlich kalt geworden, drückte ich nun mit aller Kraft gegen das geschlossene Schiebefenster. Da das Fenster fest am Rahmen zu kleben schien und nicht die geringsten Anstalten machte, sich zu öffnen, riss ich es schließlich mit einem Ruck auf. Schon kam die kalte Luft ins Zimmer. Ich schnappte mir Mamas Brennglas und nahm dies und das in den Fokus, aber das Sonnenlicht ließ sich nicht gut sammeln. Genauer gesagt, gab es gar kein Sonnenlicht, das man hätte sammeln können. Ich hielt mich an den Gitterstäben fest, die als Schutz gegen Einbrecher angebracht worden waren, und suchte eine Weile, um herauszufinden, wo die Sonne gerade stand. Der Gitterstäbe wegen konnte ich den Kopf nicht aus dem Fenster strecken. Mein Gesicht drückte gegen die Gitterstäbe, und ich hatte das Gefühl, dass anstelle meines Kopfes meine Augen aus dem Fenster nach draußen wanderten, wobei seltsamerweise meine Mundwinkel zuckten. Ein Kind aus der Nachbarschaft ging gerade vorbei, und als sich unsere Blicke trafen, bekam es einen Schreck und rannte holterdiepolter davon.

Genau erkennen konnte ich es nicht, aber die Sonne schien sich auf der linken Seite zu befinden. Nun war es Nachmittag, die linke Seite musste also Westen sein, und das bedeutete mit anderen Worten ... Verdammt. Unsere Wohnung, in der man wie bekloppt mit Kohle heizen und trotzdem gerade mal den Hintern ein wenig an der Fußbodenheizung[6] wärmen konnte, ansonsten aber vor Kälte mit den Zähnen klapperte, lag komplett nach Norden.

So blieb mir nichts anderes übrig, als mit dem Vergrößerungsglas in den Hof zu gehen. Im Hof, der selbst bei meiner Beinlänge nur einen Schritt breit war, stand eine einsame hundelose Hundehütte, die als Schuhschrank diente. In ihr purzelten alte, kleine Schuhe durcheinander wie frisch geborene Welpen. Ich öffnete ein Stück weit die Eingangstür und hielt das Brennglas in die richtige Richtung. Sonnenlicht sammeln! Ich zupfte mir ein Haar aus und legte es in den Fokus des Brennglases. Kurz darauf begann es leicht verbrannt zu riechen und das Haar verkokelte. Ich riss eine

Seite aus meinem Schreibheft und fing an, es anzubrennen. Nach unten, zur Seite, wieder nach unten … Ich kokelte Buchstaben auf das Papier. Die Wintersonne war schwächer als gedacht, das dicke Papier brannte nicht besonders gut. Wie lange war ich wohl damit beschäftigt? Als meine Augen schon langsam trübe und meine Schultern steif zu werden begannen, hatte ich mein Werk vollendet. D O O F I . Dabei hatte ich das ursprünglich gar nicht schreiben wollen.

Da hörte ich das quietschende Geräusch der sich öffnenden Wohnungstür. Mama. Ich hockte da, in der einen Hand das Vergrößerungsglas, das sie vornehmlich bei der Entfernung ihrer Achselhaare benutzte, in der anderen das Blatt Papier, auf dem das Wort »Doofi« stand – wobei das D und die beiden Os in der Mitte große Löcher auf dem Papier hinterlassen hatten –, und blickte zu ihr auf, als wollte ich sagen: »Hier, guck mal.« Mama stand wie angewurzelt und offenbar ziemlich schockiert da und ließ nur ihren Blick zwischen mir und dem Stück Papier hin- und herwandern.

»Mani. Du …?«

Nein, Mama! Du bist damit nicht gemeint! Seltsamerweise brachte ich diese Worte nicht über die Lippen, sondern stammelte etwas hilflos herum.

»Mama … Das … nein, das …«

»Mani, du, kennst du vielleicht Yisang?«

»Was?«

»Kennst du vielleicht *Die Flügel* von Yisang?«[7]

Erst nachdem ich später in der Oberstufe die berühmte Erzählung *Die Flügel* des Dichters Yisang gelesen hatte, war mir klar geworden, wovon Mama damals gesprochen hatte. Sie hatte wohl an die Szene gedacht, in der die Hauptfigur mit dem Brennglas Taschentücher verkokelt. Damals aber kannte ich die Geschichte noch nicht und hatte deshalb keine Ahnung, was meine Mutter da redete. Trotzdem kam mir das Wort irgendwie bekannt vor. Die »Flügel von *Yisang*«, das bedeutete wortwörtlich die »Flügel deiner *Ideale*«, die »Flügel deiner *Träume*«, das hatte ich doch irgendwo schon mal gehört. Ich dachte nach. Die Flügel deiner Träume, die Flügel deiner Träume, die Flügel deiner Träume …

He, junger Mensch, breite die Flügel aus,
die Flügel deiner Träu---me.
Tief im Herzen einen großen Wunsch,
flieg der Zukunft entgeeegen …

Na klar! *Die Flügel deiner Träume,* der Schlager von Lee Miki![8]

»Hm, kenn ich, glaub ich, Mama.«

»Na, so was! Unsere Tochter kennt schon *Die Flügel* von Yisang!«

Na, logisch. War allerdings schon eine Weile her, dass der Song rausgekommen war. Genauer gesagt, war der ja schon längst außer Mode. Was jetzt gerade in war, war *Dam-da-di*[9].

»Dein Großvater, dein Vater, meine Freunde, alle sagen, ich bin unterbelichtet und habe keine Ahnung, aber das stimmt nicht. Deine Mutter weiß alles und denkt über alles nach. Eher ist es so, dass ich zu *viel* denke. Ich bin in meinen Gedanken gefangen, genauso wie der Dichter Yisang.«

Es kam immer wieder vor, dass Mama ihre Ansicht, sie sei nicht unterbelichtet, in extreme Dimensionen trieb. Mir sollte es recht sein. Sie schimpfte mit mir nicht darüber, dass ich mit dem Feuer gespielt, ihren Schminktisch angerührt und das Fenster aufgestemmt hatte. Das Fenster, das nicht zu schließen war, ließen wir offen, legten uns bäuchlings nebeneinander auf den warmen Fußboden und zogen uns die Decke bis zum Hals. Mama fragte mich nach meinen Träumen, meinen Idealen, meinen Wünschen. Da habe ich gesagt, ich möchte turnen.

Im Januar 1989, als ich endlich neun Jahre alt war, nahm Mama mich mit zu einer privaten Gymnastik-Schule, einem Hagwon, um sich mal zu informieren. Die Turnlehrerin war so hübsch und schlank und wirkte so unschuldig, dass man kaum glauben mochte, dass sie älter war als meine Mutter. Immer wenn sie sanft ihre langen Haare schüttelte, wehte uns ein zarter Duft entgegen, von Shampoo und von Schweiß.

»Willkommen. Dann bist du wohl meine jüngste Schülerin?«

Die Turnlehrerin streckte mir ihre weiße Hand entgegen. Ganz sachte, wie in Trance, ergriff ich ihre Hand, und meine Mutter meldete mich auf der Stelle an und bezahlte die Mitgliedschaftsgebühr. Als die Lehrerin uns mit fröhlicher Stimme die »Mitgliedskarte!« reichte, füllte meine Mutter für mich mit zitternder Hand die Felder für Name, Adresse und Telefonnummer aus. Wenn sie auch sonst keine Ahnung hatte, so besaß sie doch eine bemerkenswert feine Schrift. Wenn auf Formularen oder Zeugnissen Mitteilungen an die Schule geschrieben werden mussten, waren auch die Lehrer erstaunt. Auch ohne vorgezeichnete Linien hielt sie tadellos die Waagerechte, ohne einen einzigen falschen Buchstaben und mit hübschem, leicht schrägem Ansatz und kraftvollem Zug der senkrechten Striche.

Von dieser feinen Schrift war nun nichts zu erkennen. Kein einziges O, das nicht eierig geraten wäre. Aber ich konnte sie verstehen. Schließlich zitterte auch ich vor Aufregung. Die Turnlehrerin besaß ein ganz besonderes, sanftes Charisma.

Zum Andenken daran, dass ich von nun an offiziell Turnen lernen würde, kaufte mir Mama ein Geschenk. Als ich von der Schule nach Hause kam, empfing sie mich mit freudigem Lächeln. Mit gespielter, erkennbar unnatürlicher Selbstverständlichkeit schickte sie mich in mein Zimmer. Und stand sicherlich, nachdem ich in mein Zimmer gegangen war, verschmitzt lächelnd an der Tür. Auf meinem Schreibtisch lag – wie in einem herzerwärmenden Familienfilm oder einer Serie im nachmittäglichen Bildungsfernsehen am Wochenende – ein hübsch verpacktes Geschenk mit einem Zettel.

Für meine liebe Tochter Mani. Ich wünsche Dir, dass Du eine ganz tolle Turnerin wirst. Mama.

Die Schrift war ein klein wenig schief geraten, Mama schien ähnlich wie beim Ausfüllen der Mitgliedskarte ein bisschen aufgeregt gewesen zu sein. Genauso aufgeregt machte ich nun das Geschenk auf. Ich hatte das Geschenkpapier erst ein kleines Stück weit geöffnet, da konnte ich schon etwas erkennen. Was zum Anziehen! Eng anliegende lilafarbene Strumpfhosen aus glänzendem Material und dazu eine Art Schwimmanzug, weiß, mit langen Ärmeln, der offenbar über den Strumpfhosen getragen werden sollte, wie ein Supermankostüm. Außerdem ein Paar Gelenkstulpen aus Wolle, die wohl weniger dem Gelenkschutz dienten, als eher eine wärmende Funktion hatten. Die Anzüge der Turnerinnen bei Olympia, die ich im Fernsehen gesehen hatte, sahen zwar irgendwie anders aus, aber da die Frauen in meiner Gymnastikgruppe alle ähnliche Sachen trugen, schien es wohl eine Art Trainingsbekleidung zu sein. Erst später kam ich dahinter, dass es sich um ein Aerobic-Dress handelte. Und um eine Aerobic-Schule. Und bei dem, was ich lernte, um Aerobic.

Aerobic boomte damals. Zu einer Zeit, als es als Tabu betrachtet wurde, dass Frauen in der Öffentlichkeit tanzten, erlangte dieser Sport insbesondere bei Hausfrauen geradezu sensationelle Popularität. Hatten sie sich bis dahin zu sehr um Ehemann und Kinder kümmern müssen, als dass sie Gedanken an ihre körperliche und gesundheitliche Konstitution hätten verschwenden können, war nun ihr Bedürfnis geweckt. Morgens lief im Fernsehen ein kurzes Programm, wo Aerobic Dance vorgestellt wurde, und abends fand auf freien Plätzen und in Parks Aerobic-Unterricht statt, bei dem jeder mitmachen konnte. Ein Großteil der Old-Pop-Titel, die ich heute vor mich hinsummen kann, ist die Aerobic-Musik, die ich damals in der abendlichen Dämmerstunde in unserem Viertel gehört habe. So Sachen wie *Ach du Schreck, Fliegendreck!*[10]

Nach der Schule ging ich sofort zur Gymnastik. Jeden Tag ging ich dorthin. Meine Mutter machte sich Gedanken, dass es für mich vielleicht schon ein wenig spät sein könnte, um mit dem Turnen zu beginnen, und bat die Lehrerin, mich besonders im Auge zu behalten, woraufhin die Lehrerin meinte, es sei durchaus etwas Besonderes, dass ein Kind in diesem Alter sich für Aerobic interessiere, und versprach, sie werde mir eigens zusätzlichen Einzelunterricht geben.

Mehr als zwei Monate lang machte ich allerdings lediglich Aufwärmübungen. Nur Aufwärmübungen. Morgen, übermorgen oder zumindest in einer Woche würde ich genau wie die anderen Schülerinnen irgendetwas zur Musik machen, hoffte ich inständig, aber es blieb bei den täglichen zwei Stunden Stretching. Ich betrat den Turnsaal und saß dann in der Ecke vor einem Spiegel, beugte die Hüfte nach vorne, bog mich nach hinten, die Beine erst nach vorne, dann zur Seite gestreckt, dann den Hals vor und zurück, dann die

Arme vor und zurück, im Stehen, dann wieder im Sitzen, dann, nach diesen Lockerungsübungen, folgte weiteres gymnastisches Körpertraining, auf der Stelle hüpfen, so hoch wie möglich, dann so schnell wie möglich, dann so hoch *und* so schnell wie möglich … Mechanisch wiederholte ich die immer gleichen Bewegungen.

Die Lehrerin stand mit verschränkten Armen etwas abseits und beobachtete mich. Wann immer meine Bewegungen etwas langsamer oder nachlässiger wurden, klatschte sie zweimal in die Hände, so dass ich zu ihr hinübersah, und nickte dann einmal. Das bedeutete, dass ich diesen Teil noch einmal wiederholen solle. Und so führte ich die läppischen Bewegungen noch einmal in aller Sorgfalt aus. Wenn ich die Übung dann, obwohl noch immer nicht ganz bei der Sache, irgendwie zu Ende brachte, bemerkte sie meine Unkonzentriertheit nicht – oder tat so, als bemerke sie sie nicht – und ließ fünfe gerade sein. Allmählich wuchs meine Erschöpfung.

Einmal, als ich meine zwei Stunden Stretching hinter mich gebracht hatte und schon im Begriff war, nach Hause zu gehen, hielt mich die Lehrerin fest.

»Und? Wie ist es? Ziemlich schwer, was?«

»Ja, ähm … Na ja …«

Am liebsten hätte ich gesagt, dass es so schwer eigentlich nicht sei, sondern nur langweilig. Aber ich wagte nicht aufzublicken und pulte nur nervös an der trockenen Haut unterhalb meiner Fingernägel herum.

»Ab nächster Woche beginnen wir mit der Choreografie.«

Diese unerwartete Ankündigung trieb mir Freudentränen in die Augen. So musste sich der Bär in dem Augenblick gefühlt haben, als er sich endlich in einen Menschen verwandelte, nachdem er, nur von Beifuß und Knoblauch lebend, in Hunger und Trübsal bis zum schieren Wahnsinn hatte ausharren müssen.[11] An dem Abend breitete ich im Schlafzimmer die große Decke aus, spannte meine Hände und Füße an und probierte ein paar Bewegungen. Mama beobachtete mich erfreut und summte, passend zu meinen Bewegungen, ein Lied. Vater sah eine Weile wortlos zu. Dann meinte er bloß:

»Durchgeknallt.«

Mama rollte wie immer in solchen Moment missmutig die Augen, aber ich dachte mir, dass Vater, der ja kaum je den Mund aufbekam, eben seine eigene Art hatte, sich auszudrücken. Vielleicht hatte er mit dem, was er gesagt hatte, ein gewisses Interesse bekunden wollen. In dem Glauben, dass es sich um eine Art Aufmunterung vonseiten meines Vaters handelte, die nur ich allein verstand, empfand ich damals so etwas wie Dankbarkeit. Heute allerdings, nachdem ich Vaters Verhalten noch länger habe beobachten können, glaube ich, dass er mit »durchgeknallt« damals auch genau das gemeint hat. Und wenn ich darüber nachdenke, würde ich auch selber sagen, dass ich an jenem Abend nicht nur durchgeknallt, sondern vollkommen durchgeknallt war. So wie meine Mutter.

Und dreißig Jahre später war ich noch immer nicht wieder bei Sinnen. An dem Tag, als ich entlassen wurde, schlief ich in der Nacht friedlich und entspannt. Am nächsten Morgen schlüpfte ich, als wäre nichts gewesen, in meine Kleider, aß ein Stück Brot, verließ die Wohnung und ließ mir die morgendliche Brise um die Nase wehen. Auch wenn ich pünktlich wie immer aus dem Haus gegangen war, wusste ich nun nicht, wohin ich gehen sollte. Es wehte ein kalter Wind. Außer meiner Wohnung und meiner Firma fiel mir kein Ort ein, an den ich hätte gehen können, und Freunde, die ich hätte treffen können, hatte ich auch nicht. Was hatte ich bloß für ein Leben geführt, dass es so weit hatte kommen können? Der Gedanke tat mir in der Seele weh. Ein Glück, dass ich wenigstens meinen dreieckigen MP3-Player hatte. Den würde ich bestimmt nicht wegwerfen, sosehr sich Assistant Manager Song auch darüber amüsierte. Meinem MP3-Player war ich verpflichtet, wo er mich doch Tag und Nacht, wenn ich zur Arbeit gegangen, nach Hause gekommen oder außendienstlich unterwegs gewesen war, stets begleitet und mir in Stunden des Alleinseins, der Einsamkeit und des Grübelns treuen Beistand geleistet hatte.

Ich steckte den Stöpsel des MP3-Players ins Ohr und stieg in die U-Bahn. Es gab ein paar Jungs, die mir an solch trüben Tagen stets Entspannung und Trost spendeten. Ich öffnete den Ordner BOYS, in dem ich ausschließlich Lieder männlicher Popstars gespeichert hatte. *Everyday I shock! Every night I shock!*[12] Ich drehte die Musik so laut auf, wie es ging, so dass ich nun taub war für alle anderen Geräusche in meiner Umgebung. Ich hielt den Kopf gesenkt.

Am nächsten Umsteigebahnhof stieg ich aus und ging zum Bahnsteig der Linie 2. Ich hatte mir vorgenommen, mit der Linie 2, der Ringlinie, so lange im Kreis zu fahren, bis mir schlecht würde. Ich stand an der Bahnsteigkante, die Fußspitzen ein kleines Stückchen über die gelbe Sicherheitslinie hinausragen lassend, und wartete auf die U-Bahn. Ein kühler Wind kam herbeigeweht. Die U-Bahn rauschte heran.

Die U-Bahn war proppenvoll. Wenig später würden all diese Menschen an ihrem Arbeitsplatz oder in der Schule sein, und in der Linie 2 würde wieder weniger Betrieb herrschen. Dann würde ich mich hinsetzen und versuchen können, ein wenig zu schlafen. Meinen Geist der Musik, meinen Körper dem Gedränge der Menschen um mich anvertrauend, schloss ich die Augen. Wie viel Zeit mochte vergangen sein? Das Gewummer der Menschen, das von jenseits der Kopfhörer an mein Ohr drang, wurde allmählich schwächer. Nach und nach verschwand auch der Geruch von Parfüm, Zigaretten und Shampoo. Ich spürte nicht mehr die Schultern und Hintern all der Menschen, die mich von allen Seiten umdrängt hatten. Ich fühlte mich am ganzen Körper wie gelähmt. Mir war schwindelig. Und mir wurde noch schwärzer vor meinen bereits geschlossenen Augen. Es schien sich die erste Ohnmacht meines Lebens anzubahnen.

In meinen zwölf Schuljahren, in der Grund-, Mittel- und Oberschule, hatte ich mir dies bei der regelmäßigen Montagmorgen-Versammlung auf dem Sportplatz immer so sehr gewünscht. Schüler, die größer und kräftiger waren, die mehr aßen und die die hundert Meter weitaus schneller liefen als ich, klappten während der langatmigen Rede des Rektors in der sengenden Sonne reihenweise zusammen und mussten weggetragen werden. Wenigstens einem lief bei der Montagmorgen-Versammlung unweigerlich das Gesicht gelb an, seine Augen verdrehten sich so, dass nur noch das Weiße zu sehen war, und ihm rann der kalte Schweiß, bis er schließlich auf dem Boden des staubigen Sportplatzes zu liegen kam. Ich wäre auch gerne einmal ohnmächtig geworden. Jedoch war ich so gesund, dass ich auch in der stechendsten Sommersonne das zusammenhanglose Geschwafel des Schulleiters stets bis zum Schluss über mich ergehen lassen musste. Da hatte ich also bis jetzt auf meine Ohnmacht warten müssen. Ich erinnerte mich gerade noch verschwommen an den Moment, in dem ich als Kind bei Jumi zu Hause Nasenbluten bekommen hatte, als mir plötzlich jemand auf die Schulter klopfte.

Ich öffnete die Augen und sah mich um. Die vielen Leute waren verschwunden. Ein Mann in Uniform sah mich an und sagte etwas. Er zog die Augenbrauen hoch, bewegte seine Hände in der Gegend der Ohren hin und her und redete die ganze Zeit mit mir. Er schien irgendwie hilflos und genervt, seine Gestik wurde immer ausladender, aber ich hörte seine Stimme einfach nicht. War es ein Traum? Vollkommen benebelt saß ich da. Da streckte er die Hand nach mir aus! Und dann – dies wäre in der Tat der richtige Zeitpunkt für eine Ohnmacht gewesen – zog er am Kabel meines MP3-Players und riss mir mit einem Ruck die Stöpsel aus den Ohren.

»Fräulein, nimm das mal aus'm Ohr. Was für laute Musik hörst'n da bloß?«

Die U-Bahn war stehen geblieben, vor dem Fenster war es dunkel. Wo war ich? Eine menschenleere Welt, vor mir, mit bestürztem Gesicht, der einzige Überlebende. Ich ergriff seinen Ärmel.

»Sagen Sie, wo sind wir hier?«

»In der U-Bahn. Warum biste nich ausgestiegen?«

Die Station Sindorim. Von allen Zügen der Ringlinie 2 hatte ich ausgerechnet den erwischt, der nur bis Sindorim fuhr. Der Zugführer, der nun Dienstschluss hatte, meinte, bis der Zug wieder losfahre, werde es eine Weile dauern, und fragte, was ich denn nun tun wolle. Mit seiner Hilfe konnte ich schließlich wieder zum Bahnsteig gelangen.

Als ich so neben dem Zugführer herging und mir das anhaltende Schweigen etwas unangenehm wurde, fragte ich ihn, wo der Zug denn nun hinkomme. Ich war neugierig, was passierte, wenn der letzte Fahrgast ausgestiegen, das Bahngleis zu Ende und der Zug zum Stehen gekommen war. Der Zugführer sagte leichthin, der Zug fahre dann entweder in den Betriebsbahnhof oder einfach wieder auf dem Gleis zurück. Ich fragte, was denn passiere, wenn die U-Bahn in der Nacht irgendwann Betriebschluss habe.

»Dann wird eine Nacht geschlafen und am nächsten Morgen in aller Frühe wieder begonnen. Das ist bei Zügen nicht anders als bei Menschen. Arbeiten und schlafen und wieder arbeiten. So ist das Leben.«

Ich dachte mir, der Zugführer sei nicht nur freundlich, sondern auch weise. Eine Nacht schlafen und am nächsten Morgen in aller Frühe wieder beginnen. Mein langweiliger, anstrengender, gewöhnlicher Alltag, aus dem ich hatte fliehen wollen, war beendet. Wo stand ich jetzt? Endete hier das Bahngleis? Wie ging es nun mit mir weiter?

Ich verließ die U-Bahn-Station Sindorim und ging in Richtung des Kaufhauses. Dort schien sich auch ein Theater zu befinden, denn an einer Säule hing ein großes Musical-Plakat. Als Kind war ich schon einmal hier gewesen. Als an der Stelle des jetzigen Kaufhauses noch die Brikettfabrik stand. Nun ragten ringsum große Hochhaus-Wohnblocks empor, aber früher hatte es hier kein einziges hohes Gebäude gegeben. Da waren ein paar Abendschulen gewesen, nicht allzu weit entfernt floss der Han-gang, vielleicht war es auch ein anderer Wasserlauf, wenn man den Kopf reckte, konnte man in der Ferne das Wasser erkennen. Aus den Schornsteinen der alten Baracken der Brikettfabrik gegenüber war schwarzer Rauch aufgestiegen. Mein Vater hatte damals eine Zeit lang in der Brikettfabrik gearbeitet. Ich weiß nicht genau, was damals passiert war, aber plötzlich hatte er ziemlich viel Geld gebraucht und sich nach langem Grübeln schließlich entschlossen, aus seinem Laden auszuziehen. Das mit der Kaution wurde in aller Eile geregelt, und Vater meinte, er werde nun irgendwo, wo auch immer, anfangen zu arbeiten. Und wie geplant, begann er in der Brikettfabrik, noch ehe sich ein neuer Mieter für den kleinen Laden im Erdgeschoss des heruntergekommenen Gebäudes am Stadtrand gefunden hatte.

Dass Vater mich mitgenommen hätte, um mir einmal die Fabrik zu zeigen, hätte nicht seinem Charakter entsprochen. Meine Mutter sagte, dass sie Vaters Arbeitsplatz unbedingt einmal sehen wolle, aber Angst habe, den Weg in der unbekannten Gegend allein zu gehen, so dass ich schließlich mit ihr zusammen gegangen war. Wie zwei Geschwister, die das erste Mal aus ihrem Dorf in der Provinz in die Hauptstadt gekommen waren, fassten wir uns an den Händen und stiegen vorsichtig in den Bus. Damals musste man noch sehr aufpassen, dass man nicht versehentlich den falschen Bus nahm. Wer hätte damals ahnen können, dass einst eine Zeit kommen würde, in der man von einem in den anderen Bus würde umsteigen können, eine Zeit, in der man nicht mit Münzen, sondern mit einer Karte würde bezahlen können, und schließlich eine Zeit, in der man eine Karte nicht irgendwo hineinstecken oder durchziehen, sondern nur irgendwo würde hinhalten müssen.

Es war zu meiner Oberstufenzeit. An dem Tag, als das erste Mal die Busfahrkarte benutzt wurde. Aus alter Gewohnheit warf ich die Karte einfach in den Ticketbehälter, so wie ich es von den Sammelfahrscheinen her gewohnt war. Als ich bis zur Endstation gefahren war, wo der Behälter geöffnet wurde und ich meine Karte zurückbekommen konnte, war ich unendlich zerknirscht. Mit einem Gesicht, als sei die Welt untergegangen, stieg ich wieder in den Bus und wollte die Karte an das Lesegerät halten, aber der Busfahrer winkte ab.

»Steig einfach ein. Musst jetzt nicht noch mal extra bezahlen.«

Ich senkte den Kopf, sagte Danke und setzte mich in die letzte Reihe. Der Busfahrer sah einmal kurz durch den Innenspiegel zu mir nach hinten und meinte lachend:

»Meine Tochter hat mir hier so eine Kassette mit den neuesten Schlagern gegeben. Vielleicht gefällt dir das auch?«

Im nächsten Augenblick war der leere Bus erfüllt von flotten Rhythmen.

Jeder kennt das, wenn man so durchs Leben geht,
kommt es schon mal vor, dass es grad nicht so läuft.
Ja, dann machs wie ich und sing ein Lied …[13]

Der nette Busfahrer gab sein Bestes, um die arme Oberstufenschülerin, die eine Stunde mit dem Bus gefahren war, um ihre Buskarte wiederzubekommen, und die nun eine Stunde lang wieder zurückfahren musste, ein wenig aufzumuntern. Ich empfand so große Dankbarkeit für seine Freundlichkeit, dass mir die Tränen kamen. An dem Tag saß ich dort zusammengekauert auf der Rückbank des Busses, weinte hemmungslos und zuckte mit den Schultern – zum Rhythmus von *Kungddari Shabara*.

Glücklicherweise gab es eine Buslinie, die direkt von unserem Haus zur Brikettfabrik fuhr. Weil meine Mutter so nervös war, ging ich vorneweg, stieg vor ihr in den Bus und wieder aus, überquerte vor ihr die Straße und fand ruhig und sicher den Weg zur Fabrik. Jenseits einer hohen Mauer sah man die grauen Gebäude mit dreieckigem Dach. Ein trauriges Haus. Das war mein Eindruck damals als Kind, als ich zum ersten Mal eine Brikettfabrik sah. Mir kam es vor, als lebte in diesem Gebäude ein einsamer Riese, der zwar lieb war, aber so abscheulich anzusehen, dass keiner etwas mit ihm zu tun haben wollte.

Es gab viele Gebäude, die alle gleich aussahen. Es schien, als könnte man sich überall verlaufen. Ratlos standen wir vor dem Fabrikeingang. Wer uns in diesem Augenblick rief, war kein Riese, sondern der Pförtner.

»Wo wollen Sie denn hin?«

Ich antwortete wahrheitsgemäß.

»Wir sind gekommen, um meinen Vater zu treffen.«

»So? Wer ist denn dein Vater?«

Meine Mutter wollte mir den Mund zuhalten, aber da hatte ich die drei Silben seines Namens bereits ausgesprochen. Und hinzugefügt, dass er vor einer Woche hier eingestellt worden sei. So saßen wir kurz darauf im Pförtnerhäuschen bei einem Becher heißem Gerstentee und warteten brav auf meinen Vater.

»Da schnappt dein Vater sicher über vor Freude, wenn Frau und Tochter ihn besuchen kommen«, meinte Mama. »Was plapperst du auch so unnötig daher? Wir hätten uns hier einfach still ein wenig umsehen können.«

Mama saß mit schlotternden Beinen da. Wenn sie Vater nicht sehen wollte, wieso hatte sie dann vorgeschlagen, hierher zu kommen? Und wenn sie *derart* wenig Lust hatte, ihn zu sehen, wieso gingen wir dann nicht nach Hause, sondern warteten noch hier? Schließlich trafen wir Vater nicht. Der Pförtner sagte uns, dass Vater gerade bei der Arbeit sei und nicht herauskommen könne, aber in vierzig Minuten sei Pause, ob wir so lange warten wollten. Mama sagte mit einem Ausdruck tiefsten Bedauerns, dass wir dann nun leider gehen müssten. Auf dem Weg nach draußen sah sie sich noch ein paarmal um.

Vater kam auch an diesem Tag spät nach Hause. Er sagte, er habe Überstunden machen müssen. Als er kam, schlief ich schon. Wie mir Mama am nächsten Tag sagte, hatte Vater nicht nach dem Grund unseres Kommens gefragt, sondern nur wortlos den von ihr bereitgestellten Reis verzehrt, bevor er zu Bett gegangen sei.

»Vielleicht hat er das nicht richtig mitbekommen? Oder hat er es vergessen?«

Mama legte den Kopf schief. Ich hatte irgendwie das Gefühl, dass Vater es nicht richtig mitbekommen hatte.

Er war ja am Arbeiten gewesen, bestimmt hatte es ihm niemand ausgerichtet, dass wir gekommen waren, und derjenige, der uns hatte bestellen lassen, dass Vater bei der Arbeit sei und die Pause in vierzig Minuten beginne, war nicht Vater selbst gewesen, sondern einer, der ihn beaufsichtigte – wobei dieses Wort vielleicht nicht ganz passte, mir damals aber kein treffenderes einfiel. Und derjenige hatte es mit Sicherheit nicht gut gefunden, dass wir dort aufgekreuzt waren.

Ein paar Tage später hörte Vater in der Fabrik auf. Vater, der in seinem Laden nach eigenem Ermessen Pause und Feierabend hatte machen können, hatte es nicht ausgehalten, unter so hohem Druck arbeiten zu müssen. Eilig machte er seinen Plan, den Laden zu vermieten, wieder rückgängig und ging nun jeden Morgen in aller Frühe auf den Großmarkt, um Obst und Gemüse zu besorgen. Das war Mamas Beschluss gewesen.

»So klein der Laden auch sein mag, mir gefällt es einfach, wenn man dich mit ›Herr Ladeninhaber‹ anspricht«, meinte Mama und lächelte ein wenig traurig. Vater stieß einen langen Seufzer aus. Noch waren wir nicht so arm, dass wir hätten hungern müssen, und auf der Straße schlafen mussten wir auch nicht. Bei der großen Summe an Geld, die so dringend benötigt wurde, griff Großvater uns unter die Arme. Aber meine Eltern saßen da und bliesen Trübsal wie das arme Ehepaar in *Das Geschenk der Weisen*. Um die Stimmung ein wenig aufzuheitern, meinte ich mit absichtlich fröhlichem Lachen:

»Welcher Kunde spricht einen Obstverkäufer denn mit ›Herr Ladeninhaber‹ an? Die sagen doch alle Onkel zu dir! Hahaha!«

Keiner lachte. Die Stimmung war noch mieser als zuvor und Mutter zischte mir zu:

»Unverschämte Göre!«

Vater wechselte auch später immer wieder einmal den Arbeitsplatz und die Branche und ist bis heute der »Herr Ladeninhaber«, und dort, wo damals die Brikettfabrik stand, die mich zu einer »unverschämten Göre« hatte werden lassen, stehen nun ein Kaufhaus, ein Hotel und ein Hochhauskomplex. Mittlerweile werden dort japanische Menüs, Musik- und Theateraufführungen, für deren Eintritt man mehr als hunderttausend Won pro Karte zahlen muss, und – auf jedem Stockwerk von einer jeweils anderen Kaffeehauskette – Kaffee, der so schwarz ist wie ein Kohlebrikett, angeboten.

Immer wenn ich im Restaurant Fleisch vom Kohlegrill aß, hatte ich an die Brikettfabrik von damals denken müssen. Ich hatte mich gefragt, ob es dort immer noch so geschäftig zuging, dass eine kleine Tochter nicht wenigstens kurz das Gesicht ihres Vaters sehen konnte. Wahrscheinlich war es doch inzwischen anders? Nun erst bekam ich eine Antwort auf diese Frage. Die Brikettfabrik war seit Langem verschwunden. Und mit ihr die Menschen, die dort gearbeitet hatten, bis ihr Gesicht, ihre Hände und ihr Herz kohlschwarz gewesen waren. Unter denjenigen, die beschlossen hatten, das Brikettwerk abzureißen, gab es sicher nicht einen Einzigen, der sich um deren hartes Leben gesorgt hätte, und umgekehrt hatten diejenigen, die dort Kohlebriketts hergestellt hatten, sicher gar keine Muße gehabt, zornig zu sein, sondern sich sofort auf die Suche nach einer neuen Arbeit gemacht. Und würden jetzt irgendwo still und gewissenhaft arbeiten, bis ihr Gesicht und ihre Hände rot, gelb oder blau waren. Manche Dinge änderten sich nicht in dieser Welt, die sich so rasend schnell veränderte. Fleißige und gewissenhafte Leute blieben weiterhin fleißig und gewissenhaft, und trotzdem blieben sie als arme Leute weiterhin arm.

Mama meckerte zwar, es sei ihr lästig, jeden Morgen in aller Frühe neue Kohle einzulegen, aber es war in unserer Wohnung doch am wärmsten, wenn wir den Kohleboiler benutzten. Denn der Linoleumfußboden färbte sich regelrecht gelb, wenn man einmal begonnen hatte, mit Kohle zu heizen, musste man das Feuer, damit es nicht ausging, immer wieder zumindest ein wenig anheizen, und weil es lästig war, nach draußen zu gehen, um das Luftloch zu regulieren, musste man die Nacht mit der gegebenen Temperatur überstehen. Wenn es heiß war, blieb es heiß, wenn es kalt war, blieb es kalt. Nach der Umstellung auf den Ölboiler konnte man die Temperatur regulieren, indem man einfach im Zimmer den Hauptschalter an- oder ausschaltete, und so war es in unserem Haus nicht mehr so warm. Nur bei außerordentlicher Kälte machte Mama den Boiler an, und wenn sie meinte, es sei ein klein wenig warm geworden, schaltete sie ihn gleich wieder aus. Dank des modernen Boilers schlief sie nun nachts entspannt durch und ich im dicken Daunenparka.

Die Kälte kroch mir durch die Adern in jede Ecke des Körpers, ins Herz und in die Knochen. An diesen Ort, der mir als Quelle des Brennmaterials in Erinnerung war, welches mich, heiß und mit stechendem Geruch, so harte Winter hatte überstehen lassen, war ich nun, im kältesten Winter meines Lebens, zurückgekehrt. Und an der U-Bahn-Station, an der die Ringlinie, von der ich gedacht hatte, sie fahre unablässig immer weiter nur im Kreis, zum Stehen gekommen war, war auch ich zum Stehen gekommen.

Im Frühjahr 1989 fanden in unserer Wohnung umfassende Renovierungsarbeiten statt. Damals wurde auch der Kohleboiler gegen einen Ölboiler ausgetauscht. Die kleine Restfläche im Hof wurde mit Holzdielen gedeckt, die Holzfensterrahmen im Schlafzimmer und in meinem Zimmer durch Aluminiumrahmen ersetzt, und vor allem wurde auch das Bad saniert. Anstelle des alten Hockklosetts, das kaum mehr war als ein Loch im Fußboden und bei dem man stets den unappetitlichen Anblick der eigenen Exkremente und des benutzten Klopapiers hatte ertragen müssen, kam nun eine Toilette mit Spülung, die betätigt wurde, indem man an einer Schnur zog. Es war kein Sitzklo, sondern eine Kloschüssel von der Form eines traditionellen Gummischuhs, und auch hier bekam man, wenn man lange hockte, einen Krampf in den Beinen, aber immerhin sah man nun die eigenen Fäkalien nicht mehr.

Jemand, der nie ein Hockklosett benutzt hat, hat kein Anrecht, sich über das Leben zu äußern. Ich wage zu behaupten, dass die erste Grundbedingung eines menschenwürdigen Daseins eher in der Benutzung einer Spültoilette als in gestilltem Hunger besteht. Man muss sich nur ein einziges Mal in der prekären Lage befunden haben, den herausdrängenden Exkrementen einerseits freien Lauf lassen zu wollen, andererseits aber von der Befürchtung geplagt zu werden, sich dabei den eigenen Hintern mit Kot zu bespritzen. Wenn das Geräusch der in die Schüssel purzelnden Kotklumpen die Toilette erfüllt, wird einem, mag man auch sonst von der Last und der Leere des Lebens geplagt werden, unweigerlich bewusst, dass der Mensch letztlich nichts anderes ist als ein Tier, das frisst und scheißt. Während ich auf dem Klo hockte, kamen mir allerlei Gedanken. Achtzig Prozent meiner geistigen Entwicklung verdanke ich der Toilette und der darin befindlichen Exkremente.

Noch dazu war es so, dass sich auf dem Toilettenboden im Laufe der Zeit ein Riss gebildet hatte und ich fortan von der Angst gequält wurde, irgendjemand könne vielleicht in die Toilette fallen. Derjenige, der von uns dreien am schwersten war, war mein Vater, doch bedeutete dies schließlich nicht zwangsläufig, dass er derjenige sein würde, der in das Loch fiel.

Mein Vater hatte dafür gesorgt, dass jener Riss sich aufgetan hatte, und meine Mutter hatte ihn vergrößert – Gott sei's geklagt. Mich beschlich die dunkle Vorahnung, dass nun ich diejenige sein würde, die den Einsturz des Toilettenbodens erleiden würde. Es war ein schreckliches russisches Roulette. Wenn meine Eltern beide nicht zu Hause waren, ging ich vorsichtshalber nicht aufs Klo. Denn es wäre ja niemand da gewesen, der mich hätte herausfischen können. Welche Sauerei und welche Schmach wäre es gewesen, in der eigenen Toilette den Löffel abzugeben. Vielleicht würde davon sogar in den Nachrichten berichtet. *Die Grundschülerin Go M., wohnhaft im Seouler Stadtbezirk S-dong, kam heute infolge eines Sturzes in einer Hocktoilette ums Leben. Es wird angenommen, dass sie an den in der Toilette befindlichen Exkrementen erstickt ist …* Wie erbärmlich.

Immer wenn ich sagte, dass ich Angst vor unserer Hocktoilette hätte, machte sich Mama Vorwürfe, dass sie während ihrer Schwangerschaft nicht die nötige Umsicht habe walten lassen.

»Als du in meinem Bauch warst, hatte auch ich immer eine Abneigung davor, auf die Toilette zu gehen. Weil ich Angst hatte, dass du beim Stuhlgang mit rauskommen könntest. Deshalb konnte ich nie richtig drücken. Neun Monate lang hatte ich Verstopfung. Immer, wenn ich auf dem Klo gehockt hab, hab ich gezittert und gefleht. Kindchen, bleib schön drinnen, bleib schön drinnen! Kein Wunder, dass du dich seitdem vor der Toilette fürchtest. Später ging mir auf, dass ich damals nicht nur ein Kind, sondern auch einen Haufen Scheiße in meinem Bauch habe wachsen lassen.«

Er war eine schwere Geburt. Mama erzählte, dass die Wehen bei ihr schlimmer gewesen seien als bei irgendjemandem sonst und dass sie erst vierundzwanzig Stunden, nachdem sie in den Kreißsaal gekommen war, gespürt habe, wie endlich etwas aus ihrem Unterleib herausgepurzelt sei.

»Es ist draußen!«

Mama jubelte, und Vater, der die ganze Zeit mitgezittert hatte und sich nun die Tränen aus dem Gesicht wischte, fragte den Arzt:

»Ist es ein Junge oder ein Mädchen?«

»Es ist ein Kotklumpen.«

Der Arzt, schon recht betagt, blieb gelassen. Vielleicht hatte er so etwas schon öfter erlebt. Mama hatte also erst einmal einen Haufen Kacke auf die Welt gebracht und anschließend mich. Mit 3,8 Kilogramm war ich gesund und wohlgenährt.

Es war eine große Baustelle. Die Fensterrahmen auszutauschen, dauerte einen Tag, und die Ausweitung des Holzbodens im Hof war – nachdem wir einen Tag gebraucht hatten, um die Tür im Flur herauszubrechen, den Hof aufzuräumen und die Holzträger anzufertigen, und dann noch einen halben, um das Ganze mit Holzplanken abzudecken und die Tür wieder einzusetzen – nach insgesamt zwei Tagen sauber abgeschlossen.

Das Verlegen der Boilerrohre im Fußboden verteilten wir auf mehrere Tage. An den Tagen, an denen der Fußboden in meinem Zimmer aufgerissen wurde, schliefen wir im Schlafzimmer meiner Eltern, und als der dortige Fußboden dran war, lagen wir zusammengepfercht in meinem kleinen Zimmer.

Das Problem war die Toilette. Zunächst musste der Güllewagen kommen, um die Toilette zu leeren, dann würde die Klärgrube eingebaut und darauf dann das Klobecken gesetzt werden. Klobecken, Klärgrube und Wasserleitung mussten verbunden und anschließend verschiedene Vorkehrungen getroffen werden, damit die Leitungen bei Kälte nicht einfroren, danach würde man die Fliesen legen und schließlich alles trocknen lassen. Das würde mindestens drei Tage in Anspruch nehmen. Hieß das, dass wir drei Tage lang nicht auf die Toilette gehen konnten? Als ich mich bei Mama erkundigte, wie sie sich das denn gedacht habe mit den dreitägigen Bauarbeiten und mit der Toilette, meinte sie ungerührt:

»Pinkeln kannst du ins Waschbecken und Wasser nachlaufen lassen, und dein großes Geschäft erledigst du in der Schule. Wer hat sich denn immer wieder über den Anblick des Häufchens im Klo beschwert? Du musst nur ein paar Tage aushalten und kannst dafür in Zukunft eine saubere Toilette benutzen, oder willst du, wenn du das nicht aushältst, lieber dein Leben lang ein Klo benutzen, bei dem du deinen Scheißhaufen siehst?«

»Aber ich kann doch nicht selber entscheiden, wann ich aufs Klo muss und wann nicht. Wenn ich in der Schule bin und nicht muss, was dann?«

»Natürlich kannst du selber entscheiden, wann du aufs Klo gehst! Das kommt doch nicht einfach so raus! Jemand, der das nicht kontrollieren kann, ist doch kein Mensch! Sondern ein Straßenköter!«

»Na schön, aber selbst wenn ich in der Schule aufs Klo gehe und Vater bei sich im Laden, was machst du denn dann, Mama?«

»Keine Sorge. Ich hab mit den Hwangs ausgemacht, dass ich einmal am Tag bei denen gehen darf. Ich würde so ein Projekt doch nicht angehen, ohne vorher die nötigen Vorkehrungen getroffen zu haben.«

»Und warum musste ich überhaupt mein Leben lang so ein primitives Klo benutzen? Ich heirate später einen Mann, der eine richtige Spültoilette hat.«

»Meinst du, das kannst du dir aussuchen? Glaubst du, ich hätte deinen Vater geheiratet, weil ich einen Mann mit Hocktoilette wollte?«

So gesehen waren meine Ansprüche an meinen künftigen Ehemann durchaus bescheiden. Er sollte eine Spültoilette besitzen. Nicht unbedingt mit einer dazugehörigen Wohnung, nein, allein die Spültoilette würde mir schon genügen. Ich stellte mir des Öfteren die Szene eines Heiratsantrags vor. Ein schicker Mann im Anzug, eine mit rosa Schleifchen und Luftballons verzierte Toilette hinter sich ziehend, trat vor mich hin und sagte:

»Wollt Ihr, oh werte Dame, den Bund der Ehe mit mir eingehen und bis ans Ende Eurer Tage diese Spül-to-a-lät-teee benutzen?«

Wer weiß, vielleicht ist diese unbescheidene Bedingung schuld daran, dass ich noch immer ledig bin.

Am ersten Tag ging ich eine Stunde früher als gewöhnlich zur Schule, um zur gleichen Zeit wie sonst auch auf die Toilette gehen zu können. Am zweiten Tag schaffte ich es durchzuhalten. Ich ging zur gewohnten Zeit zur Schule und dort gleich zur Toilette. Wie meine Mutter gesagt hatte, gab es kein Problem. Das Malheur passierte am Tag darauf.

Da am Mittwoch in der Turnschule nur am Vormittag die Hausfrauenklasse stattfand, war ich am Nachmittag die einzige Schülerin. Deshalb nahm sich die Lehrerin am Mittwoch die Zeit, sich intensiv um mich zu kümmern, mir die Bewegungen im Einzelnen zu erklären und vorzumachen und mit festem Griff meine Gelenke zu umfassen und meine Haltung zu korrigieren. Tatsächlich hatte ich mich, seit wir ernsthaft mit der Choreografie begonnen hatten, nicht recht besinnen können. Die Bewegungen waren zu kompliziert, zu schwer und zu schnell und kosteten mehr Energie als gedacht, so dass ich noch vor Ende der Unterrichtsstunde am Boden kroch. Auch an diesem Tag lag ich da, alle viere von mir gestreckt. Die Lehrerin kam herbei und setzte sich neben mich. Sie meinte, wenn man sich so ausstrecke, schade das den Muskeln eher, und sie klopfte sich auf Arme und Beine, um ihren Körper zu lockern. Es kam nicht oft vor, dass ich mich so ruhig und entspannt neben ihr befand, ohne zu hüpfen oder meinen Körper krumm zu machen. Vorsichtig fragte ich:

»Band und Keulen und Reifen, wann fangen wir denn mit diesen Sachen an?«

»Was?«

»Als ich Rhythmische Sportgymnastik gesehen hab, da haben die das mit solchen Geräten gemacht.«

Die Augen der Lehrerin drehten eine große Runde im Uhrzeigersinn. Dann löste sie langsam das Haarband, mit dem ihre Haare zusammengebunden waren, legte den Kopf ein wenig schief und fragte dann ganz langsam, Wort für Wort deutlich artikulierend:

»Mani, was willst du später werden?«

»Turnerin! Deshalb bin ich ja hierhergekommen, um das zu lernen.«

Den Gesichtsausdruck der Lehrerin werde ich nie vergessen. Ein Gesichtsausdruck, den man vielleicht machen würde, wenn man an einem schönen, freundlichen Nachmittag einen Spaziergang durch den Park unternimmt und plötzlich eine streunende Katze dahergelaufen kommt, einem mit der Pfote auf den Fuß tippt und sagt: »Ähm, Entschuldigung?« Mit diesem undefinierbarem Gesicht sah mich die Lehrerin sanft an und meinte dann mit reizendem Lächeln:

»Ach so. Du willst Kunstturnerin werden. Und du bist gekommen, um Turnen zu lernen.«

Was sollte das denn heißen? Ich war ein wenig verwirrt, aber zugleich einmal mehr einfach von ihr bezaubert. Sie sagte, ich solle doch mit ihr nach unten in ihre Wohnung gehen, sie habe ein paar Videos von Turnwettkämpfen, wir könnten etwas essen und uns die Videos ansehen. Zwei Erlebnisse sollten mich an diesem Tag zutiefst erschüttern.

Die Wohnung hatte ein Zimmer und dazu einen Raum, der als Wohnzimmer und zugleich als Küche diente. Die Lehrerin lebte offenbar allein. In der Wohnung hingen lauter Fotos von ihr. Sie schien früher traditionellen koreanischen Tanz betrieben zu haben, denn auf den meisten der Bühnenfotos trug sie einen Hanbok. Die Vitrine war voll von vergilbten Medaillen und Trophäen. Sie musste eine wirklich gute Tänzerin gewesen sein. Aber hatte Tanzen etwas mit Turnen zu tun? Da hatten wir das ganze Geld bezahlt, ohne überhaupt zu wissen, was genau ihr Fachgebiet gewesen war, bis zu welcher Schule sie es gebracht hatte und ob sie über nennenswerte Berufserfahrung verfügte.

Während ich mich in ihrer Wohnung umblickte, ging sie an den Kühlschrank und nahm eilig ein paar Zutaten heraus. Wie sie dort so mit umgebundener Schürze am Spülbecken stand, hatte ich den Eindruck, als wäre sie eine ganz gewöhnliche Frau, so wie meine Mutter.

»Ich mach dir ein Steak.«

Der herzhafte Geruch von gebratenem Fleisch erfüllte die Wohnung, und kurz darauf stellte die Lehrerin zwei Teller auf das flache Tischchen im Wohnzimmer. Die dicken Fleischstücke waren mit brauner Soße übergossen und mit Mais, Möhren und Weißkohl garniert. Steak. Kein gewöhnliches Schnitzel, auf das Ketchup gekippt wurde, sondern ein echtes Steak, in das man mit einer Gabel hineinstach und das man mit einem Messer zerteilte. Dass man so etwas auch einfach zu Hause essen konnte! So wie in Zeichentrickserien wie *Die kleine Prinzessin Sara*[14] oder *Anne mit den roten Haaren*[15]. Das war mein erster Schock an diesem Tag.

»Wollen Sie denn gar nichts essen?«

Die Lehrerin lächelte, als wäre sie amüsiert über diese niedliche Frage, und sagte:

»Doch, natürlich. Steak esse ich manchmal, wenn ich keine Lust habe, Reis zu kochen. Heute musste es ja mal schnell gehen. Aber wieso? Magst du kein Steak?«

Ich wedelte sogleich, das Messer in der einen, die Gabel in der anderen, verneinend die Hände hin und her und erklärte, dass ich sehr gerne Steak äße. Tatsächlich war es das erste Mal überhaupt, dass ich welches aß. Ich hatte das Gefühl, dass meine Antwort vielleicht etwas voreilig gewesen sein könnte, da ich den Geschmack ja gar nicht kannte, aber es stimmte. Das Steak schmeckte mir gut.

Die Lehrerin war wirklich eine außergewöhnliche und mutige Person. Zwar mochte ich noch klein sein, aber man sah mir schließlich auf den ersten Blick an, dass ich aus einem Haushalt kam, wo es nicht viel zu essen und nicht viel anzuziehen gab, einem Haushalt, der das Geld für die Turnstunden nur mit Mühe aufbringen konnte. Und da sagte sie mir, wenn es ihr zu lästig sei, Reis zu kochen, esse sie eben Steak. Wenn sie kein Brot haben, sollen sie doch Kuchen essen. Nach diesem Satz von Marie Antoinette soll immerhin eine Revolution ausgebrochen sein. Ob sie das nun wirklich so gesagt hatte oder nicht.

Während ich mir hastig die grob geschnittenen Fleischstücke in den Mund schob, schaltete die Lehrerin den Fernseher an der Wand gegenüber an und legte eine Videokassette ein. Man sah eine Turnerin im Wettkampf. Den dichten Pony kurz geschnitten, so dass er nicht bis an die Augenbrauen reichte, den Haarschopf niedlich zusammengebunden, die Augen mit tiefen Lidfalten, der Nasenrücken hoch, der Kopf klein und rund. Warum hatten die Turnerinnen bloß alle einen so kleinen, hübschen Kopf?

Mit einem Mal war mein Kopf wie leer gepustet. Meine Augen klebten regelrecht am Bildschirm. Sie stand am Ende des Schwebebalkens, die Arme zu beiden Seiten abgespreizt. Dann drei rhythmische Schritte vorwärts. Der Sprung, mit der Leichtigkeit eines Vogels, einer Feder, die Landung ohne die geringste Unsicherheit. Der kleine, hübsche Körper voller Spannkraft wie ein Bogen, der Blick fest und entschlossen.

Von besonderer Perfektion war die Übung am Stufenbarren. Ich musste an die Süßwassergarnelen denken, die ich gesehen hatte, als ich einmal mit Vater am Flussufer gewesen war. Die Sonnenstrahlen hatten sich im Wasser des Flusses gespiegelt und geglitzert, und da waren die Garnelen gewesen, wie Feen so schön, mit durchsichtigem Körper, dessen Inneres man deutlich erkennen konnte. Das geschickte Mädchen dort ließ nun seinen Körper über den unteren hinauf zum oberen Holm springen, wie eine Garnele, die mit leichtem Spritzen an der Wasseroberfläche auftaucht. Als ich sah, wie sie nach einer großen Umdrehung am oberen Holm nun den unteren mit der Hüfte umwickelte, schwerelos wie ein Luftwirbel, sich vom Gerät löste und schließlich sicher landete, tropfte mir der Speichel aus dem Mund. Und ich würgte die Fleischstückchen hinunter, die ich vor Faszination zu kauen vergessen hatte.

»Das ist Nadia Comaneci. Die legendäre Turnprinzessin«, sagte die Lehrerin.

Die Begegnung mit Nadia Comaneci kam mir geradezu schicksalhaft vor, und die Lehrerin goss noch Öl ins Feuer meiner Schicksalstheorie, indem sie sagte:

»Als ich dich das erste Mal sah, habe ich mir gleich gedacht, dass du ein besonderes Kind bist. Go Mani. Dein Name. Als ich deinen Namen gehört habe, musste ich gleich an Nadia Comaneci denken.«

Nadia Comaneci, die von den Kampfrichtern sage und schreibe siebenmal die Note 10 bekommen hatte. Dass alle Kampfrichter in einem offiziellen Punktwettkampf geschlossen die Höchstnote vergaben, war nahezu ein Ding der Unmöglichkeit. Bei den Olympischen Spielen in Montreal erschien nach Nadia Comanecis Stufenbarrenpräsentation die Zahl 1,0 auf der Anzeigetafel. Für diese perfekte Darbietung, die vom Publikum mit stehenden Ovationen bedacht wurde, war dies eine absurd niedrige Wertung. Athleten, Zuschauer und Trainer waren verwirrt. Die Trainer hatten sich schon erhoben, um Protest einzulegen, da rief ihnen einer der Kampfrichter zu. Es war keine 1,0, sondern eine glatte 10! Die Anzeigetafel war so konstruiert, dass sie nur Wertungen bis 9,99 Punkte zuließ. So wurde die vierzehnjährige Nadia Comaneci zur Heldin der Spiele von Montreal.

Als die Lehrerin mir die Geschichte von Nadia Comaneci erzählte, fühlte ich im ganzen Körper die Hitze in mir aufsteigen. Mein Gesicht glühte. Ich war wie benommen, und ich hatte das Gefühl, als käme Dampf aus meinem Mund und meinen Augen. So ähnlich musste es sich wohl anfühlen, wenn man von einem Geist besessen wird. Ober wenn man liebeskrank ist. Und ich war von diesem Augenblick an tatsächlich wie besessen von der Vorstellung, Turnerin zu werden. Wie ich an dem Tag nach Hause gekommen bin, weiß ich nicht mehr. Auch abends im Bett dachte ich weiter an Nadia Comaneci.

Und in jener Nacht fühlte ich mich wirklich schlecht. Ich hatte Bauchschmerzen. Schuld war das Steak, das ich nicht gewohnt gewesen war und das ich mir zudem noch wie von Sinnen in den Magen gestopft hatte. Wegen der Boilerinstallation war der Fußboden im Elternschlafzimmer aufgerissen und die ganze Familie schlief dicht zusammengedrängt in meinem Zimmer. Weil ich mich die ganze Zeit hin und her wälzte, konnte auch meine Mutter nicht schlafen.

»Jetzt hör doch mal auf, so herumzuzappeln. Wie ein Hündchen, das ganz dringend muss!«

»Ich muss wirklich, Mama.«

Meine Mutter setzte sich erschrocken auf. Ich bat:

»Mama, ich hab solche Bauchschmerzen. Kann ich nicht auch mal kurz zu den Hwangs rüber und da das Klo benutzen?«

Aber es war schon Mitternacht. Mama hatte es nun eilig, Zeitungspapier im Hof auszulegen, und ich hatte es noch eiliger, im nach allen Seiten offenen Hof mein großes Geschäft zu erledigen. Es war wässriger Durchfall, was die Sache nicht gerade erquicklicher machte. Mama biss sich zitternd auf die Unterlippe. Nachdem sie wortlos alles aufgeräumt hatte, legte sie sich wieder hin und lamentierte die ganze Nacht vor sich hin.

»Puh, dieses kleine Scheißerchen. Hat schon als Baby immer alles vollgekackt. Und jetzt immer noch, mitten in der Nacht ... Treibt sich irgendwo rum, isst wer weiß was und weckt nachts die ganze Familie auf. Das hätte ich auch nicht gedacht ... Dass ich in dem Alter noch die Kacke meiner Tochter wegräumen muss. Womit habe ich das verdient? Diesen fürchterlichen Gestank ...«

Vielleicht weil ich so viel Flüssigkeit verloren hatte, war ich müde und entkräftet, und so klang das monotone Gemurmel meiner Mutter wie ein Schlaflied in meinen Ohren, bis mir schließlich die Augen zufielen. Und noch im Einschlafen dachte ich: Nadia Comaneci musste in ihrem Leben sicher auch des Öfteren aufs Klo.

Etwa zehn Jahre später kam ich dahinter, dass mein Name noch eine andere Bedeutung hatte. Zu der Zeit war Korea bereits eine Internetgroßmacht, und die jungen Leute hingen jede Nacht vor dem Monitor, um mit Leuten zu chatten, deren Gesichter sie nicht sehen konnten, und von filmwürdigen Rendezvous zu träumen, und ich war auf der Suche nach Klassenkameradinnen aus meiner frühen Schulzeit. Da gab ich einfach mal den Namen »Go Mani« in die Suchmaschine ein.

In Gongju in der Provinz Süd-Chungcheon gab es einen Gomani-Hügel. Er stand im Zusammenhang mit einer Geschichte aus der Zeit des Königreiches Baekje. In Gongju, im Dorf Naseong, lebten fünf Familien, die jeweils nur einen einzigen Sohn hatten. Als der Krieg zwischen Baekje und den Silla-Tang-Alliierten ausbrach, wurden auch diese fünf Söhne als Soldaten einberufen, und sie wanderten über den Hügel vor dem Dorf und zogen in die Schlacht. Am Ende dieses langen Krieges war das Königreich Baekje untergegangen und die Eltern jener Söhne stiegen jeden Tag auf den Hügel, um dort auf deren Rückkehr zu warten, doch die fünf Söhne kehrten nie wieder zurück. Von da an wurde der Hügel, über den die Söhne fortgegangen waren, von den Leuten aus dem Dorf der »Gomani-Hügel« genannt. Der Hügel, dessen Überquerung »das Ende« bedeutet, der Hügel, von dem man nie wieder heimkehrt, wenn man ihn überquert hat. Eine traurige und irgendwie schreckliche Geschichte. Wieso hatten mir meine Eltern einen so traurigen Namen gegeben?

»Mama, von wem habe ich meinen Namen?«

»Von Opa. Der ist zur Namensagentur gegangen und hat sich einen Namen geben lassen.«

Dabei hatte mein Großvater doch gesagt, er wolle seine Tochter und sein Enkelkind nicht mehr sehen. Aber als ich auf die Welt kam, schien er sich trotzdem noch um meinen Namen gekümmert zu haben.

»Was bedeutet mein Name denn?«

»Keine Ahnung. Hab ich vergessen, irgendwas war es. Jedenfalls bedeutet er was Gutes. Dass du es weit bringst.«

Ich grübelte einen Moment lang. Dann fragte ich:

»Sag mal, Mama, kennst du vielleicht den Gomani-Hügel?«

»Was, den Romani-Hügel?«

»Nee, schon gut.«

Nach meiner Kündigung fuhr ich morgens noch eine ganze Weile mit der U-Bahn umher. Tagsüber ging ich, weil ich nichts zu tun hatte, mit der U-Bahn auf Pilgerfahrt, und in der Nacht träumte ich ununterbrochen davon, wie ich einen Hügel überquerte. Wobei ich immer nur bergauf ging. Ich fragte mich im Traum, ob das wohl der Gomani-Hügel sei. Und wenn ich morgens aufwachte, war meine Müdigkeit umso größer.

KEINE LEICHTE, ABER EINE GLÜCKLICHE ZEIT

Als meine Mutter davon erfuhr, dass ich arbeitslos geworden war, reagierte sie wie erwartet mit Schimpftiraden. Keine tröstenden Worte, dass es für mich auch nicht leicht gewesen sei, keine warme Ermutigung, dass ich ja nun einen besseren Arbeitsplatz finden könne. Obwohl ich ziemlich lange in der Firma beschäftigt gewesen war, hatte ich nicht einen Groschen sparen können. Das bisschen Geld, das ich verdient hatte, war vollständig für den Lebensunterhalt unserer Familie draufgegangen. Aber von meiner Mutter war nie ein Wort des Dankes zu hören gewesen, und nun, wo man mich aus der Firma geworfen hatte, hagelte es erwartungsgemäß Tadel.

Auf dieser Welt gibt es keine Geheimnisse. Alles, was irgendwie ans Licht kommen kann, kommt ans Licht. Deshalb sagte ich schließlich von mir aus, was los war. Es quälte mich, dass ich, obwohl ich nicht zur Arbeit ging, morgens nicht ausschlafen konnte, es quälte mich, dass ich mich den ganzen Tag lang ziellos irgendwo herumtrieb, und vor allem hatte ich Angst vor dem nahenden Zahltag, an dem ich keinen Lohn bekommen würde. Als ich abends beim Abendessen Beichte ablegte, fragte meine Mutter fünfmal: »Ist das dein Ernst?« Und als ich daraufhin fünfmal gewissenhaft erwiderte, ja, das sei mein Ernst, rüttelte sie mich an den Schultern und explodierte:

»Wie kannst du das hier so nonchalant zum Besten geben? Bist du auch noch stolz drauf? Was hast du denn Idiotisches angestellt, dass man dich rausgeworfen hat? Hä? Ist es dir egal, wie wir jetzt über die Runden kommen sollen? Hast du kein Gewissen? Willst du, dass deine alten Eltern verhungern?«

Da wurde auch ich wütend.

»Dann muss ich mir halt eine neue Arbeit suchen. Hast du nicht in den Nachrichten gehört, wie mies die Wirtschaftslage zurzeit ist? Es sind mehrere Leute entlassen worden, weil die Firma in Schwierigkeiten ist. Nicht nur ich. Außerdem habe ich in der ganzen Zeit wirklich fleißig gearbeitet. Glaubst du, es gibt viele Töchter, die mit fast vierzig noch nicht verheiratet sind und ihre Eltern ernähren müssen? Dankbarkeit erwarte ich ja gar nicht. Aber es bringt dich auch nicht um, wenn du sagen würdest, du hast deine Arbeit gut gemacht, jetzt ruh dich erst mal aus.«

Tatsächlich war es nicht so, dass ich deshalb nicht geheiratet hatte, weil ich für meine Eltern sorgen musste. Geheiratet hätte ich schon gerne, aber weil daraus nichts geworden war, sorgte ich nun halt für den Lebensunterhalt meiner Eltern. Das wusste ich selbst auch, und insofern hatte ich auch nicht die Absicht gehabt, mich groß zu rühmen, aber in meiner Wut war es mir so herausgerutscht. Auch war außer mir niemand sonst entlassen worden. Vielleicht war ich umso wütender, weil meine Mutter nicht so ganz unrecht hatte. Und wie erwartet, hielt sie sich auch nun nicht zurück.

»Dankbar? Du sagst deiner Mutter, sie soll dankbar sein? Und dass du mit deinem mickrigen Gehalt für unseren Lebensunterhalt gesorgt hättest? Was habe ich denn dafür bekommen, dass ich dich jahrzehntelang gefüttert, angezogen und ins Bett gebracht habe? Und deine Studiengebühren bezahlt habe! Und deinetwegen ein so vermurkstes Leben habe führen müssen! Was hatte ich davon?«

Sie brach in Tränen aus. Da ließ Vater, der bis dahin still dagesessen hatte, seinen Löffel auf den Tisch fallen, ging hinaus und knallte die Tür hinter sich zu, dass der Türrahmen wackelte. Daran hatten wir beide nicht gedacht. Dass derjenige, den unsere stechenden Worte am meisten verletzten, nicht Mama oder ich war, sondern Vater. Ihn mussten die Kritik, unfähig zu sein, die Klage, dass alles so anstrengend sei, und die Reue über das vergangene Leben wie ein Dolch getroffen haben. Mir kam der Vers eines berühmten Gedichts in den Sinn. *Ein unbesonnen abgeschossener Pfeil …* [16] Unbesonnen. Wie schlimm und verantwortungslos war das gewesen, was ich da gesagt hatte. Ich war wütend und beschämt über mein mangelndes Taktgefühl und meine Rücksichtslosigkeit.

Während ich noch benommen und gedankenversunken auf die Tür blickte, die Vater hinter sich geschlossen hatte, saß Mama in sich zusammengesackt da, vergrub ihr Gesicht zwischen den Knien und weinte. Meine Mittäterin, die nicht wusste, was sie sich hatte zuschulden kommen lassen. Wie kam es, dass mir solche Fehltritte immer gemeinsam mit Mama unterliefen? Ich schrie sie noch einmal an.

»Hör auf! Wir verhungern schon nicht! Was soll das kindische Geflenne!«

Da hatte ich einen weiteren unbesonnenen Pfeil abgeschossen. Das Wort, dass Mama am empfindlichsten traf. Kindisch. Sie zuckte noch heftiger mit den Schultern. Ich überlegte, ob ich Vater hinterherlaufen oder Mama besänftigen solle, und entschied mich für Letzteres. Auch weil sie es allein nicht hinbekommen würde, ihr Gemüt ein wenig zu ordnen, vor allem aber, weil es für mich die einfachere Alternative war. Kaum hatte ich mich entschuldigt, beruhigte sie sich erwartungsgemäß und aß ihr Abendessen auf.

Vater kam erst gegen zwei Uhr morgens wieder nach Hause. Ich hörte das Geräusch der Tür und das Schlurfen seiner Schuhe. Er hatte getrunken. Die Zimmertür ging auf, dann wieder zu, anschließend hörte ich, wie er sich wusch, dann ging die Tür wieder auf, dann wieder zu, Mama aber schlief seelenruhig weiter. Manchmal beneidete ich sie.

Vom nächsten Tag an nannte mich Mama schonungslos eine »Arbeitslose« und verlangte unentwegt, dass ich sofort losziehen und mir eine neue Arbeit suchen solle. Auch weckte sie mich wie eh und je in aller Herrgottsfrühe. Zu allen drei Mahlzeiten, wenn wir gemeinsam am Tisch saßen, jedes Mal, wenn wir uns vor dem Kühlschrank oder auf dem Weg ins Bad begegneten, jedes Mal, wenn ich mich ungeniert ins Schlafzimmer drängte, um eine Fernsehserie anzuschauen, sagte sie, ich solle mir eine Arbeit suchen. Hast du schon irgendwo deinen Lebenslauf eingereicht? Willst du nicht mal ins Anzeigenblatt schauen? Gibt es denn niemanden, der dir vielleicht einen Arbeitsplatz vermitteln könnte? Ich sagte jedes Mal Jaja und vernuschelte den Rest, doch irgendwann stieß auch diese Strategie an ihre Grenzen.

»Mama, um meine Arbeit kümmere ich mich schon selber. Ich bin doch kein kleines Kind mehr. Für Entlassungen gibt es keine günstige Zeit, für Einstellungen aber schon. Noch ist es nicht so weit. Hör bitte auf zu fragen. Wenn es so weit ist, kümmere ich mich schon darum.«

Die günstige Zeit war natürlich längst vorbei. Wer brauchte schon jemanden wie mich, der über keine besondere Berufserfahrung und keine besonderen technischen Kenntnisse verfügte, sondern einfach nur immer älter geworden war. Meine Mutter monierte, ich solle in eine Firma wechseln, in der ich etwas länger bleiben könnte, und ich solle mich wenigstens um ein nützliches Zertifikat bemühen. Aber eine Firma, in der man lange bleiben konnte, ein Zertifikat, das von Nutzen gewesen wäre, so etwas gab es einfach nicht, und selbst wenn, für Letzteres fehlte mir einfach die Zeit. Kompliziert war meine Arbeit nicht gewesen, aber ich hatte immer viel zu tun gehabt, und es war nervenaufreibend gewesen. Schließlich ging es darum, Geld zu verdienen. Immer war ich müde.

Ich hatte gedacht, dass das Leben mit Mitte dreißig langweilig werden würde. Die Arbeit in der Firma wäre so vertraut und bequem wie ein alter Trainingsanzug, und wenn man erst einmal verheiratet wäre und Kinder hätte, würde sich das Leben nicht mehr zurückdrehen lassen. Sicherheit oder Langeweile. So hatte ich gedacht. Aber nun hatte ich keine Arbeit, keinen Mann und keine Kinder und machte mir Gedanken über meinen weiteren Weg.

Warum aber sagte meine Mutter zwar ständig, ich solle mir Arbeit suchen, aber nie, ich solle mir einen Mann suchen? Tatsächlich hatte sie, obwohl ich ja nicht mehr die Jüngste war, nie herumgemeckert, dass ich noch immer nicht verheiratet sei, geschweige denn, sich um eine Heiratsvermittlung gekümmert. Natürlich hätte ich an einem durch meine Mutter vermittelten Date auch gar kein Interesse gehabt.

»Aber Mama, warum sagst du eigentlich nie, dass ich heiraten soll?«

»Soll das … Soll das heißen, du hast wen?«, stotterte sie vollkommen entgeistert. Was sollte das denn jetzt wieder?

»Hättest du was dagegen, wenn ich jemanden mitbringe, den ich heiraten will?«

»W-was? Heißt das, du … Du hast wirklich wen? Und deshalb hast du in der Firma aufgehört?«

»Warum stotterst du so? Wen sollte ich schon heiraten? Ich meine ja nur.«

Trotz meiner Beteuerung beruhigte Mama sich nicht. Noch immer saß sie konsterniert da und starrte ins Leere. Was mich umso betrübter stimmte, war die Tatsache, dass sie nicht im Mindesten erfreut gewesen zu sein schien.

»Ich hab so das Gefühl, du willst gar nicht, dass ich heirate, oder?«

»Das nicht, es ist nur …«

Sie blieb eine Weile still. Dann sagte sie:

»Mir ist nie der Gedanke gekommen, dass du irgendwann heiraten würdest.«

»Das ist doch absurd! Jedes Jahr an den Feiertagen nörgelt die gesamte Verwandtschaft herum, weshalb ich denn noch immer nicht verheiratet bin. Und ich bin nicht dreißig, sondern sechsunddreißig. Nächstes Jahr siebenunddreißig.«

»In meinen Augen bist du immer noch ein kleines Mädchen. Ein kleines Mädchen von neun Jahren. Und immer wenn jemand gefragt hat, wieso ich dich denn nicht endlich verheirate, habe ich bei mir gedacht, was soll denn das. Aber inzwischen bist du ja auch in dem Alter, wo es Zeit wird, zu heiraten.«

»Ich bin überhaupt nicht in dem Alter, wo es Zeit wird. Bin ich schon längst nicht mehr. In Korea heiraten die Frauen mit dreißig.«

Wenn ich so zurückblicke, habe ich nie einen Mann getroffen, der für eine ernsthafte Beziehung, geschweige denn für eine Heirat infrage gekommen wäre.

Meine erste Liebe, wenn man das so nennen will, war ein etwas älterer Junge gewesen, der als Aushilfe in einem Videoladen arbeitete und den ich in meinem dritten Oberstufenjahr kennengelernt hatte. Natürlich wurde daraus nie eine Beziehung. Wir waren uns lediglich ein paarmal beiläufig begegnet. Damals hatten in unserem Viertel einige große Videotheken aufgemacht, in denen alle vier Wände von prall mit Videokassetten gefüllten Regalen bedeckt waren, und ältere Filme konnte man für nur fünfhundert Won das Stück billig ausleihen. Einen Fernsehapparat und einen Videospieler hatten wir nur im Elternschlafzimmer, und für Filme interessierte ich mich nicht besonders, so dass es selten vorkam, dass ich mir welche auslieh und anschaute. Aber an einem Abend, als ich in der Schulbibliothek noch gelernt hatte und mich nun auf dem Weg nach Hause befand, ging ich aus irgendeinem Grund in die Videothek und nahm ein neueres Video aus dem Regal. Als ich bezahlen wollte, sah mich der Junge, der dort als Aushilfe arbeitete, an und meinte:

»Sie müssen morgen unbedingt wiederkommen.«

Was? Wirklich? Morgen? Unbedingt? Wiederkommen? Was sollte das denn für ein plötzliches Geständnis werden? Ich glaube, ich wurde rot. Ich wusste nicht recht, was ich antworten sollte, nahm die Videokassette entgegen und stand einen Moment lang etwas verlegen da. Der Junge im himmelblauen Pikeehemd mit steifem Kragen lächelte.

»Weil das ein neues Video ist. Das müssen Sie morgen unbedingt zurückgeben.«

»Ach so, ja, ja klar.«

Mehrfach nickend verabschiedete ich mich und verließ den Laden. Der Film, den ich ausgeliehen hatte, war *Face / Off*. Ich hätte mir am liebsten das vor Scham errötete Gesicht heruntergerissen.

Es war nicht so, dass ich in den Jungen aus der Videothek verliebt gewesen wäre. Wirklich nicht, aber ich ging jetzt ständig in den Laden. Aus Geldmangel wählte ich meist die alten Filme für dreihundert oder fünfhundert Won. Später begann der Junge mich zu duzen, nannte mich beim Namen und empfahl mir sogar Filme. An dem Tag, als ich auf seine Empfehlung hin drei Schwarzweißfilme ausgeliehen hatte, deren Regisseure alle schwierige, lange, ausländische Namen hatten, schlug mir meine Mutter, die mir vorwarf, im letzten Jahr der Oberschule kein bisschen zu lernen, sondern jeden Tag nur noch irgendwelche Filme zu sehen, die Videokassetten um die Ohren. Sie war es auch, die die Kassetten zurückbrachte, und von da an ging ich nicht mehr in den Laden. Erst in den Sommerferien wieder, aber da gab es dann schon eine neue Aushilfe. Ob das Gefühl, das ich damals empfunden hatte, vielleicht doch so etwas wie Liebe gewesen war, weiß ich nicht. Jedenfalls hatte ich, jedes Mal wenn ich ihn sah,

Herzklopfen bekommen, wenn er meinen Namen sagte, war ich nervös geworden, und als ich ihn nicht mehr sehen konnte, fehlte er mir.

Meine erste wechselseitige Beziehung war ein Kommilitone an der Universität gewesen. Wenn ich für ihn Aufgaben erledigte oder fleißig für ihn mitschrieb, sagte er mir, wie dankbar er mir sei und wie sehr er mich liebe und was er bloß ohne mich machen würde, und ging dann weg, um Billard oder Computerspiele zu spielen oder um mit seinen Freunden zu trinken, das Arschloch. Unter dem Vorwand, dass er zum Militärdienst müsse – was gelogen war –, hatte er dann mit mir Schluss gemacht.

Mein zweiter Freund, der ein Jahr jünger war als ich und mit mir zusammen als Aushilfe in einem japanischen Restaurant arbeitete, lieh sich kleckerweise immer wieder Geld bei mir. Wenn ich ihm Geld borgte, sagte er, dass er mich liebe, und wenn ich kein Geld hatte, sagte er, es tue ihm leid, und weinte. Auch meine finanzielle Lage war nicht so rosig, dass ich ständig Geld hätte leihen können. Nach einigem Grübeln erklärte ich ihm, dass ich es gut fände, wenn er sich kein Geld mehr bei mir borgen würde und mir das, was er sich bis dahin bei mir geliehen habe, zurückgäbe. Er gab sich geknickt. Was er sich bei mir geliehen habe, sei ja nun wirklich nicht der Rede wert gewesen, wie ich denn so etwas nur sagen könne, beklagte er sich unter Tränenfluten. Mir blieb nichts anderes übrig, als ihm meine Aufzeichnungen zu zeigen, in denen ich Leihdaten und -summen notiert hatte. Insgesamt waren es eine Million zweihunderttausend Won, mit Sicherheit kein kleiner Betrag für eine Studentin. Er hörte auf zu weinen und bekam einen eisigen Blick.

»Boah, du bist ja echt krass. Heißt das, du hast die ganze Zeit knallhart abgerechnet? Und ich dachte, unsere Liebe wäre echt.«

»Nein, nein, ich will damit nicht sagen, dass …«

»Schon gut. Machen wir Schluss. Du bist mir zu unheimlich.«

Ich meinerseits hatte meinen Entschluss ohnehin schon gefasst. Ich kramte den vorbereiteten Schuldschein und das Erklärungsschreiben aus meiner Tasche.

»Na schön. Dann trennen wir uns. Wie du meinen Aufzeichnungen entnehmen kannst, sind es eine Million zweihunderttausend Won. Beträge, die kleiner waren als zehntausend Won, habe ich gar nicht aufgeschrieben. Unterschreib mir jetzt wenigstens diesen Schuldschein und die Erklärung, dass du mir das Geld zurückzahlst. Ich hab das hier schon vorbereitet, du musst nur noch deinen Daumenabdruck hinterlassen. Bis wann krieg ich das Geld zurück?«

»Boah! Hahahaha! Du hast sie ja nicht mehr alle! Du bist ja echt voll psycho!«

Er sprang auf und ab, heulte herum, versuchte mich erst zu besänftigen, dann zu bedrohen, und floh schließlich, ohne das Papier mit seinem Daumen zu besiegeln. Tja, auch der war ein Arschloch gewesen.

Mein dritter Freund war vier Jahre jünger als ich und der Bruder einer Freundin. Ich arbeitete schon in der

Firma, er war noch Student. Insofern war es so, dass ich quasi als seine Mutter fungierte, ihm seine Klamotten kaufte, für sein Essen sorgte und ihn zum Lernen antrieb. Es war immer spannend, wenn wir uns heimlich trafen, ohne dass meine Freundin es mitbekam, er war auch durchaus ganz lieb, also von meinen drei bisherigen Beziehungen war das mit ihm noch am erträglichsten. Als wir der Sache dann eines Nachts um zwei Uhr in der Früh am Flussufer des Han-gang einen Schlusspunkt setzten und er mir dankend und um Verzeihung bittend und weinend seinen Abschied mitgeteilt und ich Arme ihm schon meinen gebeugten Rücken zugewandt hatte, hielt er mich zurück mit den Worten:

»Ähm, du, sorry, ich brauch Geld fürs Taxi.«

Du Arschloch, sagte ich – nicht, sondern drückte ihm mit der Herzensgüte einer Großmutter, die ihren Enkel am Ende der Feiertage wieder nach Hause schickt, zwei Zehntausend-Won-Scheine in die Hand. Womit die Liebesbeziehungen in meinen Zwanzigern an ihr Ende kamen.

In meinen Dreißigern war ich erst mit einem sechs Jahre jüngeren Fußballspieler, dann mit einem acht Jahre jüngeren Schauspieler und dann mit einem zehn Jahre jüngeren Popsänger zusammen. Das war insgesamt wesentlich angenehmer. Ich wurde nicht zurückgewiesen und nicht um Geld, Essen oder Kleider angeschnorrt. Sie machten den Eindruck, als kümmerten sie sich emsig um ihr Leben. Und immer wenn ich nach meinem Universitätsabschluss etwas planen und umsetzen und kleine Erfolge feiern konnte, sei es beim Sport oder beim Lernen oder bei Freizeitaktivitäten, verdankte ich dies den positiven Impulsen, die ich durch sie bekommen hatte.

Auch später sagte meine Mutter mir gegenüber nichts in Bezug auf eine Heirat. Da ich ja ohnehin keinen Freund hatte und mir ja auch niemand vorgestellt worden war, der für eine Heirat infrage gekommen wäre, gab es natürlich auch keine unmittelbare Veranlassung, das Thema anzusprechen. Aber wenigstens pro forma hätte eigentlich mal so etwas kommen müssen wie: »Hör mal, wenn das mit der neuen Arbeit nicht klappt, dann heiratest du halt einfach.« Doch nahm sie dergleichen kein einziges Mal in den Mund. Es schien eine Art Tabu geworden zu sein. Auch wenn sie sich immer wieder in so unerfreulicher Weise über mich beschwerte und darüber, dass ich ihr Leben verdorben hätte, schien Mama mich doch im Grunde ganz gern zu haben. Eigentlich eine Vorstellung, bei der man eine Gänsehaut bekommen könnte. Mama mochte mich. Wollte mich immer an ihrer Seite haben, immer mit mir zusammen leben. Das war Mutterliebe im Stile meiner Mutter. Und ich hätte mir schon zugetraut, meiner Mutter zuliebe immerfort als Neunjährige zu leben. Wenngleich ich natürlich lieber geheiratet hätte.

Ich fragte meine Mutter, warum ich ihr wie eine Neunjährige vorgekommen sei. Ohne auch nur eine Sekunde zu zögern, antwortete sie:

»Mit neun hast du doch mit dem Turnen angefangen.«

Damit hatte ich nun nicht gerechnet. Die Sache mit dem Turnen war ein Hochkonzentrat an Idiotie und Geldverschwendung gewesen. Und nachdem ich damit aufgehört hatte, hatten wir kein Wort mehr darüber verloren. Wieso sollte die Zeit, in der ich unnützerweise mit dem Turnen angefangen hatte, eine besondere Bedeutung für sie haben?

»Mama, hast du ernsthaft geglaubt, ich könnte eine richtige Turnerin werden?«

»Na klar. Du doch auch.«

»Ich war doch ein Kind und hatte keine Ahnung. Aber du als Erwachsene ... Hast du wirklich gehofft, ich würde Turnerin werden und Medaillen nach Hause bringen?«

»Das vielleicht auch. Aber ich fand es einfach schön, dafür sorgen zu können, dass du Turnen lernst. Weil ich das Gefühl hatte, dadurch meine Rolle als Mutter zu erfüllen. Eigentlich war das ja das Einzige, was ich als Mutter für dich getan habe.«

Mama hatte ihre mütterliche Rolle doch auch später noch hinreichend erfüllt, indem sie mich mit Essen und Klamotten versorgt und mit ihrem dauernden Gemecker genervt hatte, dachte ich mir, aber Mamas Kriterium für mütterliche Fürsorge schien ein wenig anders zu sein. Als sie so traurig dasaß, hätte ich sie gerne getröstet.

»Wenn man die Leute in der Firma so sieht, dann sind das nicht alles Leute, die ihre Arbeit gut machen würden. Klar, solche Leute gibt es auch. Aber die meisten gehen einfach nur jeden Tag zur Arbeit und achten darauf, dass sie anderen Leuten und der Firma keinen Schaden zufügen. Es gibt auch nicht wenige, die absolut nichts draufhaben. Trotzdem bekommen sie alle schön regelmäßig ihr Gehalt und können gut leben. Du solltest dir auch vornehmen, einfach in dem Maße Mutter zu sein, dass es irgendwie schon passt.«

Mama saß noch immer verdrossen mit hängenden Schultern da. Deshalb fügte ich noch hinzu:

»Und du bist ein gute Mutter. Außer dass du in letzter Zeit dauernd herumnölst, dass ich Geld verdienen soll.«

»Wann fängst du denn nun endlich wieder an zu arbeiten?«

Jeden Morgen nörgelte sie eine Stunde lang herum, wie ich denn so angenehm schlafen könne. Es fiel mir schwer, die Augen zu öffnen. Unter meiner warmen Decke dachte ich, es sei doch zumindest ein kleines Glück im Unglück, dass ich im Winter entlassen worden war. Das Bett war der wärmste und gemütlichste Ort der Welt, geheizt durch meine eigene Körperwärme. Wobei es schon etwas bedauerlich war, dass ich mit meinem feurigen, jungen Herzen nichts anderes anfangen konnte, als die Bettdecke zu wärmen. Ich kam mir irgendwie unnütz und nützlich zugleich vor.

Auch nach der Geschichte mit dem Steak ging ich weiterhin zum Hagwon. Und lernte Turnen bei der Lehrerin, die traditionellen koreanischen Tanz studiert hatte und nun eine Aerobic-Schule leitete. Nun, so war es eben. Weil ich Turnen lernen wollte, hatte ich mich dort angemeldet, und weil die Hagwon-Leiterin mich als Schülerin angenommen hatte, musste sie mir etwas beibringen, und so brachte sie mir nun Turnen bei. Vermutlich hatte sie dafür einige Bücher gewälzt und diverse Turnvideos angeschaut.

Der Turnsaal im Hagwon hatte eine niedrige Decke, zwar nicht so niedrig, dass ich bis an sie herangereicht hätte, aber die Sprungelemente stellten wir doch zunächst einmal zurück und begannen mit Balance- und Drehübungen. Weil ich noch nicht sehr gelenkig und noch nicht sehr kräftig war, schlug die Lehrerin vor, mit dem Passé pivot zu beginnen. Man stand auf einem Bein und drehte sich einmal um sich selbst, so schwer konnte das ja nicht sein. Von wegen. Es verging eine Woche, bis ich ohne Wackler stehen konnte, von der Drehung ganz zu schweigen. In dem Moment, wo ich das linke Bein streckte und mich auf die Zehenspitzen stellte, bekam ich, von der Fußsohle ausgehend und über die Wade bis zum Oberschenkel aufsteigend, einen fürchterlichen Krampf, so dass ich laut aufschrie und mich am Boden krümmte. Als ich nach ein paar Tagen so weit war, dass ich mich gerade so auf dem linken Bein halten konnte, kippte ich, als ich das rechte Knie anwickelte und den rechten Fuß am Knie des Standbeins anlegte, in ebendieser Haltung nach rechts. Es gab einen dumpfen Aufprall, als wäre ein Baum gefällt worden. Auf meiner rechten

Wange bildete sich sogleich ein dicker blauer Fleck und die Lehrerin rief aufgeregt: »Oh je, oh je!«, und schien kurz davor, in Tränen auszubrechen. Weil sie so hilflos wirkte und nicht wusste, was sie tun sollte, war eher ich diejenige, die gar nicht dazu kam zu weinen, sondern sie beruhigte, indem ich sagte, es sei alles nicht so schlimm.

Nun ging es um die Balance. Die Lehrerin meinte, ich müsse einfach nur dastehen und das Gleichgewicht halten, doch so einfach war das nicht. Ich schwankte mächtig hin und her, aber irgendwie gelang es mir schließlich, auf dem rechten Bein stehend, das linke nach hinten wegzustrecken und in einem Winkel von vielleicht gerade einmal dreißig Grad anzuheben. Die Lehrerin machte mir einen Neunzig-Grad-Winkel vor.

»Du musst das Bein nur bis zur Hüfte anheben.«

Sie sagte es so beiläufig, als ob sie mir gesagt hätte, ich solle mal eben den Finger ausstrecken oder mit dem Auge zwinkern. Wenn es so einfach gewesen wäre, das Bein bis in Hüfthöhe anzuheben, hätte ja jeder Normalsterbliche Kunstturnen betreiben können. Auch diesmal gelang es mir nicht, und so wurde die Zeit für das Stretching ausgedehnt. Die Lehrerin widmete mir nun den ganzen Mittwochnachmittag, und Mama kam zum Hagwon herbeigeeilt, um mir eine Pausenmahlzeit zu bringen. Das Ergebnis, das wir zu dritt – die Lehrerin, Mama und ich – mit vereinten Kräften hinbekamen, war, dass ich die einfachsten Elemente, die die Turnerinnen am mühelosesten und am häufigsten zeigten, wie Arabeske oder Attitude Balance, annäherungsweise nachahmen konnte.

Als es daran ging zu üben, auf einem Bein zu balancieren und mit dem Band Kreise, Achten und Wellenlinien in die Luft zu zeichnen, fühlte ich mich, als wäre nun wirklich eine echte Turnerin aus mir geworden. Wir übten auch, den Ball zu rollen oder den Reifen so zu werfen, dass er wieder zurückkam. Aber für ein Training mit Geräten wie Band, Keulen, Ball oder Reifen war der Turnsaal eigentlich zu klein und zu niedrig. Wie man diese Geräte handhabte, warf und wieder fing, wurde mir anhand von Bildern gezeigt und erklärt. Üben tat ich dann meistens auf einer freien Fläche in unserem Viertel.

Ich war langsam und auch nach langem Üben noch immer alles andere als perfekt, aber dass sich meine Turnfähigkeiten verbesserten, war unverkennbar. Ich glaube, es war das einzige Mal in meinem Leben, dass es mit mir, in welcher Geschwindigkeit auch immer, vorwärts ging. Wenn ich daran denke, muss ich heute noch wie selbstverständlich lächeln. Das eine Jahr, in dem ich, in der Erwartung, anschließend auf eine Schule mit eigener Turnabteilung zu wechseln, in einer Aerobic-Schule Turnen lernte, war eine goldene Zeit in meinem Leben. Aber es war auch eine Zeit, in der ich schrecklich gemobbt wurde. In den Nachrichten wird oft davon herumgeplappert, der Grund dafür, dass Kinder von anderen gemobbt oder herumkommandiert würden, sei der, dass die Kinder heutzutage unter immensem Lernstress stünden und die Mütter einen Riesenwirbel um ihre Kinder machten, aber das stimmt nicht. Auch als ich in der Grundschule war, kam so etwas definitiv schon vor. Nur hatte es damals noch kein Wort dafür gegeben. Worte sind mächtig, und wenn man sie ausspuckt, werden sie zur Wirklichkeit und nach und nach immer schlimmer.

Der Prozess, zum Gemobbten zu werden, ist einfach. Wenn ein Kind, das in der Klasse als Anführer gilt, beschließt, nicht mehr mit einem zu spielen, werden einige andere Kinder, die kein Rückgrat haben und dem Anführer hörig sind, auch nicht mehr mit einem spielen. Die Zahl der Rückgratlosen wächst, bis die meisten Kinder in der Klasse nichts mehr mit einem zu tun haben wollen. Zwar gibt es sicher auch ein oder zwei Kinder, die vielleicht ein wenig geneigt wären, mit einem zu spielen, nicht aus Nettigkeit oder Anständigkeit, sondern einfach, weil sie ein wenig weich werden, bloß kommen die nicht von sich aus hervor, weil sie Angst haben, dadurch in Verwicklungen zu geraten. Wenn das Kind im Laufe der Zeit immer weiter leidet, finden das die anderen Kinder lustig und denken sich dies und das aus, um es richtig zu quälen. So sind Kinder. Wenn man sie nicht davon abhält, tun sie instinktiv schlechte Dinge. Wer glaubt schon, der Mensch sei von Natur aus gut? Ich glaube, der Mensch ist schlecht bis auf die Knochen.

Ich war also ein solches Kind, das gemobbt wurde. Dass man gemobbt wird, kann zwei Ursachen haben.

Entweder, weil man schmutzig und dumm und zurückgeblieben ist oder weil man mehr kann als andere. Ich gehörte – so unangenehm es mir auch ist, dies so zu sagen – zur zweiten Kategorie. Streng genommen nicht, weil ich mehr gekonnt hätte als andere, sondern weil ich zum Turnen ging, was zu jemandem gepasst hätte, der etwas gut kann. Da Mama zur Klassenlehrerin gegangen war und darum gebeten hatte, dass ich am Mittwoch nur vormittags am Unterricht teilnehmen müsste, damit ich nachmittags zur Turnschule – eigentlich ja zur Aerobic-Schule – gehen könnte, wusste nun jeder, dass ich Turnen lernte, und so wurde ich zur Außenseiterin.

Zwar machten die anderen es mir schwer, aber so schwer nun auch wieder nicht. Natürlich war ich ein Mensch, noch dazu ein kleines Mädchen von gerade einmal neun Jahren, und wenn mich das völlig kaltgelassen hätte, hätte ich entweder verrückt oder geistig beschränkt sein müssen. Ich wurde gemobbt, aber es war auszuhalten. Jeder Mensch braucht ein Ziel. Und weil ich immer nach vorne schaute und wie verrückt vorwärts rannte, merkte ich nicht, wie meine Füße in den Schlamm gerieten. Obwohl der Dreck schwer an mir haftete und ich in Wirklichkeit die ganze Zeit auf der Stelle lief.

Auch im dritten Schuljahr war ich in der gleichen Klasse wie Hyeseon. Das Schuljahr war noch keine Woche alt, da hatte sie es schon eilig, alle möglichen Klassenkameradinnen auf ihre Seite zu ziehen. Das Verhältnis, das sie zu ihren Schulkameradinnen pflegte, ließ sich mit Begriffen wie »Freundschaft« oder »Miteinander« nicht recht beschreiben. Vielmehr war es so, dass sie sich den ängstlichen und schüchternen Mädchen in der Klasse freundlich näherte, sie mit Lob und Wohlwollen überschüttete, ihnen half, wenn sie Schwierigkeiten hatten, und bei ihnen gleichzeitig die Angst säte, dass es mit dieser Gunst sofort vorbei wäre, wenn sie einmal nicht auf ihrer Seite stünden. Nur an diejenigen, die in ihrem Lager waren, verteilte sie Schokolade, kleine Notizblöcke oder auf Zettel geschriebene Mitteilungen. Diese Mitteilungen waren nicht einmal besonders vertraulich. So sammelten sich die Kinder um Hyeseon und bestimmten die Atmosphäre, die in der Klasse herrschte. In den Pausen nahmen sie den hinteren Raum des Klassenzimmers ein, um dort »Pfähle klopfen« oder »Gummitwist« zu spielen, und schüchterten diejenigen ein, die nicht mitspielen durften. Obwohl sie dort so wild herumhüpften, dass man befürchten musste, der alte Holzfußboden könnte einstürzen, sagten die Lehrer kein Wort. Denn die Lehrer waren genauso. Mit Kindern, denen sie sich nicht gewachsen fühlten, schimpften sie nicht.

Hyeseon regte sich unablässig darüber auf, dass ich zum Turnen ging.

»Ey! Gehste schön zum Turnen? Haste schon viel gelernt? Was haste denn gestern gelernt?«

Anfangs dachte ich, sie interessiere sich wirklich dafür, was ich so machte. Dabei hätten »ey« und »haste«

mir eigentlich genügen müssen, um zu wissen, wie der Hase lief. Und um zu erkennen, dass sie sich überhaupt nicht interessierte, sondern nur auf eine Gelegenheit lauerte, mir eins auszuwischen. Aber ich merkte es nicht und gab detailliert Auskunft. »Also, gestern hab ich hauptsächlich Stretching gemacht, und dann hab ich gestern auch noch Balance-Elemente trainiert, und mit dem Reifen hab ich gestern auch noch geübt, und dann bin ich gestern auch noch auf das Schulgelände da in der Nähe gegangen, um dort Schwebebalken zu üben ...« So zählte ich in nerviger Ausführlichkeit auf, was ich gestern alles gelernt hatte. Hyeseon quittierte jede meiner Erläuterungen mit einem feinen Lächeln und meinte: »So, so? Na, dann lern mal schön weiter.« Dann drehte sie sich mit einem Ruck um und verschwand. Sie schien wirklich neugierig zu sein, wo sie doch so viel gefragt hatte und gleichzeitig ein Gesicht gemacht hatte, als wäre sie überhaupt nicht neugierig. Bestimmt war sie neugierig und vielleicht auch ein bisschen neidisch, dachte ich und empfand einen gewissen Stolz. Als wir noch ahnungslos herumgekullert waren, da war sie vielleicht besser gewesen als ich, nun jedoch mit Sicherheit nicht mehr. Aber dann beging ich einen gravierenden Fehler. Es wäre vollkommen ausreichend gewesen, wenn ich einfach gesagt hätte, dass ich »ganz viel übe«, aber unnötigerweise fügte ich diesmal noch hinzu:

»Ich kann jetzt mit geschlossenen Augen über den Schwebebalken gehen.«

Hyeseons Augen blitzten auf.

»Echt? Du, komm doch heute nach der Schule mal in die Turnhalle. Ich will auch gerne mal sehen, was du schon für tolle Sachen kannst.«

Was folgte, war gewissermaßen die Kinder-Version von *See you after school*.[17] Der kalte Angstschweiß lief mir den Rücken hinunter. Während des Unterrichts überlegte ich die ganze Zeit, ob ich wirklich zur Turnhalle gehen sollte oder nicht. Hyeseon konnte sich bequem zurücklehnen. Wenn ich vom Schwebebalken herunterfiele, würde sie nach Herzenslust über mich ablästern, und wenn alles gut ginge, würde sie es mit demonstrativer Beiläufigkeit zur Kenntnis nehmen. Und wenn ich nicht hinginge? Dann würde ich genauso Schwierigkeiten bekommen. Ich war niemand, der vorschnelle Urteile gefällt hätte, aber Hyeseon kannte ich gut genug. Sie war unsicherer und ängstlicher, als man hätte meinen wollen. Ein typischer Fall von »nach oben buckeln, nach unten treten«. Es gab nur eine Möglichkeit. Um ihr einen Dämpfer zu verpassen, musste ich mich am Schwebebalken schadlos halten.

In der Turnhalle war das Training der Basketballmannschaft, die rund zwanzig Spieler umfasste, in vollem Gange. In einer Ecke der Halle erwartete mich bereits – wer auch immer ihn aus dem Geräteraum geholt hatte – der große Schwebebalken. Darauf saßen in einer Reihe nebeneinander in einer Pose, die dem Titelbild einer Jugendserie zur Ehre gereicht hätte, Hyeseon und ihre Gefolgschaft, hin- und herschunkelnd, einander mit den Schultern anstoßend und übertrieben lachend. Die Jungs vom Basketball dribbelten den Ball, der größer war als ihr Kopf, und schielten währenddessen immer wieder zum Schwebebalken hinüber, um zu sehen, was denn dort los sei. Ich hatte mir schon gedacht, dass einige der Mädchen mitkommen würden, aber mit einer solchen Schar von Schaulustigen hatte ich nicht gerechnet. Es war hoffnungslos.

»Ey! Mani!«

Zögernd stand ich am Eingang der Turnhalle, als Hyeseons Stimme zu mir herüberhallte. Nun gab es kein Zurück mehr. Dachte ich. Warum eigentlich? Ich hätte ja immer noch einen Rückzieher machen können. Mich einfach umdrehen und weglaufen können. Obwohl ich noch zögerte, setzte ich doch langsam meine Füße in Bewegung, bis ich schließlich am Schwebebalken angekommen war.

»So, hiermit kannste deine Augen verbinden.«

Ich hatte eigentlich vorgehabt, ein wenig zu lunzen, aber Hyeseon hatte ein Haarband aufgetrieben, das sich von seiner Länge und Breite her ganz hervorragend als Augenbinde eignete. Widerwillig und mit zitternden Händen nahm ich das Haarband entgegen. Irgendwie hatte ich ein stechendes Gefühl. Was war das? Es fühlte sich eisig an. Leer. Still. Ja, es wurde still. Bis eben war doch noch das wummernde Geräusch der aufgeprellten Basketbälle durch die Turnhalle gedrungen, doch nun war es auf einmal still. Unnatürlich still. Erschrocken drehte ich mich um. Einige der Schüler standen da, den Ball in der Hand, und sahen zu uns herüber, einige kamen mit neugierigen Gesichtern zum Schwebebalken herüber. Da rief der Basketballtrainer, der in einer Ecke der Turnhalle auf einem Klappstuhl saß, in unsere Richtung:

»Was macht ihr da?«

Ohne eine Spur von Verunsicherung oder Zurückhaltung antwortete Hyeseon mit lauter Stimme:

»Die hier ist Turnerin. Sie hat gesagt, sie will uns mal zeigen, wie man mit verbundenen Augen über den Schwebebalken läuft. Das gucken wir uns an.«

Von wegen hatte ich gesagt, ich wolle irgendwem was zeigen. Sie hatte doch gesagt, ich solle das machen!

»Was ist?«

Der Trainer, der bis dahin mit verschränkten Armen etwas wackelig auf seinem Klappstuhl gesessen und eher vor sich hingedöst als das Training verfolgt hatte, fragte sich, wieso seine Schüler plötzlich so abgelenkt waren, legte die Hände auf die Knie, stand ganz langsam auf und kam zu uns herüber.

»Halt! Nicht weitermachen!«

Offenbar wollte er uns von der Aktion abhalten, weil es zu gefährlich war. Beinahe hätte ich einen Jubelschrei ausgestoßen. Der Basketballtrainer … Der immer diesen Trainingsanzug mit den ausgebeulten Knien trug. Der auf den Fußboden der Turnhalle spuckte, dann mit der Sohle seiner Turnschuhe über die Spucke hinwegwischte und mit den nun feuchten Schuhsohlen wellenförmige Spuckeabdrücke in der ganzen Halle hinterließ. Auf dem Boden, auf dem die Kinder sitzend oder auf Rücken oder Bauch liegend ihre Aufwärmübungen machten. Ich hatte ihn immer gehasst. Auch hatte ich gehört, dass er seine Schüler immer mit Schlägen bestrafte. Dabei räumte unsere Basketballmannschaft bei den landesweiten Schulwettkämpfen reihenweise Preise ab. So sehr musste der sie zum Erfolg geprügelt haben und so sehr mussten die sich davor gefürchtet haben, bei einer Niederlage noch mehr Schläge zu kassieren. Aber dieser Trainer, den ich so gehasst hatte, schien heute mein Retter werden zu wollen. Während er langsam angetrottet kam, überlegte ich, was ich sagen könnte. Es tut mir leid, es war ein Missverständnis. Schließlich hatte er den Schwebebalken erreicht und sagte:

»Muss ich mir doch auch mal anschauen.«

Die Schüler aus der Basketballgruppe, die bisher noch etwas zögerlich am Rande gestanden hatten, kamen nun alle herbeigeströmt. Arschloch bleibt Arschloch. Ich hatte diesen Trainer immer schon gehasst! Und wie ich ihn gehasst hatte! Es war vollkommen klar, dass ich ihn schon damals dafür gehasst hatte, was hier gerade geschah. Nun konnte ich nirgendwohin mehr ausweichen. Nun würde ich den Schwebebalken stolz und souverän überqueren und mir den Applaus der Basketballer sichern, und Hyeseon würde nicht anders können, als meine Fähigkeiten anzuerkennen.

Ich wickelte mir das Haarband um, und damit ich auch ja nichts sähe, war Hyeseon mir behilflich. Fürsorglich verband sie mir die Augen und flüsterte mir ins Ohr: »Mani, auf geht's!«

Ihre Stimme kroch in mein Ohr, und ich spürte, wie mir von dort ausgehend ein Schauer den Nacken, die Schultern, die Flanke hinablief. Da hatte ich mich so zusammengerissen, und nun hatte sie alles verdorben, die blöde Kuh.

Ich atmete tief durch. Ich überlegte kurz, wie ich den Schwebebalken besteigen sollte, unprofessionell mit den Händen herumtastend oder nach kurzem Anlauf mit leichtfüßigem Sprung. Wichtig war, dass ich es unbedingt hinbekommen musste, die Haltung war egal. Ich betastete den Schwebebalken, um dessen Länge und Breite besser einschätzen zu können. Und dann kletterte ich wirklich sehr unelegant zuerst mit dem Bauch auf den Balken, wobei ich mit den Beinen zappelte und dann mit einem Ruck das rechte Bein aufsetzte. Mit großem Zittern hatte ich es schließlich auf den Balken hinaufgeschafft und versuchte nun, dort oben das Gleichgewicht zu halten. Von unten hörte ich das Kichern. Wenn ich allein übte, hatte ich die Augen immer geschlossen, nachdem ich auf den Schwebebalken gestiegen war. Hyeseon, du dumme Zicke. Ich habe gesagt, dass ich den Balken mit geschlossenen Augen überqueren kann, nicht, dass ich ihn mit geschlossenen Augen besteigen kann!

In dem Moment machte es in meinem Kopf plötzlich »Ping« und ich hatte das Gefühl, dass alles Wasser, das ich im Körper hatte, anfing, hin und her zu schwappen. Vor meinen geschlossenen Augen begann sich alles zu drehen. Das Hinaufklettern hatte mich bereits zu viel Kraft gekostet, und kaum dass ich den allerersten Schritt auf dem Balken tat, rutschte ich auch gleich kläglich ab und fiel vor aller Augen hinunter. Die Erste, die loslachte, war Hyeseon. Danach etwas leiser die anderen Mädchen, dann die Jungen, mit einer gewissen Vorsicht.

»Boah, unter aller Sau …«

Nach dieser Bemerkung des Trainers ließen alle ihrem Frohsinn freien Lauf, und in der Turnhalle dröhnte das Gelächter von ein paar Dutzend Leuten. Ohne überhaupt die Augenbinde ganz abzunehmen, rannte ich hinaus. Bei dieser Gelegenheit stieß ich gleich noch mit einem Jungen zusammen, der zu spät zum Basketballtraining gekommen war, und fiel hin. Ein Unglück kommt selten allein. Ich hatte seinen Ellbogen abbekommen und trug noch ein blaues Auge davon.

Vom nächsten Tag an nannte Hyeseon mich »Ein-Bein-Stelze«. Ich wusste zwar nicht, was dieser Ausdruck eigentlich zu bedeuten hatte und woher er kam, aber dass er keineswegs freundlich war, stand fest. Immer wenn sie an mir vorbeiging, sagte sie: »Ein-Bein-Stelze, Ein-Bein-Stelze.« Die anderen Mädchen machten es nach. »Ein-Bein-Stelze, Ein-Bein-Stelze.« Dabei waren wir eine Zeit lang durchaus so etwas wie beste Freundinnen gewesen. Ich erinnerte mich an gemeinsame Erlebnisse. An den Tag, an dem ich Hyeseons Fuß ins Gesicht und

Nasenbluten bekommen hatte, daran, wie ich Hyeseon nach Hause begleitet hatte, als sie Angst vor der Hongkong-Hexe gehabt hatte, daran, wie sie mir damals die Taschenlampe in die Hand gedrückt hatte … Und nun reichte es ihr nicht mehr, sich mit anderen Mädchen zu umgeben und mich keines Blickes mehr zu würdigen, nein, sie gefiel sich noch darin, mich zum Gespött aller zu machen. Ich war enttäuscht.

Ich denke, dass es zwischen Menschen so etwas geben sollte wie Treue. Das hat nichts mit einem Bandenschwur zu tun. Ich meine damit einfach, wenn man mit jemandem eine menschliche Beziehung hat, sollte man ihr mit einem angemessenem Maß an Vertrauen, Höflichkeit und Rücksicht gerecht werden. Meiner Aerobiclehrerin, die ich dreimal in der Woche sah, sollte ich mindestens drei Siebtel Aufrichtigkeit entgegenbringen, der Bungeoppang-Verkäuferin, an der ich jeden Tag auf dem Weg zur Schule vorbeiging, sollte ich, auch wenn ich bei ihr nichts kaufte, zumindest immer freundlich zunicken, und meiner Mutter, mit der ich in meinem Leben am meisten zu tun gehabt hatte, sollte ich lebenslange Treue erweisen. Hyeseon, mit der ich das gesamte zweite Schuljahr über immer Hand in Hand zur Schule gegangen war, hatte mir gesagt, dass ich wenigstens noch ein Jahr lang ihre Hand nicht loslassen dürfe. Und hatten wir nicht zusammen einen harten, kalten Winter durchgestanden, indem wir unserem gemeinsamen Traum nachgegangen waren? Hyeseon war eine treulose Tomate.

Weil ich trotz allem Ein-Bein-Stelzen-Gespött keine besondere Reaktion zeigte, begannen die Mädchen, sich fiesere Sachen auszudenken. Auch diesmal wieder ging alles von Hyeseon und ihrer Clique aus. Dass man mir, wenn ich mich nach einem gehaltenen Referat wieder setzen wollte, den Stuhl wegzog, gehörte zum Standard, darüber hinaus gab es, keiner weiteren Erklärung bedürftig, Mobbing sehr traditioneller Art, unter anderem indem man mir im Korridor ein Bein stellte, mir im Sportunterricht die Hose herunterzog oder mir komische Zettel auf den Rücken klebte. Hyeseon mangelte es nicht nur an Treue, sondern auch an Kreativität.

Trotzdem hielt ich tapfer stand. Ich ging auch nicht zur Lehrerin, um zu petzen. Vielleicht war das meine Art der Treue. Aber dann gab es einen Vorfall, der mich, die ich stillgehalten hatte wie ein unterseeischer Vulkan in den Untiefen des Südpazifik, schließlich zum Ausbruch brachte. Auslöser war ein einziges Wort von Hyeseon. Ich kam gerade von der Toilette zurück, als Hyeseon sich anschlich und mir im von Schülern wimmelnden Gang den Rock nach oben zog. Ohne etwas zu sagen, schob ich den Rock wieder nach unten. Da schmatzte Hyeseon mit den Lippen und meinte abschätzig:

»He, Spaßbremse.«

Dieses Wort ertrug ich nicht. Spaß? Spaß? Was für ein Spaß, bitte schön? Wenn sie gesagt hätte, dass sie mich beneide oder dass es affig sei, dass ich unbegabte Nudel Turnen lernte, oder dass ihr meine Wichtigtuerei auf den Geist gehe, dann hätte es mir vielleicht leidgetan. Aber dass ich eine Spaßbremse sei? Dass sie mich also nur deshalb mobbte, weil es ihr Spaß machte? Sie ging den Korridor hinunter, und ich schrie ihr hinterher, dass man es in der ganzen Schule hören konnte:

»Ey! Hyeseon!«

Hyeseon, die schon hinter der Ecke verschwunden war, streckte ihren Kopf noch einmal ein kleines Stückchen hervor.

»Haste mich gerufen, oder was?«

»Ganz genau. Bleib mal schön da stehen.«

Ich lief den Flur hinunter und ging auf Hyeseon zu. Jedes Mal, wenn ich den Fuß aufsetzte, knarrte der alte Holzfußboden. Hyeseon stand reglos da mit einem Gesicht, das nicht verriet, ob sie gekränkt, erschrocken oder bange war. Ich stoppte meine Schritte erst, als ich dicht genug bei ihr stand, um ihr eine Ohrfeige zu verpassen. Zögerlich wich sie einen Schritt zurück. Da sagte ich:

»Kennst du Nadia Comaneci?«

Plötzlich kam mir unvermutet dieser Name über die Lippen. Wie kam ich denn auf einmal darauf? Kopf und Mund arbeiteten unabhängig voneinander. So wie damals, als ich vor den Mädchen unseres Turntreffs in lautes Wehklagen ausgebrochen war.

»Kennst du die?«, schluchzte ich. »Die Heldin der Olympischen Spiele von Montreal? Und weißt du … wer ich bin? Weißt du, wieso ich … Go Mani bin? Wieso du dreimal hast nachfragen müssen, als du meinen Namen … zum ersten Mal gehört hast? Und er dir … so komisch vorkam? Go Mani. Comanechi. Ich bin die wiedergeborene Nadia Comanechi!«

Ich weinte und heulte und hockte mich halb ohnmächtig auf den Boden. Hyeseon stand mit heruntergeklappter Kinnlade wie angewurzelt da. Und von da an machte sie sich nicht mehr über mich lustig. Wenn sie auch nicht mehr mit mir spielte. Ob sie überhaupt verstanden hatte, was ich ihr damals gesagt habe? Wenn, dann wahrscheinlich nur zur Hälfte, weil der Rest in meinem Schluchzen untergegangen war. Wahrscheinlich war sie einfach von der eigentümlichen Situation erdrückt worden.

Ich wusste damals noch nicht einmal, dass Nadia Comaneci ja noch am Leben war. Aus unerfindlichen Gründen hatte ich ganz selbstverständlich angenommen, sie sei schon tot. Dabei ist sie später noch dreimal leibhaftig nach Korea gekommen. Wenn sie gewusst hätte, wie ich mir die Dinge so vorstellte, hätte sie sich wahrscheinlich nicht mehr eingekriegt. Jedenfalls war ich damals der Überzeugung, ich sei die wiedergeborene Nadia Comaneci, und es war für mich keine leichte, aber eine glückliche Zeit.

LEUTE, DIE IMMER NUR NACH OBEN WOLLEN

Es war im Sommer 1997. Noch immer ging es, was die Sanierung und die Wohnhochhäuser betraf, in unserem Viertel nur im Schneckentempo voran, doch auf einmal hing im Gebiet gegenüber des S-Apart plötzlich ein Schild. *Stadtsanierungsgebiet.* Im Nachbarviertel hatte bisher Bebauungsbeschränkung geherrscht. Das bedeutete nicht nur, dass dort nicht die Erde ausgehoben und keine hohen Gebäude errichtet werden durften. Die Einwohner konnten auch nicht einfach nach eigenem Gutdünken ein neues Eingangstor anbringen oder die Toilette ausbessern, und so rotteten die dortigen Wohnungen langsam vor sich hin. Es gab irgendwo in einem Gassenwinkel schmutzige öffentliche Toiletten, deren Türklinken mit Kot beschmiert waren, es gab Wohnungen, die noch immer mit Kohlebriketts oder Feuerholz beheizt wurden. In den Gassen standen, gefährlich anzuschauen, die Propangasbehälter. Abgesehen von einem Dach, das den Regen abhielt, und Türen, durch die man hinein- oder hinausgehen konnte, besaßen die Häuser nichts, das sie als menschliche Behausung erkenntlich gemacht hätte. Wenn man durch diese Gegend lief, hatte man ständig das Gefühl, dass, wenn nur eine Kleinigkeit schiefging, sofort alles aus sein könnte. Wenn etwas undicht wäre. Wenn etwas einstürzte. Wenn etwas explodierte. Wenn ein Feuer ausbrach. Dann wäre es aus.

Einmal war ein alter Mann zusammengebrochen, weil irgendwo Kohlenmonoxid ausgetreten war, und der Rettungswagen hatte große Schwierigkeiten, vor Ort zu gelangen, weil er nicht durch die engen, schmalen Gassen gekommen war. Einmal war durch einen Zigarettenstummel ein Brand ausgelöst worden, bei dem vier benachbarte Häuser abgebrannt waren und ein Mensch sein Leben verloren hatte. Weil die Häuser so dicht beieinanderstanden und bei ihrem Bau eine Menge Holz verwendet worden war, hatte sich das Feuer rasch ausbreiten können. Man konnte von Glück sagen, dass es dabei wenigstens keine Gasexplosion gegeben hatte. Wenn auch noch die Gasbehälter einer nach dem anderen hochgegangen wären, wäre innerhalb kürzester Zeit alles dem Erdboden gleichgemacht worden.

Kurz bevor über die Sanierung entschieden wurde, war das Nachbarviertel im Fernsehen in einer Sendung zum Tagesgeschehen gezeigt worden. Was das Thema der Sendung war, weiß ich nicht mehr genau, aber in dem Abschnitt, in dem das Nachbarviertel zu sehen war, ging es um die Beschwernisse derjenigen, die in einem Gebiet mit Bebauungsbeschränkung lebten. Der Bürgervertreter sprach mit lauter Stimme von Menschenrechtsverletzung und forderte menschenwürdiges Wohnen und das Recht, das eigene

Haus ausbessern zu dürfen. Er machte keinen sympathischen Eindruck, aber reden konnte er gut. Sein Sohn, ein Junge im Grundschulalter, der sich gerade bereit machte, um zur Schule zu gehen, stand daneben und nickte ununterbrochen, die Hand vors Gesicht haltend. Vor der Gemeinschaftstoilette, die von fünf Familien mit insgesamt neunzehn Personen benutzt wurde, müsse er, um sein Geschäft zu erledigen, mehr als zwanzig Minuten lang Schlange stehen, und waschen tue er sich, in der altmodischen Küche auf dem Boden hockend, mit Wasser, das am Gasherd erwärmt worden sei. Als die Reporter ihn fragten, was für ihn denn am schlimmsten sei, brach der Junge in Tränen aus.

»Wenn die Kinder in meiner Klasse das sehen, werden sie sich über mich lustig machen. Könnten Sie bitte aufhören zu filmen?«

Obwohl es ja in unmittelbarer Nachbarschaft war, hatte ich nicht gewusst, in welch schrecklichen Verhältnissen die Leute dort lebten. »Mensch, die Armen, die können einem echt leidtun«, murmelte ich. Meine Mutter, die neben mir saß und die Sendung mit mir angesehen hatte, gab ein lautes Hohngelächter von sich. Sicher, wir waren nicht gerade in der Position, andere groß bemitleiden zu können, aber die menschliche Seele nährte sich schließlich nicht nur daraus, dass man die eigene Lage rational mit der anderer Menschen abglich.

»Also, Mama, manchmal hast du echt kein Mitgefühl.«

»Und du hast manchmal keinen blassen Schimmer. Das sieht man doch auf den ersten Blick, dass da was nicht stimmt. Kommt dir das Kind da wirklich so vor, als würde es vor Scham weinen?«

Natürlich musste sich ein Kind schämen, wenn es sich direkt neben dem Herd, wo seine Mutter den Reis kochte, waschen musste und wenn es auf eine so schmutzige Toilette gehen musste, wo man die Fäkalien sicher schon von Weitem sah. Wer machte das Klo eigentlich sauber? Die fünf Familien immer im Wechsel? Unser Klo wurde von drei Leuten benutzt, und auch das war schon ziemlich schmutzig, wie mochte es dann erst bei denen sein? Der bloße Gedanke daran war schrecklich. Ich war ansonsten ziemlich unempfindlich, in Bezug auf Toiletten aber äußerst penibel, so dass ich außerhalb unseres Hauses kaum aufs Klo ging. Am schlimmsten waren die mobilen Toiletten, die beispielsweise in Parks aufgestellt waren und von jedermann benutzt werden konnten. Ich dachte an Toilettenhygiene und Lebensqualität, aber meine Mutter schnalzte abfällig mit der Zunge.

»Du bist wirklich beschränkt. Die leben doch nicht wirklich so.«

»Was?«

»Der kleine Sohn von dem Bürgervertreter. Der macht das alles normalerweise gar nicht. Hast du denn nicht gesehen, wie unecht das alles aussah? Die Küche, das war überhaupt nicht deren richtige Küche. Das war in der Vorkammer. Und auf die schmutzige Toilette gehen auch nur Leute, die da zur Miete wohnen. Die Familie des Hausbesitzers hat eine eigene Toilette in der Wohnung. Und natürlich haben die heimlich auch dies und das ausgebessert, auch wenn es offiziell nicht erlaubt ist. Klar ist das alles unbequem und ungerecht, aber wenn die schon so herumjammern, wie müssen sich dann erst Leute fühlen, die wirklich so leben?«

Ich war wie vor den Kopf gestoßen. Die Vorkammer als solche war tatsächlich nicht gefilmt worden. Der Teil des Interviews, in dem beklagt wurde, dass sich das Fenster nicht richtig schließen lasse und das Wasser durch die Decke tropfe, war am Wasserhahn im Hof aufgenommen worden. Als ich so dasaß und nicht wusste, was ich sagen sollte, kam meine Mutter mit noch schockierenderen Details.

»Der hat auch mehrere Autos. Na gut, der ist Gebrauchtwagenhändler, der fährt mit den Autos, die er verkauft, und verkauft die Autos, mit denen er gefahren ist, aber trotzdem.«

»Aber warum erzählen die denn dann solche Lügengeschichten?«

»Die wollen natürlich, dass der Green Belt schnell aufgelöst wird und das Viertel saniert wird. Und dass da Wohnhochhäuser gebaut werden. Dann können sie ihre Hütte zu Wahnsinnspreisen verhökern und aus Scheiße Gold machen.«

»Echt? Woher weißt du denn das alles?«

»Ich kenn mich halt aus. Glaubst du, es gibt irgendetwas in diesem winzigen Viertel, das ich nicht weiß?

Hab ich mich jemals getäuscht? Guck dir nur mal Seon-gyeong an, ich hab doch gleich gesagt, klarer Fall von Geschwindigkeitsüberschreitung. Und? Sechs Monate später kriegt sie ein Kind! Und der Friseur. Hast ja gehört, dass der sich scheiden lässt. Hab ich doch gesagt, dass der fremdgeht.«

Da wurde ich ein wenig neugierig.

»Was wird denn so über uns geredet?«

Meine Mutter warf mir einen scharfen Blick zu.

»Dass du ein ziemlicher Problemfall zu sein scheinst.«

Ob ich nun wirklich ein Problemfall war oder nicht, im Viertel auf der anderen Straßenseite wurde die Baubeschränkung bald darauf aufgehoben. Es kamen konkrete Sanierungspläne heraus, es wurden Bauunternehmen ausgewählt, es begann das Prozedere für Entschädigung, Umsiedlung und Abriss. In rasendem Tempo. Dies sei der Beredsamkeit und der Tüchtigkeit des Bürgervertreters zu verdanken. Sagte Mama. Auch das hatte sie irgendwo aufgeschnappt. Als ich fragte, was Beredsamkeit und Tüchtigkeit mit dem Bau von Wohnhochhäusern zu tun hätten, meinte sie bloß, dass das natürlich so sei, und fügte noch einmal hinzu: »Du hast ja keine Ahnung.«

Aber dann geschah etwas, das ich zunächst wirklich nicht verstand. Im Viertel gegenüber, das bald abgerissen werden würde, entstanden plötzlich Baracken, die schlicht unbewohnbar waren, Gewächshäuser, von denen unklar blieb, welchen Zweck sie eigentlich erfüllten, und hier und da wurden wahllos Chilistauden angepflanzt. Die Hausbesitzer warfen ihre Mieter hinaus und schrieben längst ausgezogene, verheiratete Töchter oder Cousins oder Tanten oder sogar die Eltern des Schwiegersohns auf die eigene Adresse um. Der Entschädigung wegen. An allen Häusern und Wohnungen hing eine größere oder kleinere Entschädigungssumme, ebenso an Grundstücken, an darauf befindlichen Baukonstrukten und auch an Agrarflächen. Die eigene Existenz als solche hing daran, ob es eine Entschädigung gab, und wenn ja, wie hoch sie war.

Ich beobachtete die seltsamen Vorgänge dort drüben so distanziert wie den Ausbruch eines Feuers auf der gegenüberliegenden Flussseite, aber Mama geriet in helle Aufregung, wobei mir nicht klar war, ob es sich dabei um Neid oder um Zorn handelte. Sie schimpfte darüber, dass die Leute im Nachbarviertel unter ihrem Bürgervertreter eine wahre Meisterschaft im Vorgaukeln entwickelt hätten. Als das Viertel noch an den Green Belt gebunden war, hätten sie vorgegaukelt, dass ihre Häuser alle zusammenbrechen, und nun würden sie vorgegaukelte Häuser aufstellen, vorgegaukelten Chili anpflanzen und vorgaukeln, irgendwo zu wohnen.

»Da können sie sich auch ihre schönen, neuen Wohnhochhäuser vorgaukeln.«

»Ach, Mama, das hat doch alles mit dir überhaupt nichts zu tun, wieso regst du dich so auf?«

»Weil Leute, die ein so hartes Leben gehabt haben,

jetzt ihre Herkunft völlig vergessen und sich so unmöglich aufführen. Das ist einfach erbärmlich.«

Dass Menschen, die ein hartes Leben gehabt haben, sich erbärmlicher aufführen, als solche, denen es besser ergangen ist, ist eigentlich klar. Es ist selbstverständlich, dass jemand, der hier und da aufgeprallt und demoliert worden ist, nicht rund und glatt, sondern spitz und eckig ist. Der eigenen Not durch Gesetzesverstöße, Gesetzesumgehung und Tugendlosigkeit entgehen zu wollen, ist normal, den Dornenweg brav und ehrbar beschreiten zu wollen, ist bescheuert.

Sicher war es nicht einfach, Entschädigungskriterien aufzustellen, wenn man die unterschiedliche Situation von etwa tausend Haushalten und den darin lebenden unzähligen Einzelpersonen zu berücksichtigen hatte. Viele Leute gaben einfach auf, aber noch mehr Menschen entschieden sich für den größtmöglichen Gewinn, der realistischerweise dabei für sie herausspringen würde. Es gab Leute, die sich, auch nun, wo das Entschädigungsprozedere in die letzte Runde ging, bis zuletzt weigerten fortzugehen. Das waren die Mieter, die noch nicht einmal eine heruntergekommene Hütte ihr Eigentum nennen konnten. Für sie stand fest, dass sie, wenn sie von hier wegmüssten, am Stadtrand von Seoul nirgends eine Wohnung zu einem solch niedrigen Preis finden würden wie hier, im ärmsten Viertel der Stadt. Wie das mit den Umzugskosten im Einzelnen geregelt war, wusste ich zwar nicht, aber zur Wohnungssuche und zum Wohnungswechsel reichte es sicher nicht im Mindesten.

Es gab niemanden, der sich für ihre Interessen eingesetzt hätte. Bis dahin war das Leben der Hausbesitzer und der Mieter ähnlich ärmlich gewesen. Sie gingen alle auf dem gleichen Markt einkaufen, fuhren alle mit dem gleichen Bus, kauften alle die gleichen Lebensmittel in den gleichen Läden und hatten alle die gleichen schwarzen Plastiktüten am Arm baumeln, wenn sie nach Hause gingen. Doch das änderte sich jetzt. Die Hausbesitzer spielten nun ihre Macht aus. Wenn es um Geld geht, wird der Mensch brutal.

Am Abend sah man im Nachbarviertel ein paar schwache Lichter. Leute, die die Häuser abreißen lassen wollten, und Leute, die ihre schmutzigen, schäbigen Behausungen zwar gerne verlassen hätten, es aber nicht konnten, lieferten sich erbitterte Kämpfe. Auf der einen Seite diejenigen, die den Menschen drinnen mitten im kalten Winter Gas und Strom abdrehten, ihnen die Fensterscheiben einschmissen und ihnen zuriefen, sie sollten verschwinden, auf der anderen Seite die, die eisern ausharrten. In der Nacht hatte jemand die Aufforderung, sofort zu verschwinden, mit roter Farbe an die Hauswand geschrieben, nebst unflätigen Flüchen und Schimpfwörtern. Darauf antworteten die Hausbewohner ebenfalls in roter Farbe mit noch wüsteren Flüchen und der unmissverständlichen Mitteilung, dass man keinesfalls weichen werde.

Den Kampf gewonnen hatte schließlich die Seite

derer, die den Abzug forderten. Die Abrissarbeiten hatten begonnen. Den Bagger- und Bulldozerführern gab man reichlich Alkohol, ließ sie in betrunkenem Zustand arbeiten und schärfte ihnen ein, dass sie sich nicht darum kümmern sollten, wenn dort noch irgendwo ein Hund oder ein Mensch wäre. In dem Augenblick, als der Bagger die Baracke am Gasseneingang tatsächlich zertrümmerte, als die Fensterscheiben, die so dünn waren, dass man meinte, den Wind pfiffe einfach durch sie hindurch, zersplitterten, als die Hundehütte neben dem Eingangstor zerdrückt wurde wie ein Pappkarton, da flohen die Menschen und Mäuse, die sich noch im Hause befunden hatten, voller Entsetzen nach draußen.

Auch der U-Bahn-Eingang, der eine Verbindung zum Nachbarviertel bildete, wurde mit einem Bretterzaun abgesperrt. Schon damals, als die U-Bahn gebaut worden war, hatten zahlreiche Baracken weichen müssen. Die roten Aufschriften auf den Hauswänden aber nahmen zu, bis dort kaum noch freier Platz übrig war. *Abrissverbot! Schnauze! Vertreibt uns nicht! Hier leben noch Menschen!* Worte, die in einer Ecke meines Herzens ein unbeschreibliches Schuldgefühl auslösten. Hier leben noch Menschen. So war es immer. Immer gab es irgendwo Menschen, und nie kümmerte es jemanden. Als die U-Bahn gebaut wurde, wurde ein koreanischstämmiger Chinese, ein Jugendlicher in meinem Alter, der auf dem Bau arbeitete, unter einem umstürzenden Pfeiler begraben. Wahrscheinlich ist er gestorben, ich weiß nicht, ob man nach seiner Leiche gesucht hat.

Mir kam der vage Gedanke, dass es in unserem Viertel, wenn auch hier irgendwann eine Sanierung stattfinden würde, zu ganz ähnlichen Vorfällen kommen würde wie im Nachbarviertel. Derweil lieferten sich das mit Drahtgeflechten und Bretterzäunen durchzackte Nachbarviertel und das S-Apart ein erbittertes Duell um den Titel der »Scheußlichkeit Nr. 1« der Stadt Seoul. Auf der rechten Seite der Straße erhob sich, leicht zur Seite geneigt, das S-Apart, das mehr geflickte als unversehrte Wände aufwies, und wandte man sich nach rechts, sah man zwischen halb abgerissenen Häusern öd und trist Papierfetzen alter Zeitungen umherflattern, wer immer diese auch gelesen haben mochte. Zum Zeitunglesen hatten die Leute doch gar keine Zeit. Es werden wohl der *Straßenbaum* und der *Flohmarkt* gewesen sein.[18]

Damals wusste ich das noch nicht. Weil ich noch zu jung war und weil es nicht in den Nachrichten kam. Dass es an vielen Orten, an denen heute die schicken Wohnhochhäuser stehen, Menschen gab, die Schläge, Verletzungen und den Tod erlitten haben. Immer wieder war es vorgekommen, dass diejenigen, die den Hausbesitzern eine schöne Apartmentwohnung, den Mietern die Möglichkeit, in einem Mietappartment zu leben, und vielen anderen während der Sanierungsarbeiten eine zeitweilige Wohnung und die Zahlung der Umzugskosten versprochen hatten, ihr Wort nicht hielten. Streit brach dann oft unter denen aus, die übers Ohr gehauen worden waren. Lebensgrundlagen, deren Ursprünge weit in die Vergangenheit zurückreichten, wurden in einem einzigen Augenblick zu Trümmern, und inmitten dieser Trümmer wurden Wachtürme errichtet. Die Wachtürme waren hoch, und wer dort hinaufstieg, war voller Verzweiflung.

Es gibt Menschen, die immer nur nach oben steigen. Auf den Wachturm, auf das Dach, auf den Strommast, auf den Schornstein … Menschen, die zahlreiche vernünftige und unvernünftige Appelle in den Wind schlagen und sich schließlich in einsame Höhen begeben. Sie wissen sehr wohl, wie unsicher und gefährlich es da oben ist, und weil sie es wissen, gibt es für sie keine andere Möglichkeit, als sich dort einzuschließen. Trotzdem hört keiner auf sie, macht sich keiner Sorgen um sie und hat keiner Angst um sie. Die Welt hat die Fähigkeit zum Mitgefühl verloren.

Der Wachturm war achtzehn Meter hoch. Das war in etwa der sechste Stock des Hochhauses, das dort entstehen sollte. Acht Familien hatten beschlossen, nicht von dort wegzugehen, und im Turnus besetzten sie nun den Wachturm. Man hatte ihnen den Strom und das Wasser abgestellt, und so sammelten sie Regenwasser, um irgendwie durchzuhalten. Der Sommer war so heiß, dass man auch nachts kaum ein Auge zutun konnte, und eines Nachmittags stiegen plötzlich Flammen im Erdgeschoss des Wachturmes auf. Im Nu hatten sie den ganzen Turm eingehüllt, und die

Leute, die sich auf ihm befanden, sprangen nach unten. Achtzehn Meter tief, aus dem sechsten Stock. Sie brachen sich Arme und Beine, Hüfte und Becken und wurden mit all ihren Frakturen zur Polizei gebracht. Eine von ihnen starb, nachdem man sie ins Krankenhaus überwiesen hatte. Es war eine junge Mutter, vierunddreißig Jahre alt, die Sohn und Tochter hinterließ. Niemand übernahm Verantwortung dafür, dass Menschen sich verletzt hatten oder ums Leben gekommen waren. Wer trug die Verantwortung? Die Hausbesitzer? Der Anwohnerverband? Der junge Angestellte vom Abrissunternehmen, der wohl das Feuer gelegt hatte? Konnte man sie für all das verantwortlich machen? Und wenn nicht, konnte man dann sagen, dass niemand die Verantwortung trug? Wir vielleicht? Oder ich?

2015 begann endlich die Sanierung des S-Apart. Anstelle des alten Vorsitzenden des Anwohnerverbands, der ein paar Monate lang Schmiergeld kassiert hatte und verhaftet worden war, war ein neuer gewählt worden, man hatte den Verband neu aufgestellt, und es hieß, nun beginne das Prozedere für die Auswahl des Bauunternehmens. Das Bauunternehmen auszuwählen, war Aufgabe der Einwohner oder des Anwohnerverbands, und der Bau der Wohnhochhäuser war Aufgabe des Bauunternehmens. Ich konnte, nachdem ich entlassen worden war, morgens in Ruhe ausschlafen. Das Zimmer war angemessen kühl, die Bettdecke angemessen weich. Ich zog mir die Decke bis zum Kopf, rollte meinen Körper auf die Seite und grub mich tief ein. Ich lächelte im Schlaf, so glücklich war ich – da riss mir meine Mutter die Bettdecke bis zu den Füßen herunter und schrie:

»Aufstehen, wir gehen wählen!«

Wählen? Während meiner Ruhephase hatte ich offenbar gar nicht mitbekommen, dass Wahltag war. Wenn ich noch zur Arbeit gegangen wäre, hätte ich mich einen Monat im Voraus auf diesen Tag gefreut, weil man am Wahltag ja freihatte.

»Was ist denn heute für eine Wahl? Schon wieder Parlamentswahl? Oder Bürgermeisterwahl?«

»Die Wahl heute ist hundertmal so wichtig. Gewählt wird das Wohnhochhaus. Und du wählst unbedingt Liste eins.«

Irgendwann bei der Parlamentswahl hatte Mama mir auch gesagt, ich solle »unbedingt« Kandidat Soundso wählen. Das hatte mich so genervt, dass ich absichtlich wen anders gewählt hatte, aber schließlich war der Bewerber, den Mama partout hatte puschen wollen, ins Parlament eingezogen. Sie meinte, wenn sie sich etwas vornehme, dann gelinge es auch. Wie sich ein Wohnhochhaus zu einer Wahl aufstellen lassen konnte, war mir zwar nicht ganz klar, fest stand für mich in diesem Moment nur, dass, egal ob und, wenn ja, was ich wählte, unweigerlich Liste eins gewinnen würde.

»Es wird gewählt, welche Baufirma die Hochhäuser baut, haben die gesagt. Also so, wie wenn man den Präsidenten wählt. Die Firma, die von uns gewählt wird, darf dann bauen. Die reißen sich natürlich alle wie verrückt um unsere Stimmen. Also häng hier nicht nutzlos rum, sondern komm mit zum Wählen. Die sagen, da kriegt man auch was zu essen.«

»Du hast mir doch gesagt, es ist dir peinlich, wenn deine erwachsene Tochter nicht arbeitet, und dass ich bitte schön nicht aus dem Haus gehen soll. Warum soll ich denn da jetzt mit?«

»Wenn du zu Hause bleibst, kriegen das ja trotzdem alle mit. Jetzt hör auf rumzunörgeln und komm in die Gänge!«

Dass ich mich in meinem Leben einmal in ein Wahllokal aufmachen würde, um ein Hochhaus zu wählen, hätte ich mir auch nicht träumen lassen. Zweimal war ich zur Präsidentschaftswahl, einmal zur Parlamentswahl gegangen. Als ich das erste Mal die Gelegenheit gehabt hätte, den Präsidenten zu wählen, hatte ich den freien Tag lieber genutzt, um mit Freunden zu verreisen. So kindisch war ich damals gewesen. Bei den nächsten Präsidentschaftswahlen hatte ich mitgewählt, bei den Parlamentswahlen auch. Dann gab es noch Bürgermeisterwahlen, Ersatzwahlen und die Wahl des Superintendenten für Bildung, aber diese Wahlen hatte ich alle verschlafen. Ich hatte das zwar damit begründet, dass ich diese Wahlen für nicht so wichtig hielte, der eigentliche Grund aber war gewesen, dass diejenigen, für die ich bei den Wahlen zuvor gestimmt hatte, nicht gewählt worden waren. Ich konnte seitdem gut verstehen, wenn Sportfans sich bestimmte Wettkämpfe lieber nicht anschauten, weil ihre Mannschaft sonst ganz sicher verlieren werde.

Dann sah ich in den Fernsehnachrichten einen früheren Parlamentsabgeordneten. Er war Rechtsanwalt, ich hatte ihn seit meiner Schulzeit sehr verehrt, auch sein Buch gekauft und sogar für seine Kampagne gespendet, aber dann hatte er nach mehreren Niederlagen seinen Rückzug aus der Politik angekündigt. Es war die Zeit vor der Präsidentschaftswahl gewesen, und nun sah man ihn, wie er in der Hochburg eines der Kandidaten Wahlwerbung machte. Als ich sah, wie dieser mittlerweile ziemlich ergraute Herr, den ich einst so bejubelt und der die Politik eigentlich verlassen hatte, nun einen Gürtel und ein Wahlkampfschild mit dem Namen eines anderen tragend, dort mit breitem Lächeln auf und ab hüpfte, befiel mich ein seltsames Gefühl. Der hatte also nicht aufgegeben …

Selbst wenn beide Male, als ich zur Wahl gegangen war, mein Kandidat gewählt worden wäre, hätte dies in meinem unbedeutenden Leben vermutlich keinen großen Unterschied gemacht, aber andererseits, wer weiß, gerade weil mein Leben so unbedeutend war, vielleicht ja doch. Das Leben nimmt manchmal Wendungen, wenn man am wenigsten damit rechnet. Scheinbar belanglose Dinge führen, ohne dass man es bemerkt, zu unerwarteten Verknüpfungen. Der Flügelschlag eines Schmetterlings in Brasilien löst einen Tornado in Texas aus, und wenn man sich auf der rechten Seite kratzt, kribbelt es einen plötzlich am linken Ellenbogen. Deshalb ging ich schließlich doch wählen, und wieder verlor der Kandidat, dem ich meine Stimme gegeben hatte. Als ich die Amtseinführung des von mir nicht gewählten Präsidenten in den Nachrichten sah, dachte ich an meinen Wahlzettel, den ich mit leichtem Bangen in die Urne geworfen hatte und der nun zu einem bedeutungslosen Stück Papier geworden war. Ich stellte mir vor, wie der Zettel, säuberlich in der Mitte gefaltet, seine Flügel ausbreitete und davonflog. Und wartete auf den Tornado, den sein Flügelschlag auslösen würde.

Ich beschloss, an der Wahl des Wohnhochhauses teilzunehmen. Zwar würde ich ohnehin nicht dort wohnen können, aber wer weiß, vielleicht würde meine Wahlstimme dereinst in weitem Bogen wie ein Bumerang zu mir zurückkehren. So war meine Entscheidung nicht unbedingt dem Gemeckere meiner Mutter geschuldet.

Am Hintereingang des S-Apart wartete ein Kleinbus auf uns. Die Gruppenleiterin stand vor dem Tor und winkte uns eilig herbei, Mama zerrte mich hinter sich her und rief: »Moment, Moment!« In dem Bus saßen bereits der Fahrer und acht andere Frauen. Es war schwer vorstellbar, dass Mama und ich uns dort noch hineinquetschen sollten.

»Das geht schon noch! Das Fräulein ist doch schlank und zierlich!« Die Gruppenleiterin meinte, es sei ja nicht weit zu fahren, und so wurde ich, ohne dass ich noch Einwände hätte erheben können, einfach nach vorne gestopft, wo sich neben dem Fahrer schon zwei Leute drängten. Eine ältere Frau saß auf dem provisorischen Notsitz in der Mitte und eine andere Frau – meinem Eindruck nach eine der dürrsten Personen, denen ich je begegnet war – auf dem Beifahrersitz. Die alte Frau auf dem engen Notsitz schrumpfte noch weiter zusammen, und die Frau auf dem Beifahrersitz schob ihren Hintern so weit es ging nach links, um mir Platz zu machen. Ein unbeholfenes Nicken zur Begrüßung, und dann saßen wir zusammengepfercht nebeneinander.

»Wir fahren los!«

Nachdem meine Mutter noch irgendwie auf die hinterste Bank bugsiert worden war, zwängte sich schließlich die Gruppenleiterin noch schnaufend in den Bus hinein, schob mit letzter Kraft die Tür zu und mahnte dann zum Aufbruch, indem sie, energisch wie eine Platzanweiserin, zweimal kurz gegen die Scheibe klopfte. Der Fahrer, der uns bis dahin nur stumm beobachtet hatte, ließ den Motor an und befahl mit teilnahmslosem Gesichtsausdruck in Richtung des Beifahrersitzes: »Anschnallen.«

So ein Mist. Zögernd legten die Frau und ich gemeinsam den einen Gurt an. Nun waren wir aneinandergefesselt wie siamesische Zwillinge. Das »Wir sind ja gleich da« der verfluchten Gruppenleiterin erwies sich als unverfrorene Lüge. Obwohl die Straßen frei waren, dauerte es mehr als fünfzehn Minuten. Die mir vorkamen wie fünfzehn Stunden.

Der Bus hielt schließlich vor einer Kirche. Weil das Büro des Anwohnerverbands zu klein und kein anderer geeigneter Ort gefunden worden war, hatte man den Saal der Kirche gemietet. Obwohl diese Kirche ein ganzes Stück von unserer Wohnung entfernt lag, war ich früher ein paarmal hier gewesen. Einmal, als ich ganz klein gewesen war und man mir gesagt hatte, dass es in der Kirche Geschenke gebe, war ich mit einer Klassenkameradin mitgegangen und dann mit zwei mickrigen Bonbons abgespeist worden, und dann später in der Oberstufe, als davon die Rede war, dass es dort in der Kirche einen »echt okayen« Jungen gebe, war ich wieder mit einer Klassenkameradin mitgegangen. Da wäre es mit unserer Freundschaft beinahe aus gewesen.

Trotzdem hatte ich von der Kirche keinen schlechten Eindruck. Die Kirche war klein und hatte nicht allzu viele Mitglieder. Es war kein prunkvoller, prächtiger Bau, und es gab auch kein riesiges Kreuz, das alle Gewitter dieser Welt hätte abhalten können. Ein einfaches, schlichtes Gebäude aus rotem Backstein. Da die Leute aus der Nachbarschaft alle zu Fuß hierher kamen, kam es auch am Tag des Herrn nicht vor, dass ringsum die Straßen verstopft oder in Parkplätze verwandelt worden wären. Der Pastor, ein älterer Herr, sagte, er habe nicht den Ehrgeiz, die Kirche zu vergrößern und vom Kollektengeld neue Gebäude errichten zu lassen. Sein einziger Wunsch sei es, dass die Seele der Menschen in diesem armen Viertel keinen Hunger leiden müsse. An Weihnachten hatte er jedes Fenster mit blinkenden elektrischen Lichtern geschmückt, um den vorbeigehenden Menschen dort draußen das Herz zu erwärmen. Aber warum jetzt das hier ... Himmelherrgott!

Kaum hatte sich die Bustür geöffnet, wurden alle Insassen wie mit Sprungfedern nach draußen katapultiert. Sogleich kam unter einem riesigen Banner mit der einschüchternden Aufschrift *Angehörigen von Bauunternehmen ist der Zutritt im Umkreis von 50 Metern untersagt* eine zombieartige Horde uniformierter junger Damen auf uns zugeeilt. Tatsächlich schienen diese von den Bauunternehmen angeheuerten Assistentinnen gegenüber den nun anwesenden normalen Anwohnern in der Überzahl zu sein. In ihren dicken Parkas mit falscher Fellkapuze, den dazu völlig unpassenden kurzen grauen Röcken, die ihnen nicht über das Knie reichten, und mit dem in Stewardessmanier ordentlich zusammengebundenen Haar sahen sie alle vollkommen identisch aus. Auch die Farbe ihres Lippenstifts war ein einheitliches Rot.

Auf dem kaum dreiminütigen Fußweg vom Bus zur Kirche wurde man von allen Seiten geschubst und geschoben, so dass man kaum noch einen unbehelligten Schritt tun konnte. Überall brabbelten ähnlich aussehende Fräuleins mit ähnlich klingenden Stimmen ähnliches Zeug.

»Eomeoni, wie nett, dass Sie gekommen sind!«

»Also, Eomeoni, dann bis später. Sie wissen schon!«

»Eomeoni, Liste eins! Unbedingt Liste eins!«

Die Assistinnen hatten sich je eine der Frauen gekrallt und sich untergehakt und beschwatzten sie nun unablässig mit dem Wort »Eomeoni«, »Mutter«. Die Assistentin, die sich bei mir eingehakt hatte, verströmte einen frischen Duft nach Kosmetika. Ich löste mich von ihrem Arm und meinte etwas verunsichert:

»Ich bin doch keine Mutter …«

Irgendwie wurde ich in letzter Zeit ständig mit »Eomeoni« angesprochen. Von den Kaufhausangestellten oder Taxifahrern manchmal auch mit »Samonim«, also »Madame«. »Samonim sehen wirklich aus wie eine Agassi, wie eine Mademoiselle« – wie war denn ein solcher Satz bitte schön zu verstehen? Natürlich war ich durchaus in einem Alter, das eine solche Anrede hätte plausibel erscheinen lassen, aber mit dem Alter hatten Anreden wie »Eomeomi« oder »Samonim« eigentlich gar nichts zu tun. Es waren Begriffe, die auf der Grundlage einer bestimmten Beziehung entstanden waren. Und eben bedeuteten, dass man die Mutter oder die Ehefrau von irgendjemandem war. Nur weil man ein bestimmtes Alter erreicht hatte, hieß das ja noch nicht, dass man deshalb zwangsläufig hätte verheiratet sein oder Kinder haben müssen, und selbst wenn, wieso sollte das bei der Anrede irgendeine Rolle spielen? Ältere Männer wurden ja auch ganz unabhängig von ihren Familienverhältnissen mit »Hyeongnim«, »Seonsaengnim« oder »Sajangnim«, also »werter Soundso«, »Herr Soundso« oder »Herr Geschäftsführer« angeredet.

Die Gruppenleiterin nahm nun noch einmal Frauen aus unserem Viertel bei der Hand, malte ihnen mit dem

Finger eine große Eins auf die Handfläche, zwinkerte ihnen zu und sagte: »Alles klar? Weißt Bescheid, ne? Also, bis später!«

Die eine Hand mit erhobenem Daumen in der Luft wedelnd, die andere an ihrem Handy. Das Zeug zur Gruppenleiterin hatte gewiss nicht jede. Inmitten dieses Durcheinanders, wo es niemanden gab, der nicht in höchster Aufregung gewesen wäre, brach nun auch noch ein Streit aus. Ein Mann, der bereits von einer Assistentin in Beschlag genommen war, wurde von einer anderen bedrängt, die dem Konkurrenzunternehmen angehörte, so dass sich schließlich einige männliche Angestellte mittleren Alters genötigt sahen einzugreifen.

»Immer schön mit Anstand, die Damen!«

»Wie kommen Sie dazu, uns unsere Mitglieder streitig zu machen?«

»IHRE Mitglieder? IHRE Mitglieder? Wieso soll das IHR Mitglied sein?«

Es wurde lauter, und kurz darauf flogen bereits handfeste Flüche hin und her. Die beiden Assistentinnen hingen noch immer jeweils an einem Arm jenes Mannes und ließen nicht locker. Der Mann ließ sich bereitwillig zwischen den beiden jungen Damen hin- und herstoßen und grinste. Männer …

Das Gedränge der Baufirmenvertreter, der Einwohner und der Leute vom Anwohnerverband dort vor der Kirche artete zum Tumult aus. Mehrmals fuhr ein Streifenwagen mit heulender Sirene vorbei.

»Ey! Sie da! Auf den Bürgersteig! Sonst hagelt es Anzeigen von den Anwohnern! Wenn das so weitergeht, muss ich Sie alle mit aufs Revier nehmen.«

Die Drohung war absurd und der Ton ziemlich daneben, aber die Leute begaben sich dennoch brav auf den Bürgersteig und dämpften ihre Lautstärke ein wenig. Natürlich nur so lange, bis die Polizei wieder weg war. Dann brach vor der Kirche gleich wieder die Hölle los.

Bei der Veranstaltung handelte es sich nicht um die offizielle Hauptversammlung des Anwohnerverbands, sondern um eine Art Vorab-Stimmabgabe all derjenigen, die nicht zur Hauptversammlung kommen konnten.

»Haben wir denn am Tag der Hauptversammlung keine Zeit? Wir haben doch beide nichts zu tun, wieso stimmen wir denn hier im Voraus ab?«, wollte ich wissen.

Mama näherte ihren Mund meinem Ohr, öffnete die Lippen einen winzigen Spalt und lieferte eine gekonnte Bauchrednernummer ab:

»Wir wählen einfach schon heute. Sicher ist sicher.«

Wohl etwa dreißig Minuten saßen wir so nebeneinander und warteten. Jedes Bauunternehmen durfte ein Werbevideo zeigen und eine kurze Wahlbewerbung vortragen. Da in der Kirche nur ein kleiner Röhrenfernseher vorhanden war, hatte man weißes Papier als Leinwand an die Wand geklebt. Dann wurden die Vorhänge zugezogen, um den Raum zu verdunkeln, und die Videos per Beamprojektor an die Wand geworfen.

Die Werbevideos machten, anders als erwartet, durchaus etwas her. Gute Bildqualität, ansprechende Ästhetik, schöner Old Pop als Hintergrundmusik. Rein inhaltlich war es natürlich ziemlicher Kokolores. Unser Viertel in seinem jetzigen Zustand tauchte nirgends auf, stattdessen ein virtuelles S-dong aus der Computergrafik, während ein Sprecher mit imposanter Stimme, komplizierten Wörtern und langen Sätzen so etwas wie die »Vision« oder die »Philosophie« der jeweiligen Baufirma erklärte. Dieser Teil war ohnehin bei allen ähnlich, und ihre jeweilige Unternehmensphilosophie sollte jede Firma mal schön mit sich selbst ausmachen, das hatte ja mit uns nichts zu tun, weshalb davon bei uns auch entsprechend wenig hängenblieb. Wichtiger war die zweite Hälfte der Präsentation, in der enthüllt wurde, wie viele Skandale sich die Konkurrenz im Bau- und Sanierungsgewerbe in all den Jahren geleistet habe, wie die Baukosten explodiert seien und wie Versprechen gebrochen und Anwohner ausgenutzt worden seien.

Nach dem ersten Video waren wir einigermaßen geschockt und fühlten uns auch ein wenig betrogen, aber nachdem wir das Gleiche in jeweils leicht variierter Form dann dreimal hintereinander gesehen hatten, blieb nur ein desillusioniertes Kopfnicken und die ernüchternde Erkenntnis, dass man, wenn schon, dann wohl gemeinsam werde untergehen müssen. Während der Videovorführung wurde vonseiten des Publikums nicht mit Spott und Beifall gespart. Nicht nur die Vertreter der Baufirmen, auch die Mitglieder des Anwohnerverbands waren bereits in verschiedene Lager gespalten.

Zum Schluss bekam jedes Bauunternehmen Gelegenheit zu einem einminütigen abschließenden Statement, und der Vorsitzende des Anwohnerverbands erklärte, dass er im Falle einer Überschreitung der Redezeit das Mikrofon auszuschalten gedenke. Der erste Vertreter brachte sein Statement innerhalb einer Minute über die Bühne, dem zweiten wurde nach überschrittener Redezeit der Ton abgedreht. Auch dem dritten gelang es nicht, das Zeitlimit einzuhalten, aber nachdem sein Mikro ausgeschaltet worden war, schrie er seinen vorbereiteten Text einfach weiterhin aus voller Kehle in den Raum hinein, bis der lautstark geäußerte Protest der anderen Vertreter seiner Rede schließlich ein Ende machte.

Nun endlich sollte es ans Wählen gehen. Stimmberechtigt waren nur Mitglieder des Anwohnerverbands, die eine Wohnung besaßen. Eine Stimme pro Haushalt. Ohne jeden Grund beschwerte sich meine Mutter, die mich aus dem Schlaf gerissen und hierher mitgeschleppt hatte, nun bei *mir*, dass sie mich, noch dazu vor den Augen des gesamten Viertels, völlig umsonst mitgenommen habe. Dann zückte sie – wann immer sie ihn sich geangelt haben mochte – Vaters Personalausweis und wies mich an wiederzukommen, nachdem ich Liste eins gewählt hätte.

»Mama, vertraust du mir denn auch? Wenn ich nun nicht Liste eins wähle?«

»Red kein dummes Zeug. Du wirst Liste eins wählen.«

Ich stützte meinen Ellenbogen auf den etwa hüfthohen Tisch. Wie in Trance setzte ich den Stempel auf das Feld für Liste eins. Mama wusste schon genau, wie sie es anstellen musste. Klar und deutlich leuchtete der rote Stempelabdruck auf dem Wahlbogen. Es war raues, ungeglättetes Papier. Die Stempeltinte tränkte das Papier und breitete sich aus, wie wenn eine Süßkartoffel in einem Glas voll Wasser allmählich Wurzeln zu treiben beginnt. Wie weggetreten saß ich da und betrachtete die in das Papier hineinsickernde Tinte. Was tat ich da eigentlich? Mit einem Mal kam ich mir bescheuert vor. Meine Güte ... Da klopfte mir jemand gegen den Hintern.

»Hey! Zahlense hier Miete, oder was? Nun kommse, da warten Leute!«

Einen Augenblick saß ich noch mit offenem Mund da, dann kam ich wieder zu Sinnen. Vorsichtig faltete ich den Zettel zusammen, so dass die Tinte nicht auf die gegenüberliegende Seite durchdrückte, und kam dann aus der Kabine. Eingeschüchtert senkte ich den Kopf, da kam von irgendwoher die Stimme einer Frau, die mit meiner Mutter bekannt war, herübergeplärrt:

»Da ist ja das junge Fräulein! Na, was gab es denn da groß zu grübeln, dass es so lange gedauert hat? Hat wohl gedacht, wir wählen hier den Präsidenten, was?«

Alle reckten die Köpfe und sahen zu mir herüber,

manche mit leichtem Grinsen. Mann, war das peinlich. Meiner Mutter stieg die Schamesröte ins Gesicht. Sie biss sich auf die Unterlippe, bedachte mich kurz mit einem stechenden Blick, sah sich dann, so als kennten wir uns nicht, krampfig in der Gegend um, und gab ein übertriebenes Lachen von sich. Mit einem Gesichtsausdruck, der so viel zu sagen schien wie: »Tss, tss, die junge Dame ist ja wirklich lustig.« Ach Mama, komm schon. Ich bin dir doch nicht etwa unangenehm?

In meiner Oberstufenstufenzeit war es genau zweimal vorgekommen, dass meine Mutter in die Schule gekommen war. Am Tag der Anmeldung zur Collegezulassung und am Tag der Elternversammlung der neuen Schüler. Es war ein Freitag, nur wenige Tage, nachdem ich auf die Schule gekommen war, alle Eltern waren in der Aula versammelt und saßen in Gruppen mit dem jeweiligen Klassenlehrer zusammen. Das sei, so hieß es, in unserer Schule eine »besondere Tradition«. Meine Güte, was es alles für Traditionen gibt, dachte ich noch, als ich Mama, die Schwierigkeiten hatte, sich in fremder Umgebung zurechtzufinden, in die Aula führte und dann in den Klassenraum zurückkehrte. Dort verfolgte ich eine Weile den Mathematikunterricht, da klopfte es plötzlich an der Tür. Es war die Musiklehrerin.

»Gibt es hier eine Schülerin namens Go Mani?«

Au Backe. Am liebsten hätte ich mich vollkommen ahnungslos gestellt, aber die Mathematiklehrerin wiederholte die Frage ihrer Kollegin. Still hob ich die Hand und die Musiklehrerin gab mir zu verstehen, dass ich mitkommen solle. So gingen wir durch den Flur, die Lehrerin eine halbe Schrittlänge voraus. Dann ging sie langsamer, sah sich nach mir um und meinte in fürchterlich vorsichtigem Ton:

»Deine Mutter, also, sie fühlt sich körperlich irgendwie nicht wohl. Sie fragt, wo du bist.«

Mama hockte in einer Ecke der Aula und weinte. Die Lehrer waren schon ins Lehrerzimmer gegangen, und die Eltern saßen noch immer jeweils in ihren Gruppen im Kreis und schielten zu uns herüber. Erst mal brachte ich Mama aus dem Saal.

»Ist alles in Ordnung?«

Mama versuchte sich zu beruhigen und nickte langsam mit dem Kopf.

»Warum sind denn all diese Frauen noch da?«, fragte ich.

Da brach Mama wieder in Tränen aus.

»Die sammeln Geld.«

»Geld? Was denn für Geld?«

»Die meinten, sie wollten Sachen für den Klassenraum kaufen und für die Lehrerin, und dann wäre da noch die Mitgliedsgebühr, und dann haben die auf einmal alle ihr Portemonnaie rausgeholt. Aber ich … Ich hatte kein Geld.«

Das hatte es also mit dieser lumpigen Tradition auf sich. »Ach, Mama, wenn du kein Geld hast, dann gibst du eben nichts …« Am nächsten Tag redete die ganze

Schule davon. Du, bei der Versammlung da hat eine Mutter von irgendwem aus unserer Klasse plötzlich zu weinen angefangen! Echt? Warum denn? Meine Mutter hat gesagt, die machte nicht gerade den hellsten Eindruck. War das vielleicht Manis Mutter? Ich stellte mich taub, ließ mich auf meinem Schreibtisch nach vorne sinken und tat, als ob ich schliefe. Morgens war ich mit fröhlichem Gesicht zur Schule gekommen, aber nachdem ich den ganzen Tag vornübergebeugt vor mich hin gedöst hatte, war mein Gesicht, als es Zeit war, nach Hause zu gehen, ziemlich dick angeschwollen.

Als die Mütter nach Hause gingen, fand noch das beaufsichtigte freie Lernen statt, aber ich hatte die Klassenlehrerin gebeten, mich davon zu befreien, weil es meiner Mutter nicht gut gehe. Sie kam meiner Bitte nach, ohne nachzufragen, was meiner Mutter denn fehle, und ohne sich in irgendeiner Weise besorgt zu zeigen. Auch die Lehrerin musste es gewusst haben, meine Mutter war vollkommen gesund, aber ich schämte mich für sie. Das siebzehnjährige Mädchen, das sich für seine Mutter geschämt hatte, war inzwischen, zwanzig Jahre später, zu einer Jungfer herangewachsen, für die ihre Mutter sich schämte. Oh, wie flüchtig doch ist das menschliche Leben …

Dass sie selbst ja schließlich auch hierhergekommen sei, um an dieser läppischen Wahl teilzunehmen, hätte ich der Bekannten meiner Mutter natürlich sagen können. Aber es war wie immer. Wenn es darauf ankam, war mein Mund wie zugenäht, und abends, wenn ich im Bett lag, fiel mir ein, was ich eigentlich hätte sagen wollen. Auch in dieser Nacht würde ich sicher einige Male wütend meine Bettdecke wegtreten. Wortlos verzog ich mich. Ich fühlte mich jämmerlich. Am jämmerlichsten war, dass auch dieses Mal die Liste, die ich gewählt hatte, eine traurige Niederlage einfuhr. Bei der Vorabwahl hatte Liste eins zwar mehr als die Hälfte der Stimmen bekommen, bei der Hauptversammlung aber zog Liste zwei mit erdrückender Mehrheit vorbei.

»Das kann doch gar nicht sein! Das macht einen wirklich sprachlos! Wieso hat Liste eins nicht gewonnen? Mani und die Gruppenleiterin und Frau Hwang haben doch alle Liste eins gewählt! Die Familie von Seong-mi und die von Gyeom-i auch und alle Leute, die mit uns an dem Tag im Bus saßen. Da wurde ganz sicher rumgetrickst. Der Verbandsvorsitzende war mir ja von Anfang an suspekt. Würde irgendjemand seinen sicheren Arbeitsplatz einfach so aufgeben, um Vorsitzender des Anwohnerverbands zu werden? Das muss ihm doch irgendwelche Vorteile gebracht haben. Ist doch klar, dass er da was im Hinterkopf hatte. Ich frage mich, wie viel der wohl abgesahnt hat.«

Über das Wahlergebnis regte sich Mama noch tagelang auf. Ihre Wut war nicht zu besänftigen. Beim Essen, beim Schlafen, beim Putzen – plötzlich brach es aus ihr heraus. Als ich sie irgendwann fragte, wieso sie eigentlich so vehement für Liste eins gewesen sei, zögerte sie einen Moment und sagte dann in gedämpftem Ton:

»Von denen gab es Gutscheine fürs Kaufhaus.«

»Was? Sag mal, geht's noch, Mama? Das ist doch Bestechung! Willst du wegen Annahme von Bestechungsgeschenken in den Knast?«

»Wer sagt denn, dass ich was angenommen habe? Nichts habe ich genommen! Nichts! Und die Einkaufsgutscheine der anderen habe ich auch nicht angenommen, sondern zurückgegeben!«

»Was denn, die haben alle Gutscheine verteilt? Aber wieso warst du denn dann ausgerechnet für Liste eins? Gab es von denen am meisten, oder was?«

»Vom Einkaufswert her waren die alle gleich, aber bei den anderen ... na ja ... da gab es nur Coupons für den Markt. Heißt das etwa, wir sollen nur auf dem Markt einkaufen? Ich habe zwar noch nie irgendwas zum Anziehen im Kaufhaus gekauft, aber dass die Gutscheine für das Kaufhaus verteilt haben, fand ich gut. Da fühlt man sich irgendwie ernst genommen.«

Ich selbst kaufte manchmal Kleider oder Taschen im Kaufhaus. Mittlerweile gab es viele Verkaufsstände mit preiswerten SPA-Marken, und wenn man nach Sonderangeboten suchte und eine gute Auswahl traf, konnte man anständige Ware zu ähnlichen Preisen wie in den Internet-Shopping-Malls kaufen. Es war ja nicht so, dass es im Kaufhaus nur teure Luxusartikel gegeben hätte. Da fiel mir auf, dass Mama eine Jeanshose trug. Anders als die meiste Kleidung für Kundinnen ihrer Altersklasse war die Hose oben und unten eher kurz geschnitten, saß gut und war vor allem nicht mit irgendwelchem glitzernden Schnickschnack verziert. Mittlerweile zwar ein wenig ausgeblichen und abgenutzt, aber schick und natürlich.

»Schicke Hose, Mama.«

Auf mein unerwartetes Lob hin sah mich Mama etwas verständnislos an und tippte sich dann mit dem Zeigefinger an die Stirn.

»Die hast du doch gekauft und dann nie angezogen! Da hab ich sie halt genommen, wär ja schade drum. Wenn die Hose so schick ist, wieso ziehst du sie denn dann nicht an, hä?«

Richtig ... Jetzt fiel es mir wieder ein. Ich hatte die Hose im Kaufhaus gekauft, weil es ein Sonderangebot und der Preis so günstig gewesen war, aber als ich sie dann zu Hause angezogen hatte, war mir die Farbe, die weder richtig kräftig noch eindeutig zart wirkte, irgendwie popelig vorgekommen, und dann hatte ich sie eben erst mal weggepackt und nicht mehr angezogen. So gesehen doch logisch, oder?

»Mama, die Hose habe ich im Kaufhaus gekauft. Stell dir vor, du hast echte Kaufhausklamotten an!«

»Da danke ich dir aber gaaanz herzlich, dass ich das tragen darf!«

An dem Tag, als die Wahl der Baufirma stattfand, hatte uns, nachdem wir unsere Pflicht getan hatten, ein kleiner Transporter mitgenommen und vor einem Restaurant abgeladen, und wir alle hatten eine extragroße Portion Ginseng-Hühnchensuppe Samgyetang gegessen. Das Hühnchen war zwar lächerlich klein, aber nachdem ich auch die Brühe ganz ausgetrunken hatte, war ich doch vollkommen satt. Meine Mutter meinte, die Gruppenleiterin bezahle das Essen, ich glaubte allerdings durchaus zu wissen, woher das Geld wirklich stammte. Das Essen hatte mir trotzdem geschmeckt. Es stand mir nicht zu, meiner Mutter Vorwürfe zu machen.

Ich schlief aus wie immer, wurde aber plötzlich durch das laute Geräusch der Tür geweckt, die geöffnet und wieder geschlossen wurde. Mühsam stand ich auf und öffnete die Tür. Mama war dabei, in allen Ecken der Wohnung herumzusuchen, und murmelte etwas vor sich hin.

»Wo hat er ihn nur hingepackt?«

Von der Schlafzimmerkommode über den Schminktisch, Vaters kleinen Schubladenschrank bis hin zum Schrank unter der Spüle öffnete sie nach und nach alle Schubladen und wühlte darin herum.

»Was lärmst du denn so herum?«, fragte ich.

Mama, die gerade dabei war, die Schuhe aus dem Schuhschrank hinauszubefördern, antwortete nicht.

»Was suchst du da eigentlich?«

Wieder keine Antwort. Ich begann mich zu fragen, ob Mama nicht vielleicht weniger unwillig als vielmehr schlicht unfähig war, mir zu antworten. Wer wusste schon, was sie vorhatte?

»Was du da suchst! Wieso antwortest du nicht?«

»Wer sagt, dass ich nicht antworte? Vaters Stempel

suche ich. Ich dreh hier ohnehin gleich durch, also lass mich in Ruhe, leg dich wieder hin und schlaf weiter.«

Vaters Stempel? Es gab zwei Dinge, die unter keinen Umständen außerhalb der eigenen vier Wände herumgereicht werden durften: porzellanenes Geschirr und der amtlich registrierte Stempel. Im Falle des Porzellangeschirrs führte das zu Kratzern und Schrammen und im Falle des Stempels zum Ruin der gesamten Familie. Und Mama war nun auf der Suche nach dem Stempel. Unsere Familie war dem Untergang geweiht …

»Bist du verrückt? Was willst du mit dem Stempel?«

»Wer ist denn hier verrückt? Jedes Mal wenn deine Mutter irgendwas macht, wird sie verdächtigt? Ich bin immerhin schon zwanzig Jahre länger auf der Welt als du, und mein Leben war zwanzigmal so hart wie deins. Ich kenne mich in der Welt besser aus als du. Dein Vater und du …«

Es hing sicher irgendwie mit dem Bauprojekt zusammen. Wenn es um die blöden Hochhäuser ging, war Mama nicht zu bremsen. Ich betete innerlich, dass sie den Stempel auf gar, gar, gar keinen Fall finden dürfe. Aber ihre Beharrlichkeit und Konzentrationskraft ließen sie schließlich fündig werden. Der Stempel befand sich in Vaters Brieftasche mit den Kontoauszügen.

»Dabei hab ich ihm doch gesagt, dass er den Stempel auf keinen Fall zusammen mit den Kontoauszügen aufbewahren soll. Das ist ja so, als ob man seinen Hausschlüssel an die Eingangstür hängt und dem Dieb noch viel Spaß bei der Plünderung wünscht.«

Mama öffnete die Kappe des Stempels und sah nach, ob Vaters Name auch ordentlich eingraviert war. Dann hauchte sie den Stempel an, druckte einmal damit auf ein Stück Toilettenpapier, wickelte ihn mit zufriedener Miene darin ein und ließ ihn in ihrer Tasche verschwinden. Es schien ihr enormen Spaß zu machen, den Stempel einfach irgendwo draufzudrücken. Ich fragte mich, ob es wohl so etwas wie einen Stempel-Fetisch gab.

»Mama, jetzt mal im Ernst, was hast du vor?«

»Der Anwohnerverband sagt, ich soll eine Einverständniserklärung abgeben. Auf der steht, dass die schnell mit dem Bau anfangen sollen und wir in dem Hochhaus wohnen werden, wenn es fertig ist. Die brauchen diese Einverständniserklärung, damit sie schnell anfangen können zu bauen.«

»Warte mal, Mama. Da komme ich mit.«

»Geschenkt. Kümmer du dich lieber darum, dass du eine neue Arbeit findest. Was hängst du dich wie ein kleines Kind an Mamas Rockzipfel? Du bleibst schön zu Hause, klar?«

Sie warf sich lediglich einen dünnen Mantel über, den ich früher getragen hatte, und verließ das Haus. Ich meinte noch zu hören, wie sie, damit ich ihr gewiss nicht folgte, das Eingangstor von außen abschloss.

Als ich klein war, waren die Bedingungen, Kinder aufzuziehen, noch schwieriger gewesen als jetzt, und es hatte nicht wenige junge Eltern gegeben, die arbeiten gegangen waren und die Kinder allein zu Hause gelassen hatten. In einer Einzimmerwohnung mit notdürftiger Mahlzeit, Nachttopf und Fernsehen mit ständig gestörtem Empfang. Auch spät abends waren die Eltern noch nicht wieder zurück, und die Kinder konnten nicht schlafen und spielten mit Streichhölzern, um sich die Langeweile zu vertreiben. Eine von außen abgeschlossene Tür. Die sich nicht öffnen ließ, sosehr man auch dagegen drückte. In der Wohnung die Kinder. Verbrannt, die Körper verkohlt. So etwas kam immer wieder mal in den Nachrichten.

Die Frau, die bei uns in der Vorkammer zur Miete wohnte, hatte nach ihrer Heirat ein Kind bekommen und einen Monat nach seiner Geburt gesagt, sie müsse wieder zurück in die Fabrik. Sie hatte gemeint, das Kind schlafe ja ohnehin fast den ganzen Tag, und meine Mutter gebeten, dem Kind halt alle drei Stunden mal die Flasche mit der Trockenmilchlösung in den Mund zu stecken.

»Wenn man ein paar Windeln faltet und seitlich als Stütze aufstellt, muss man das Kind auch nicht unbedingt festhalten, es trinkt dann schon von alleine. Und die Milch mache ich fertig, bevor ich losgehe.«

Meine Mutter hatte sich sofort geweigert und der Frau gesagt, sie solle entweder in der Fabrik aufhören oder jemanden finden, der auf das Kind aufpasste. Eines von beiden. Nach diesen harten Worten hatte Mama den ganzen Tag lang Knochenbrühe gekocht und den großen Topf schließlich mit lautem Geächze in die Vorkammer zu der jungen Mutter hinübergeschleppt. Diese habe dagehockt und geweint, berichtete Mama uns. Mein Vater fragte, warum die junge Mutter denn dann nicht einfach auf das Kind aufpasse, wenn ihr die Sache so zu Herzen gehe. Mama seufzte und schüttelte den Kopf.

»Das ist ja keine Sache von einem Tag. Nach der Geburt ihres Kindes ist die ja auch körperlich noch gar nicht wieder auf dem Damm. Das hält die doch gar nicht durch.«

Die Frau gab ihre Arbeit in der Fabrik auf, um für ihr Kind zu sorgen. Und erst als das Kind seine ersten Schritte machte, ging sie wieder in die Fabrik. Dort wurde, wie wir erfuhren, Unterwäsche hergestellt. Während die junge Mutter in der Fabrik arbeitete, war das kleine Kind fast die ganze Zeit über bei uns, spielte mit mir und wurde von Mama gefüttert, zum Mittagsschlaf hingelegt und gebadet. Die Frau brachte meiner Mutter dauernd irgendwelche schwarz glänzende Spitzenunterwäsche aus der Fabrik mit, Unterhöschen, Büstenhalter und Nachthemden. Und wenn Mama dann im Negligé mit Spaghettiträgern in der Wohnung herumlief, wurde Vater doch ein wenig stutzig.

In dem Frühling, als ich in die Grundschule kam, zog die Frau mit Mann und Kind in eine Zweizimmerwohnung, und die Vorkammer wurde zu meinem Zimmer. Auch später musste ich, wenn in den Nachrichten von eingesperrten Kindern die Rede war, immer an ihr Kind denken. Ein liebes Kind mit fröhlichem Lachen, das immer brav gegessen hatte, was man ihm gab. Ob die beiden wohl jemanden gefunden hatten, der sich um das Kind kümmerte? Oder ob sie das Kind auch in der Wohnung einsperrten, wenn sie zur Arbeit gingen?

Ich hatte nun doch das Gefühl, etwas unternehmen zu müssen. Ich warf mir eine Weste über, stieg eilig in meine Turnschuhe und ging aus dem Haus. Das vordere Eingangstor war nicht verschlossen. Unsere Nachlässigkeit hätte auf Diebe wirklich wie die reinste Einladung wirken müssen. Glücklicher- oder unglücklicherweise war es nie vorgekommen, dass jemand bei uns eingebrochen wäre. Na ja. Als Dieb hätte ich mir vermutlich auch gesagt …

Es war das erste Mal, dass ich zum Büro des Anwohnerverbands ging. Ich hatte es mir irgendwie so ähnlich vorgestellt wie ein Immobilienbüro. Wie eine Art Empfangszimmer, wo jeder aus dem Viertel, der gerade in der Gegend war und nichts zu tun hatte, einfach so hereinkommen, sich auf ein altes Sofa setzen, einen Kaffee trinken oder eine Runde Baduk spielen konnte. Tatsächlich aber war es eher so ähnlich wie das Büro, in dem ich gearbeitet hatte.

Es gab im Wesentlichen drei Räume. Gleich wenn man hereinkam, betrat man einen großen offenen Raum, der ein wenig an einen Seminarraum erinnerte und in dem in fünf Reihen zu je zehn Sitzen Klappstühle aufgestellt und an der Frontseite eine weiße Tafel und ein Monitor angebracht waren. Weiter hinten gab es, durch eine dünne Wand voneinander getrennt, zwei Zimmer, von denen das größere von zwei großen, dem Fenster abgewandten Schreibtischen gefüllt war und das kleinere von vier einander zugewandten etwas kleineren Tischen in der Mitte des Raumes. Lediglich eine junge Angestellte von vielleicht gerade einmal zwanzig Jahren saß an dem Schreibtisch, der dem Eingang am nächsten war. Sicher die jüngste der hier Beschäftigten, die für allgemeine Angelegenheiten zuständig war. Auf dem Schreibtisch befanden sich ein Computer, ein Telefon, Aktenordner, ein Miniluftbefeuchter, auf den eine Flasche mit nachlaufendem Wasser geschraubt war, und ein Pappbecher, auf dem die Abdrücke von rosafarben glitzerndem Lipgloss zu erkennen waren. An der blauen Stofftrennwand waren allerlei Zettel angepinnt. So hatte es an meinem Arbeitsplatz auch ausgesehen. Und auch an dem von Miss Song. Möglicherweise gab es ja universal gültige Gesetze für die Arbeitsplatzgestaltung dienstjüngster Mitarbeiterinnen.

Der Wandkalender war prall gefüllt mit Terminen. Fast jeden Tag gab es irgendein Meeting mit Vertretern von Baufirmen, mit der Stadtverwaltung, mit dem Bezirksamt, mit verschiedenen Behörden oder mit Abgeordneten des regionalen Wahlkreises. Auch Bürgerversammlungen waren regelmäßig angesetzt. Am letzten Tag des Monats war mit rotem Stift eingetragen: *Abgabefrist der Einverständniserklärungen.* Außerdem zahlreiche englische Initialien wie L, S oder M. Geheimcodes. Besondere Zeichen, die außer Eingeweihten niemand zu lesen verstand. Irgendetwas musste dahinterstecken. Jedenfalls war es sehr undurchsichtig.

An der gegenüberliegenden Wand hingen ein großer Stadtplan von Seoul und eine Karte des Viertels S-dong. Im Seouler Stadtplan waren in unterschiedlichen Farben verschiedene Zonen markiert und auf der Stadtteilkarte jedes einzelne Flurstück in Blau, Rot, Grün oder Gelb. Bei manchen Hausnummern war die Farbmarkierung mehrfach geändert worden. Ganz Seoul war aufgesplittert in Grundstücke, die in Zukunft saniert werden sollten oder gegenwärtig saniert wurden oder bereits saniert worden waren, und nachbarschaftliche Beziehungen waren aufgespalten worden in unterschiedliche Lager. Alle mühten sich ab in der Hoffnung auf ein gutes Leben, obwohl doch klar war, dass schließlich nicht alle ein gutes Leben würden führen können. Was sollten diejenigen tun, denen trotz aller Plackerei kein gutes Leben vergönnt sein würde? Und wie konnten sie mitansehen, dass andere ein besseres Los erwischt hatten?

Als ich mich so ungeniert im Büro umsah, fragte mich die Angestellte:

»Kann ich Ihnen helfen?«

»Ähm … Ich suche jemanden. War zufälligerweise eine Frau hier, Ende fünfzig, um eine Einverständniserklärung zu unterschreiben? Etwas kleiner als ich und mit Dauerwelle.«

Gleich nachdem ich das gesagt hatte, ging mir auf, dass dies ein vollkommen unbrauchbarer Steckbrief war. Denn alle Frauen Ende fünfzig aus unserem Viertel, die mir bekannt waren, waren etwas kleiner als ich und trugen Dauerwelle.

»Hm. Ich bin vorhin, um neun Uhr, ins Büro gekommen, und seitdem ist noch niemand gekommen.«

»Was ist denn das für eine Einverständniserklärung?«

»Na ja, das betrifft die Terminplanung, das Entschädigungsverfahren, solche Sachen halt. Dass man sich einverstanden erklärt, mit dem, was der Anwohnerverband … tja …«

»Ist denn über Art und Weise der Entschädigung schon entschieden worden?«

»Nein. Es wurde ja gerade erst das Bauunternehmen bestimmt, da wird in Zukunft noch verhandelt werden, und dass man dann einverstanden ist, mit dem, was der Anwohnerverband dann … So was halt. So was Ähnliches wie eine … Kommission …«

Die Mitarbeiterin beließ es im Ungefähren und stand auf. Hieß das, dass der Anwohnerverband schon wusste, wie er entscheiden würde, und man dem im Voraus zustimmen sollte? Von Zweifeln erfüllt, schlurfte ich in meinen ausgetretenen Turnschuhen nach Hause.

Mama war noch immer nicht zurück. Ich setzte mich vor den Fernseher, sah eine Sendung, in der der stinknormale Alltag irgendwelcher B-Promis und ihrer Familien vorgestellt wurde, und kaute Weißbrot, dessen Haltbarkeitsdatum schon abgelaufen war. Die betreffende Medienpersönlichkeit, die ich schon eine ganze Weile nicht mehr im Fernsehen gesehen hatte, hatte offenbar eine Menge Geld verdient, denn sie wohnte in einem imposanten Haus. Während ich mich noch fragte, ob das Haus dort wohl auch saniert worden sei, überkam mich, das Weißbrot noch in der Hand, mit einem Mal eine große Müdigkeit und ich schlief ein. Geweckt wurde ich durch lautes Gelächter. Neben mir saß – wann immer sie hereingekommen war – meine Mutter und gackerte über das Programm im Fernsehen. Da sie nichts weiter sagte, schien sie nichts davon zu wissen, dass ich sie gesucht hatte.

»Und hast du die Einverständniserklärung abgegeben?«

»Klar«, meinte sie und murmelte dann leise vor sich hin: »Möchte nur wissen, wozu die die ganzen Unterlagen gebraucht haben.«

Au weia. Offenbar hatten wir uns verfehlt, weil sie noch zum Einwohnermeldeamt oder zum Bezirksamt gegangen war. Und anschließend war sie zum Anwohnerverband gegangen, hatte dort Dokumente abgegeben, ohne zu wissen, worum es sich handelte, und dann Vaters Stempel irgendwo draufgeknallt. Oh Mann, der verfluchte Stempel-Fetisch. Ob der Stempel wohl rechtliche Gültigkeit besaß? Ob uns das vielleicht später in einem entscheidenden Moment noch nachhängen würde? Ich hatte keinen blassen Schimmer, wie ich es ganz allein angehen sollte, um diese Situation in den Griff zu bekommen. Da fiel mir plötzlich mein Vater ein.

Mein Vater, der, egal was zu Hause gerade vor sich ging, stets mit ausdrucksloser Miene und verschränkten Armen danebenstand. Der, seit ich begonnen hatte zu arbeiten, nie mehr verdient hatte als ich. Der nun immer länger schlief. Dessen Arme und Beine immer dünner und dessen Bauch immer dicker wurde. Aber er war eben mein Vater, und in solch einem Augenblick fiel er mir ein. Ich verkroch mich in mein Zimmer und rief ihn an.

»Vater, es ist was passiert. Mama hat irgendwelche Unterlagen beim Anwohnerverband eingereicht. Ich weiß zwar nicht, was genau es war, aber sie hat auch deinen Stempel unter eine Einverständniserklärung gesetzt. Den Stempel hat sie heute Morgen noch rausgesucht, bevor sie aus dem Haus gegangen ist.«

Tuck. Ohne ein Wort zu sagen, hatte mein Vater aufgelegt. Er hatte mich doch hoffentlich gehört? Ich rief noch einmal an, aber er nahm nicht ab. Nun hatte ich noch eine Sorge mehr. Nämlich die, Mama verpetzt zu haben, wenn man diesen kindischen Ausdruck dafür verwenden wollte, aber einen passenderen gab es nicht. Wenn Mama das erführe, wäre die Hölle los.

Mit zwei tickenden Zeitbomben in meiner Brust verkroch ich mich wieder unter die Bettdecke. Wieso war ich plötzlich wieder so schläfrig? Es war schon ein erbärmliches Leben.

Ich fragte mich, seit wann ich unter dieser anhaltenden Kraftlosigkeit litt. Als ich nach dem Hochschulabschluss vor Angst gezittert hatte, weil ich keine vernünftige Arbeitsstelle fand, war ich in eine ziemlich schlimme Depression geraten, und auch später hatte ich, vielleicht als Spätfolge, zwischendurch immer wieder unter großer Niedergeschlagenheit gelitten. Aber meine langjährige und gewissenhafte Tätigkeit im Büro eines Bauunternehmens verhalf mir zu neuem Selbstbewusstsein. Und ich fühlte mich gegenüber meinen ehemaligen Kommilitonen, die ständig die Firma wechseln mussten, ein klein wenig überlegen.

Meine Freundinnen bereiteten sich auf die Beamtenprüfung vor, begannen wieder für die Uniaufnahmeprüfung zu lernen, um auf die pädagogische Hochschule zu gehen, oder machten eine Ausbildung als Barista, um ein eigenes Café zu eröffnen. Eine Freundin hatte sich ihre Jeonse-Kaution[19] auszahlen lassen und war zu einer unbefristeten Europareise aufgebrochen. Aber bei allen war es dann so gekommen, dass sie den Beamtentest in den Sand gesetzt, die Uniaufnahmeprüfung vermasselt oder den neu gegründeten Cafébetrieb gegen die Wand gefahren hatten. Die Einzige, die es schließlich zu einem gewissen Erfolg und Einkommen gebracht hatte, war diejenige, die auf Europareise gegangen war. Sie hatte in einer belgischen Kleinstadt einen Chinesen getroffen, der in Frankreich studierte und dessen Familie zu plötzlichem Reichtum gekommen war, und ihn schließlich geheiratet.

Sie erzählte, dass es Frühling gewesen sei, aber ein kalter Wind geweht habe, außer ein paar Windmühlen nichts zu besichtigen gewesen und sie fröstelnd durch die öden Straßen gelaufen sei und dabei immer wieder vor sich hingemurmelt habe: »Ist das kalt, ist das kalt heute …« Da sei ihr jetziger Mann herbeigekommen und habe sie auf Japanisch mit »Sumimasen? Entschuldigung?« angesprochen. Sie habe mit »Es ist hontoni kalt. Lassen Sie mich in Ruhe, Sumimasen« geantwortet, woraufhin er eine Mischung aus Französisch, Englisch und Japanisch von sich gegeben habe, die sie nicht habe verstehen können. Erst später habe sie begriffen, was er damals gesagt habe, nämlich: »Sie haben eine hübsche Stimme.« Jedenfalls war daraus etwas entstanden, und die beiden hatten schließlich geheiratet und lebten nun in Shanghai. Als es nach Langem wieder ein Treffen alter Freundinnen gegeben hatte, hatte uns die Freundin aus Shanghai dringend ermahnt, auf Reisen zu gehen, komme, was da wolle.

»Brecht auf! Unbedingt! Nur so entstehen neue Gelegenheiten. Wenn ihr hier hocken bleibt, wird sich nichts in eurem Leben ändern!«

Und wenn schon. Was sollte schon so toll daran sein, verheiratet zu sein? Die anderen Freundinnen dachten wohl wie ich, denn sie saßen mit versteinerter Miene da, und ich gab kleinlaut zu bedenken:

»Ich habe gar keinen Reisepass …«

Ich glaube, ich war mir ein wenig lächerlich vorgekommen, weil ich meine Arbeit in einer unbedeutenden Firma so geduldig fortsetzte. Warum schämte ich mich eigentlich, obwohl ich doch tüchtig gearbeitet hatte? Als mir dann aber in der Firma gekündigt wurde, stand ich wirklich vor dem Abgrund. Zwar hatte ich mich vielleicht nicht übermäßig reingehängt, aber gefaulenzt hatte ich auch nicht, und mir war danach, mich zu beschweren. Bei wem? Bei meiner Mutter, meinem Vater, meiner Freundin, die nun in Shanghai lebte, und bei meinen Leidensgenossinen am Rande der Klippe, deren Leben, obwohl sie durchaus nicht herumschluderten, vollkommen verschludert an ihnen vorbeifloss.

An dem Tag war ich das erste Mal in meinem Leben auf einer Polizeiwache. Vater hatte im Büro des Anwohnerverbands einen Riesenaufstand gemacht. Als der Anruf kam, hatten Mama und ich wieder nur den dünnen Mantel und die Weste übergeworfen, waren in unsere Turnschuhe gesprungen und dann zur Polizeiwache gerannt. Und während wir rannten, musste ich dauernd daran denken: Mama würde mit mir schimpfen. Mit mir schimpfen. Mit mir schimpfen.

Als Mama, die ohnehin sehr ängstlich war, Vater auf der Polizeiwache sah, erbleichte sie. Zitternd ergriff sie meine Hand und stützte sich an mir ab. Von ihrer kalten Hand tropfte der Schweiß.

»Da … sind wir.«

Als sie meinen Vater mit trauriger Stimme und gesenktem Kopf ansprach, drehte er sich nicht um. Wer stattdessen reagierte, war ein Mann, der eine Jacke des Anwohnerverbands trug und sich nun erfreut an meine Mutter wandte.

»Habe ich Sie unter Druck gesetzt, damit Sie die Einverständniserklärung unterschreiben? Herr Schutzmann, fragen Sie doch bitte einmal die Betroffene selbst.«

Daraufhin erwiderte der Beamte mit säuerlichem Gesicht:

»Ich bin nicht Schutzmann, sondern Oberwachtmeister.«

Da sagte Vater, ohne sich zu uns umzudrehen, zum Herrn Schutzmann, nein Oberwachtmeister:

»Herr Oberwachtmeister, ich möchte diese Frau verklagen.«

Mama hockte reglos da.

»Nein! Ich lasse mich nicht von dir scheiden! Herr Detektiv, ich kann mich nicht scheiden lassen, sagen Sie ihm das bitte.«

Der Mann vom Anwohnerverband hatte behauptet, Mama habe die Einverständniserklärung zwar möglicherweise ohne zu wissen, warum, aber doch freiwillig abgestempelt, der Polizeibeamte hatte erklärt, er sei kein Schutzmann, sondern Oberwachtmeister, Vater hatte dem Herrn Oberwachtmeister gesagt, er wolle Mama verklagen, und Mama hatte den Herrn Oberwachtmeister um Hilfe gebeten, um eine Scheidung zu verhindern. Klang so eine Konversation im Land der Morgenfrische, dem Land des einen Volkes und der einen Sprache? *Die Sprache unseres Landes unterscheidet sich von der des Reiches der Mitte und daher …*[20]

Da erhob sich der Leiter der Polizeiwache, der bisher nur still in einer Ecke gesessen und alles mitangesehen hatte. Er machte einen freundlichen Eindruck. Er wirkte wie der Rektor einer dörflichen Zweigschule, der seine Ansprachen an die Schüler kurz hält und Abfall auf dem Sportplatz selbst aufsammelt.

»So, nun beruhigen Sie sich alle erst einmal. In unserem kleinen Viertel sollten wir doch nicht so miteinander umgehen. Der Herr hier wird sich jetzt entschuldigen. Und Sie, Herr Kim, Körperverletzung, versuchter Diebstahl, nehmen Sie doch bitte nicht solche schrecklichen Wörter in den Mund.«

Der Mann namens Kim, leicht indigniert, gab keine Antwort, Vater nervte den Polizisten weiter damit, dass er Mama anzeigen wolle, wobei mir unklar war, weshalb er es denn nicht einfach tat, sondern die Polizei darum bat, und Mama sagte erneut, dass sie sich nicht scheiden lassen könne, und brach in Tränen aus. Ich beschloss, mich zuerst um Mama zu kümmern.

»Mama, eine Klage hat mit einer Scheidung nichts zu tun. Für eine Scheidung müssen beide einwilligen oder einen Prozess führen. Vater will dich nicht deshalb anzeigen, weil er die Scheidung wollen würde.«

»So? Ja, aber warum denn dann?«

Ohne Mama anzusehen, antwortete Vater:

»Wegen Diebstahls! Einfach meinen Stempel mitzunehmen, ohne mir etwas davon zu sagen, ist Diebstahl. Und die Dokumente, die mit dem von meiner Frau gestohlenen Stempel ohne mein Wissen unterzeichnet wurden, sind alle ungültig. Geben Sie die Unterlagen sofort wieder heraus.«

Herr Kim fragte meine Mutter noch einmal:

»Nun sagen Sie schon. Habe ich Sie dazu genötigt,

die Erklärung abzustempeln, oder sind Sie von sich aus mit Ihrem Stempel zu unserem Büro gekommen?«

»Ich. Ich habe das abgestempelt«, antwortete Mutter vollkommen ahnungslos.

Daraufhin schlug sich Herr Kim mit beiden Händen auf die Knie und stand auf.

»Sie haben Sachen in meinem Büro zerstört, Sie haben mir leichte Verletzungen zugefügt, und vor allem haben Sie unsere Mitarbeiter zu Tode erschreckt. Nun ja, es ist so, wie der Herr Dienststellenleiter gesagt hat. Unser Viertel ist klein. Vergessen wir, was heute passiert ist. Ich darf mich nun verabschieden. Ob die Herrschaften einander anzeigen oder sich scheiden lassen wollen, können Sie dann ja unter sich ausmachen. Ich jedenfalls bin mit der von Ihnen selber eingereichten Einverständniserklärung genauso rechtskonform verfahren wie bis jetzt in allen Angelegenheiten.«

Vater stand nur leicht zitternd mit geballten Fäusten da, ohne ein Wort zu sagen.

Zu Hause angekommen, zog Vater gar nicht erst die Schuhe aus, sondern setzte sich im Flur auf den Boden und fragte meine Mutter:

»Was für Unterlagen hast du da abgegeben?«

Mama, die nicht hereingekommen, sondern wie ein Kind in Erwartung seiner Strafe am Tor stehen geblieben war, antwortete mit gesenktem Kopf:

»Die Siegelbescheinigung.«

»Was noch?«

»Die Vollmacht.«

»Was noch?«

»Die Kopie des Grundbuchs. Das ist alles.«

Vater gab einen tiefen Seufzer von sich. Warum wollte der Anwohnerverband solche Unterlagen haben? War das im Falle einer Stadtteilsanierung die übliche Vorgehensweise? Ich hatte das Gefühl, dass wir darüber einfach zu wenig wussten. Wenn man so wenig Ahnung hatte, war es eigentlich klar, dass wir keine Wohnung in dem Hochhaus, das hier gebaut werden sollte, und auch keine angemessene Entschädigung für unseren Besitz bekommen würden. Vater fragte:

»Und du weißt, was für eine Einverständniserklärung du da eingereicht hast?«

»Dass wir den geschäftlichen Aktivitäten des Anwohnerverbands zustimmen. Nur wenn möglichst viele Mitglieder zustimmen, können die Bauarbeiten schnell beginnen.«

»Da geht es noch um andere Dinge. Das kann mit verschiedenen Fallstricken verbunden sein. Du gehst jetzt dahin und holst alles, was du da abgegeben hast, wieder zurück.«

»Und wenn ich das mache, dann lässt du dich nicht von mir scheiden?«

Vater sah Mama eine Weile wortlos an. Dann sagte er:

»Warum sollte ich mich von dir scheiden lassen?«

Mann, war das peinlich. Ich zuckte zusammen und hätte beinahe losgeschrien, aber Mama, den Kopf noch immer gesenkt, begann zu schluchzen. Mein Vater klopfte meiner Mutter zweimal mit schwerer Hand auf die Schulter und ging. Und sie lief sogleich wie von Sinnen hinaus. Nach einer Weile kam sie wieder und meinte niedergeschlagen, sie habe die Papiere vom Anwohnerverband nicht zurückbekommen. Schluchzend saß sie in meinem Zimmer und schlief schließlich ein.

DER SCHARLACHROTE STEMPEL AUF MEINEM HINTERN

Im Frühjahr 1990, als ich in die vierte Klasse kam, wechselte ich auf eine Schule, in der es eine eigene Turngruppe gab. Am Abend vor dem Tag des Schulwechsels lagen Mama und ich nebeneinander, hielten uns fest an den Händen und sprachen über meine Erwartungen und Pläne für die neue Schule und meine Ambitionen als Turnerin. Vor Aufregung und Sorge konnte ich nicht einschlafen. »Du bist sicher so aufgeregt, dass du nicht schlafen kannst«, waren Mamas letzte Worte, bevor sie in tiefen Schlaf sank. Nachdem ich mich eine Weile unruhig umhergewälzt hatte, stand ich leise auf, lief in die Küche, trank ein Glas Wasser, ging zur Toilette und kehrte wieder ins Schlafzimmer zurück. Als ich mich auf meine Matte legen wollte, trat ich ganz leicht auf Mamas Hand, aber ohne die geringste Reaktion schnarchte sie in ihrem Rhythmus weiter. Die schlief wie ein Bär.

Ich schaltete die Stehlampe auf dem niedrigen Schreibtisch an. Zum Glück wachte Mama nicht auf, und ich drehte den Lampenschirm ein Stück weit nach oben, so dass der Lichtschein auf die Schuluniform fiel, die Mama für mich hübsch gebügelt auf den Kleiderbügel gehängt hatte. Eine dunkelblaue Jacke, ein blauschwarz karierter, von hellblauen Streifen durchzogener Faltenrock und schließlich als i-Tüpfelchen eine Krawatte. Ja, die Schule, auf die ich nun gehen würde, war eine Privatschule.

Während ich in der Aerobic-Schule Turnen geübt hatte, hatte meine Mutter einen einsamen Kampf geführt, um mich auf eine Schule zu bringen, die eine eigene Turnabteilung hatte. Es war eine Zeit, in der das Internet noch nicht so entwickelt und Informationen dementsprechend kostbar waren, und Mama, die sich ja ohnehin leicht verirrte, musste Bezirksamt, Bürgeramt, Schulbehörde und verschiedene Erziehungseinrichtungen ganz allein abklappern. Schulen, in denen Turnen nicht nur als Hobbygruppe oder Sonderkurs, sondern als eigener Unterrichtszweig angeboten wurde, gab es nicht viele.

Ich wechselte schließlich auf eine private Grundschule. Einschulungsgebühr, Mitgliedschaftsgebühr, Gebühr für Sonderaktivitäten, Mensagebühren … Allein die obligatorische Grundgebühr war so hoch, dass wir, wenn ich meine restliche Grundschulzeit bis zur sechsten Klasse hier verbringen sollte, entweder unser Haus verkaufen oder Vaters Laden würden räumen müssen. Vater, der erst davon erfuhr, nachdem das Anmeldeprozedere schon komplett abgeschlossen war, sprang einen Meter hoch in die Luft. Vielleicht dachte er, dass Mama die ganze Sache überhaupt nicht klar war, jedenfalls fragte er nun mich:

»Mani, antworte mir! Wir müssen das Haus verkaufen oder den Laden räumen! Was sollen wir machen? Was? Was machen wir?«

Ich dachte angestrengt nach. Dann entschied ich:

»Ich glaube … dann sollten wir den Laden räumen.«

Mein Vater griff sich an den Nacken und erlitt einen filmreifen Zusammenbruch. Als Mama aufgeregt schreiend herbeikam, um ihm wieder auf die Beine zu helfen, stieß er ihre Hand weg.

»Und wenn ich hier abkratze, von euch lass ich mir nicht hochhelfen.«

Nachdem er sich, die Hand noch immer am Nacken, schwankend aufgerichtet hatte, ihm dann aber die wackligen Beine immer wieder weggeknickt waren, gelang es ihm schließlich doch aufzustehen, und er öffnete die Tür und verließ das Haus. Er nahm ein Taxi, fuhr zum Universitätskrankenhaus und schleppte sich in die Notaufnahme. Kaum dort angekommen, verlor er das Bewusstsein und bekam einen Herzstillstand, und es war ein Glück, dass die Ärzte sogleich zur Stelle waren und Wiederbelebungsmaßnahmen durchführten. Das hätte wirklich böse enden können. In die neue Schule ging ich aber trotzdem wie geplant. Vater griff sich wieder an den Nacken. In dieser Zeit hatte er die Hand häufiger am Nacken als sonst irgendwo.

Der Schulbus kam nicht bis in unser Viertel. Das bedeutete, dass ich, vierte Klasse, zehn Jahre alt, morgens um halb sieben aus dem Haus gehen, an unserer

Bushaltestelle in den Linienbus steigen, sechs Stationen später aussteigen und dann um sieben Uhr in den Schulbus steigen und zur Schule fahren musste. Dass mich die Erwachsenen im Bus neugierig beäugten, vielleicht weil meine Schuluniform so hübsch war oder weil ein noch so kleines Mädchen schon eine Schuluniform trug, störte mich jedenfalls nicht.

Weil der Bus so früh fuhr, gab es viele Kinder wie mich, die morgens schon um diese Zeit zur Schule kamen. Es gab frühmorgendliche Sonderklassen für Sprach- oder Instrumentalunterricht, und auch die Schulbibliothek war schon geöffnet, ich aber lag nur bäuchlings auf meinem Tisch im Klassenzimmer und schlief. Es war weniger so, dass ich mich aktiv dazu entschlossen hätte, vielmehr überkam mich der Schlaf, so dass ich mich einfach nicht wachhalten konnte. So anstrengend, so ermüdend war das alles für mich. Die Schule war relativ klein, so dass sich bereits alle Kinder untereinander kannten, und obgleich es wohl manchmal vorkam, dass jemand von anderswo auf diese Schule wechselte, war mein Fall doch irgendwie besonders, und so schien niemand so recht zu wissen, wie man mit der Neuen denn umgehen solle. Dabei war es nicht so, dass man etwas gegen mich gehabt oder mich bewusst geschnitten hätte. Niemand tat irgendetwas. Ich hätte mir durchaus gewünscht, dass irgendjemand mir gegenüber irgendetwas getan hätte, aber die Kinder standen mit gutmütigen, unschuldigen, schüchternen Gesichtern einfach nur da und ließen mich in

Ruhe. Ich war nicht nur müde und erschöpft, sondern auch einsam.

Die Einrichtung der Schule war nicht so gut wie erwartet. Zwar waren die Klassenzimmer etwas größer als in meiner alten Schule, und anstatt des Harmoniums gab es ein Klavier, auch waren die Toiletten sehr sauber. Es gab jeweils eigenes Putzpersonal für Toiletten, Flur und Hobbyraum. Stühle und Tische, Schließfächer und Tafel waren sauber, die Unterrichtsräume für Kunst, Musik und Naturwissenschaften hell und freundlich und die Laborausrüstung in bestem Zustand. All dies war wirklich viel netter als in meiner alten Schule, die Turnhalle aber gefiel mir nicht. Sie war kleiner als die meiner alten Schule, und an den Wänden sah man Risse. Auch war das runde Kuppeldach unnötig hoch, was zu einer extrem halligen Akustik führte.

In dieser Turnhalle fand der Einstufungstest statt. Die junge Trainingsleiterin der Turnabteilung, die aussah, als wäre sie noch Studentin, stand mit verschränkten Armen da und sah mit gelangweilter Miene zu, wie ich auf ihre Anweisung Rolle vorwärts, Rolle rückwärts, Strecksprung und leichtes Stretching vorführte. Als sie mich danach befragte, weshalb ich in die Turnabteilung gehen wolle und ob ich schon ein reguläres Turntraining erhalten hätte, erging ich mich in aller Ausführlichkeit über meine besondere Beziehung zu Nadia Comaneci und mein vergangenes Jahr voller Blut, Schweiß und Tränen. Dem Augenschein nach hätte sie ohne Weiteres als Wettkampfathletin durchgehen können, aber sie war tatsächlich schon Trainerin. Sie musste entweder besonders fähig oder als Wettkämpferin besonders unfähig sein. Wobei mir, während mir dieser Gedanke immer wieder durch den Kopf ging, Letzteres wahrscheinlicher erschien.

Wie erwartet bestand ich den Einstufungstest ohne Schwierigkeiten. Erst später erfuhr ich, dass es sich dabei um eine reine Formalie ohne größere Bedeutung handelte und dass eigentlich jeder in die Turngruppe gehen konnte, wenn er nur wollte. Danach aber konnte man sich nicht mehr frei entscheiden. Dann ging es darum, ob man lediglich weiterhin Mitglied der Turngruppe blieb oder zur Wettkampfturnerin werden konnte.

Im Eingangsbereich der Sporthalle standen in weißem Turndress vier oder fünf Schülerinnen aus der ersten und zweiten Klasse und plauderten miteinander, und etwas ältere Kinder, die einen Trainingsanzug trugen, waren dabei, Lockerungsübungen zu machen, einander paarweise gegenübersitzend und an den Händen fassend. Etwas weiter hinten in der Halle warfen zwei Mädchen im Turnanzug einen Gymnastikreifen hin und her und unterhielten sich dabei, wobei sie kaum auf den Reifen achteten, so sehr waren ihnen die Bewegungsabläufe offenbar in Fleisch und Blut übergegangen. Hierher war ich nun also gekommen. Wo sollte ich mich hier dazwischenklemmen? Ohne dass mein Traum dabei zerbrach?

Überall zu kleinen Grüppchen zusammengestellt, diese zierlichen, weiß gekleideten, hübschen Mädchen mit den kleinen Köpfchen, ich hatte das Gefühl, als sei ich in eine fremde Welt, einen fremden Volksstamm geraten. Die Mädchen in der Turnabteilung achteten bereits auf ihr Gewicht. Um ihren Körper so hübsch und leicht zu halten, aßen sie fast nichts, höchstens Käse oder Hühnchenbrust, was sie sich eingepackt hatten und wovon sie zwischendurch immer wieder ein Häppchen zu sich nahmen. Beim bloßen Anblick bekam man Beklemmungen und Hunger und Magenstechen. Es schien, als wären sie alle deshalb so klein, weil sie gerade einmal so viel aßen, dass sie nicht verhungerten.

Vorher hatte ich mir über meinen Körper nie Gedanken gemacht. Nicht über dessen Form, dessen Gewicht, dessen äußere Konturen. Stattdessen hatte ich viel über die unsichtbaren inneren Zustände meines Körpers nachgedacht. Ob mein Bauch voll war oder wehtat oder leer war oder sehr leer war oder ganz, ganz schrecklich leer war. Erst nachdem ich begonnen hatte, meinem Körper ein gewisses Interesse zu widmen, war mir aufgegangen, dass ich relativ groß war. Bis zur vierten Klasse war ich immer die Größte in meiner Klasse gewesen. Größer als die Jungen. Meine Mutter hatte nie besonders gut für mich gekocht, und so war es eigentlich erstaunlich, dass ich heranwuchs wie eine Bohnensprosse, aber später hörte ich dann plötzlich auf zu wachsen und zählte in der Mittelstufe eher zu den Kleineren und war dann in den drei Jahren der Oberstufe stets die Kleinste in der Klasse. Da erst rollte meine Mutter die Augen und meinte seufzend, die früh erblühte Blume verwelke auch als Erste. So wie ich damals all ihr Lob still und ruhig aufgenommen hatte, nahm ich nun auch ihren Tadel still und ruhig entgegen.

Die Mädchen in der Turngruppe hatten allesamt auch hübsche Namen. In puncto Ausgefallenheit konnte zwar auch mein Name durchaus mithalten, aber er war eigentlich nur ungewöhnlich, wohingegen die Namen vieler Mädchen in der Turngruppe wirklich hübsch waren. Unter den Mädchen, mit denen ich bis dahin zu tun gehabt hatte, trugen viele einen Namen, der auf die Silbe *seon* (선, 善) endete, begonnen mit Hyeseon über Miseon, Jiseon, Yeongseon bis hin zu Myeongseon. Nach der Generation, in der man mit dem »sanftmütigen« *sun* (순, 順) die Mädchen dazu bringen wollte, nicht über die Strenge zu schlagen, und der Zeit, in der mit dem »klaren« *suk* (숙, 淑) Aufrichtigkeit und Sittsamkeit eingefordert wurden, herrschte nun offenbar die Zeit der »lieben und netten« Frauen. Ob Hyeseon wirklich so nett gewesen war? Jedenfalls war hier nicht ein einziges Mädchen, das so einen »netten« Namen getragen hätte. Besonders unter denen aus der vierten Klasse gab es neben mir noch drei weitere Mädchen, die keinen sinokoreanischen, sondern einen rein koreanischen Namen hatten: Kim Chorong, Yu Bitna und Choi Saetbyeol. Und ganz ihren Namen entsprechend waren sie wirklich »strahlend« und »leuchtend« und schön wie der »Abendstern«. Und dann ich. Go Mani. Mani. Also: »viel«? Hm. Viel wovon? Wie mein Name wohl auf die anderen wirkte?

Ich stand am Eingang der Turnhalle und klopfte mit der Fußspitze auf dem Boden herum. Dorthin, wo die anderen Kinder versammelt waren, wagte ich mich nicht. Da kam die Trainerin und klopfte mir auf die Schulter.

»Hallo, Mani. Geh in die hintere Umkleidekabine und zieh deine Turnsachen an. Nimm einfach eines der freien Schließfächer.«

Erst da ging ich durch die Gruppe der anderen Kinder hindurch und begab mich in den Umkleideraum der Turnhalle. Der Raum war offenbar ursprünglich nicht als Umkleide, sondern als Geräteraum genutzt worden, und erst später hatte man in einer Ecke eine Trennwand aufgestellt, eine Tür angebracht und den Bereich zum Umkleideraum gemacht. Auf allen Schließfächern klebten Namensschildchen. Von denen, an denen kein Name angebracht war, öffnete ich eines an der Wand ganz unten. Vielleicht war er lange geschlossen gewesen, denn die Tür klemmte und ließ sich so schwer öffnen, dass ich mit beiden Händen kräftig daran ziehen musste. Die anderen Spinde waren ein wenig verbeult, oder der Griff war abgebrochen, das Schließfach aber, das ich gewählt hatte, war in Ordnung und sauber. Offenbar war es deshalb von niemandem benutzt worden, weil man sich hinhocken musste, um etwas hineinzutun oder herauszuholen.

Das fing damals bei mir an. Dass ich mich im Bus stets in die letzte Reihe setzte, dass ich in der Bibliothek ganz selbstverständlich den Platz im hintersten Winkel auswählte, dass ich, wenn ich mit meinen Freundinnen im Imbiss Tteokbokki essen ging, immer den Stuhl in der Ecke ansteuerte.

Ich machte nicht nur den Rücken krumm, sondern kauerte mich, so tief ich nur konnte, hin und schob meine Schuluniform und meine Tasche in den Spind. Auf ihm würde bald mein Name stehen. Mit etwas mulmigem Gefühl strich ich mit der Hand über mein Schließfach und auch über die Schließfächer und Namensschilder der anderen. Einer der Spinde war leicht geöffnet, und so zog ich einfach einmal ein klein wenig an der Tür und sah dort Kleidung und eine Tasche. Eine eilig in den Spind geworfene zerknauschte Schuluniform und eine Nike-Sporttasche.

Damals war unter den Mittel- und Oberstufenschülern eine zylinderförmige Basketballtasche mit langem Schulterriemen in Mode, die aufgrund ihrer Form von allen nur »Hammertasche« genannt wurde. Die Schüler aus der Basketballgruppe in meiner alten Schule liefen alle mit so einer Tasche herum, und auch ein paar ältere Mädchen aus der fünften und sechsten Klasse, die nicht unbedingt als Musterschülerinnen galten. Ich hätte auch gern eine gehabt, anstelle meines gewöhnlichen Grundschulranzens aus Stoff, den man über beiden Schultern trug. Eine solche Sporttasche hätte eigentlich nicht zu mir gepasst, und sie war auch richtig teuer, wahrscheinlich weil es sich um eine große Marke handelte. Aber ein Imitat wollte ich auch nicht tragen. Ich betastete nun die Hammertasche dort im Spind, als plötzlich jemand rief:

»Was machst du da? Wieso wühlst du in fremden Schließfächern herum?«

»Ähm … ich, also … Der Spind stand offen«, stotterte ich. »Den hat wohl jemand aus Versehen offen gelassen, und da … wollte ich ihn zumachen. Aber er ging irgendwie nicht richtig zu. Äh, hier. Wenn ich den so zumachen will, so, siehst du? So. Dann geht er von alleine wieder auf. Hahaha. Siehst du?«

Okay, das künstliche Lachen fand ich selber auch nicht optimal, aber insgesamt hatte ich doch das Gefühl, mich halbwegs geschickt herausgewunden zu haben. Wobei man mir meine Ausrede natürlich nicht abkaufte. Das Mädchen im Turnanzug, von dem ich nicht wusste, ob es vielleicht die Inhaberin des Schließfaches war, und auch nicht, ob es älter oder jünger war als ich, machte sich nicht die Mühe, seinen ungemütlichen, skeptischen Gesichtsausdruck zu verbergen.

Dann kam endlich das erste Training. Ich war in die Gruppe mit den weißen Turnanzügen eingeteilt worden und hatte zusammen mit den anderen rund zwei Stunden geübt, aber was ich an dem Tag gelernt hatte, was man mir erklärt hatte, was ich gesagt und getan hatte, daran erinnere ich mich nicht mehr. Ob das Schließfach wohl jenem Mädchen gehört hatte? Und warum hatte sie gelacht? Hatte sie mich ausgelacht? Warum hatte sie mich überhaupt gesehen? Die Denkschlaufe lief wieder und immer wieder durch meinen Kopf. Warum bloß hatte ich den fremden Spind geöffnet, und warum bloß hatte ich noch dazu die Tasche berührt, die sich darin befand?

Das erste Training ging mit leichten Lockerungsübungen zu Ende, und alle begaben sich in die Umkleidekabine, um sich umzuziehen. Ich schielte vorsichtig zur Seite und sah, dass das infrage stehende Schließfach nicht dem Mädchen gehörte, das mich beobachtet hatte. Immerhin. Nun hoffte ich, dass die Augenzeugin altersunübliche Umsicht walten lassen und die Sache für sich behalten würde. Aber von wegen. Gleich am nächsten Tag meinte Kim Chorong, die Inhaberin des Schließfaches, ohne eine Miene zu verziehen, dass dessen Schloss ein wenig verbogen sei und sich die Tür manchmal leicht öffne, dass das aber nicht weiter schlimm sei. Es war eine rein informative Mitteilung, nicht wütend, nicht verdächtigend, nicht sarkastisch, nicht warnend. Aber furchteinflößend. Die neue Schule, auf die ich mich so gefreut hatte, die Turngruppe, die neuen Schulkameradinnen … Gleich am ersten Tag hatte ich alles verbockt.

Insgesamt gab es vier Neulinge in der Turngruppe. Zwei, die in die erste Klasse gingen, und eine, die wie ich in der vierten war, aber schon mit sieben mit dem Turnen angefangen hatte, wie sie sagte. Die anderen Viertklässlerinnen hatte sie schon auf Turnwettkämpfen getroffen und kannte sie daher auch mit Namen. Ich war mit Verspätung dazugekommen, ohne irgendjemanden zu kennen, hatte bis dahin auch noch nicht richtig Turnen gelernt und stand unter Diebstahlverdacht. Was es hieß, gemobbt zu werden, wusste ich dank Hyeseon nur zu gut, und so machte ich mich nun auf einiges gefasst, aber – ich wurde nicht gemobbt. Ich wurde nicht gequält.

Was mich allerdings quälte, war, dass mein Körper mir nicht gehorchen wollte. Die Lehrerin im Hagwon hatte mir manch unsaubere Haltung durchgehen lassen, die Trainerin hier aber setzte sich jedes Mal beim Stretching auf meine Beine, auf meinen Po, auf meinen Rücken. Mit vollem Gewicht nach unten drückend. Nicht selten war ein lautes Knacken zu hören, und ich hatte das Gefühl, als würden meine Knochen brechen und meine Sehnen reißen, doch sosehr ich auch schrie, die Trainerin ließ nicht locker, bis ich vor Schmerz und Angst schließlich weinte. Alle sahen zu, und ich schämte mich nun meiner Tränen so sehr, dass ich aus der Turnhalle nach draußen rannte.

Ich ging in den Neubau, der sich gleich nebenan befand, und lief dann weiter durch einen Durchgang, der »Wolkenbrücke« genannt wurde, bis ins Hauptgebäude. Aber weil ich das Gefühl hatte, schließlich ja doch wieder in die Halle zurückgehen zu müssen, lief ich wieder in den Neubau, zögerte, kehrte dann wieder in das Hauptgebäude zurück und hatte inzwischen vollkommen die Orientierung verloren. Ich lief Treppen auf und ab, kam wieder in einen Gang, überquerte erneut die Wolkenbrücke, erst in die eine, wenig später in die andere Richtung. Das hier war doch der Weg von vorhin, und auf dieser Treppe war ich doch ganz am Anfang schon einmal gewesen, aber wieso war denn jetzt plötzlich diese Tür hier neben mir? Ich hätte von Anfang an Kieselsteine oder Brotkrumen streuen sollen. Hänsel, du warst echt ein schlaues Kerlchen … Ich wusste nicht mehr weiter. Ich blieb stehen, wo ich war, und hockte mich hin. Da klopfte mir jemand von hinten auf die Schulter. Es war Kim Chorong. Wortlos hielt sie mir etwas hin. Ohne genau zu sehen, was es war, griff ich zu. Ein Karamellbonbon.

»Wenn man das isst, bekommt man gute Laune. Meine Mutter sagt, davon wird man dick und ich soll das nicht essen, aber ich esse das jeden Tag, ohne dass sie davon weiß.«

Chorong wickelte das andere Bonbon, das sie selbst in der Hand hielt, aus der Folie, steckte es sich in den Mund, zuckte mit den Schultern und kicherte. Auch ich steckte das Karamellbonbon in den Mund. Und tatsächlich musste ich lachen. Mit dem Handrücken wischte ich mir die Tränenspuren aus dem Gesicht und kicherte so wie Chorong. Als wir beide so das Gleiche aßen und die gleichen Geräusche von uns gaben, hatte ich das Gefühl, dass wir uns ein wenig näher gekommen waren.

»Hast du dich verlaufen?«

»Hm.«

»Hier kommt man echt leicht durcheinander. Das Erdgeschoss vom Hauptgebäude ist nämlich der erste Stock vom Neubau. Es kommt öfter vor, dass man hier weinende Erstklässler sieht, die sich verlaufen haben.«

»Voll peinlich.«

»Ich sag keinem was. Der Trainerin auch nicht.«

Ich folgte Chorong, indem ich einen Schritt hinter ihr in ihre unsichtbaren Fußstapfen trat. Als ich schließlich eingeschüchtert wieder in die Turnhalle kam, sagte die Trainerin nichts weiter, und die neuen Viertklässlerinnen waren von nun an immer meine Trainingspartnerinnen. Sie begrüßten mich herzlich, antworteten freundlich auf meine Fragen und trösteten und ermunterten mich, weil ich vom Leistungsniveau her hinterherhinkte. Aber warum? Ich fand diese Rücksichtnahme eher krampfig und schwer erträglich.

Die Mädchen aus den oberen Jahrgängen verbrachten fast den ganzen Tag in der Sporthalle. Manchmal schienen sie auch im Unterricht zu fehlen. Ich dagegen war nur während der allgemeinen Trainingszeiten hier. Die Nettigkeit der Mädchen, die Freundlichkeit der Trainerin, die ganze Turnhalle machte mir irgendwie Angst.

Während des allgemeinen Trainings machte ich hauptsächlich Stretching und Fitnesstraining. Wenn ich in der Halle meine Runden drehte, Sit-ups machte oder auf der Stelle auf und ab hüpfte, hätte niemand sagen können, ob ich zur Turn- oder aber zur Leichtathletikgruppe gehörte. Ich dehnte meine Beine, bis mir fast die Sehnen rissen, beugte meine Hüfte, bis mir beinahe die Wirbelsäule brach. Doch sosehr ich mich auch quälte, meine Haltung blieb unsicher und mein Körper träge. Und trotzdem habe ich das immerhin ein Jahr gemacht …

Unter all den Wettkampfturnerinnen kam ich mir irgendwie »fake« vor. Aber nicht, weil ich zuvor auf eine Aerobic-Schule gegangen war, nicht, weil mein Körper so steif und unbeweglich war, nicht, weil ich zu spät mit dem Turnen begonnen hatte. Das war alles nicht entscheidend.

Eines Nachts entdeckte ich draußen vor dem Fenster einen Stern am Himmel, der schwach funkelte. Er war auch in der nächsten Nacht zu sehen und in der Nacht darauf erneut. Da dachte ich mir, vielleicht ist das ja mein Schutzstern, mein Wegweiser, oder vielleicht muss ich ihn dazu machen. Und ich gab ihm einen Namen und richtete meine Wünsche an ihn. Doch dann stellte sich heraus, dass dieser Stern gar kein Stern war. Vielleicht war es ein Satellit oder eine Raumstation oder das Licht des Namsan-Towers oder, wenn es all das nicht war, vielleicht auch nur eine Glaskörperflocke in meinem Auge. Was war dann mit all meinen Wünschen, die ich an ihn gerichtet hatte? Waren die jetzt auch alle nicht mehr echt? Seine Wünsche sollte man nicht einfach an irgendein beliebiges Etwas richten.

Eines Tages, als das Training beendet war und ich gerade hinausgehen wollte, rief mich die Trainerin zu sich. Vielleicht wollte sie mir sagen, dass sie mit ihrer Geduld am Ende sei. Dass ich die Gruppe verlassen solle. Ich zitterte noch mehr als damals, als Hyeseon mich in die Turnhalle gerufen hatte, damit ich vorführte, wie ich mit geschlossenen Augen über den Schwebebalken laufen könne. Absichtlich langsam, wie ein großes, schweres Tier aus einem Märchen, mit tief gesenktem Kopf, ging ich auf die Trainerin zu und blieb vor ihr stehen. Da holte sie ein paar bedruckte Zettel aus dem großen Notizbuch, das sie in der Hand hielt, und reichte sie mir.

»Ich habe dir noch gar nicht den Arbeitsplan und das Infoblatt der Turngruppe gegeben. Bitte reich das an deine Mutter weiter.«

Die gute Frau hatte sich offenbar vorgenommen, mich, obwohl ich eine so miserable Schülerin war, bis zum Ende mitzuschleifen.

»Und ich glaube, es wäre nicht schlecht, wenn du zusätzlich ein wenig Tanzunterricht nehmen würdest. Ballett oder zeitgenössischer Tanz. Dann bekommst du ein besseres Gefühl, und deine Haltung wird sich auch verbessern. Auch deine Bewegungen werden fließender und hübscher werden. Besprich auch das mal mit deiner Mutter.«

Hieß das, Tanz würde mir nicht in der Turngruppe beigebracht, sondern ich sollte Extrastunden nehmen? Wieso denn das? Wenn man das für das Turnen brauchte, dann musste es doch hier auch unterrichtet werden. Es gab einiges, das ich nicht verstand, aber ich nickte erst einmal brav.

Zwar war ich neugierig, was in den Unterlagen stand, warf aber keinen Blick hinein. Ich hatte das Gefühl, dass es nicht gut wäre, wenn die anderen Kinder etwas davon mitbekämen, und so legte ich die Zettel in ein Schulbuch, das ich tief in meiner Tasche versenkte. Auch im Schulbus hielt ich meine Tasche fest umschlugen. Erst als ich in den Stadtbus umgestiegen und schließlich ausgestiegen war, holte ich das Infoblatt hervor. Dort stand etwas von Trainingsgebühren – dabei war doch ich diejenige, die da trainierte, wem sollte ich denn dafür Gebühren bezahlen? –, von Gebühren für ein Trainingslager und zwei Fitnesstrainings, die im ersten Halbjahr vorgesehen waren, Gebühren für Trikots und die Inanspruchnahme der Geräte, Gebühren für die Benutzung der vor sich hin rottenden Turnhalle und nicht zuletzt Gebühren für die in eine Ecke des Geräteraumes hineingeklemmten beschissenen Schließfächer. Alles zusammen ergab eine gewaltige Summe. Ob Mama das wohl würde bezahlen können? Ich faltete das Infoblatt zusammen und steckte es wieder in das Schulbuch. Es war, als wäre mir ein Stück Hühnchenbrust im Hals stecken geblieben. Es war einfach bedrückend. Beklemmend.

Auch einige Tage später hatte ich meiner Mutter das Infoblatt noch immer nicht gegeben. Sie würde keine Mühen scheuen, das Geld irgendwie aufzutreiben, komme, was da wolle, und wenn es ihr nicht gelänge, würde sie sich große Vorwürfe machen. Gewiss war für mich die Zeit bis jetzt hart gewesen, noch härter aber war das alles für meine Mutter. Die Trainerin fragte bei jedem Training, ob ich meiner Mutter denn nun das Infoblatt gegeben hätte. Dann sagte ich »Oh je« und kratzte mich verlegen am Hinterkopf, und am Tag darauf kratzte ich mich wieder am Hinterkopf, und am Hinterkopf kratzte ich mich auch am übernächsten Tag, und weil ich irgendwann zu befürchten begann, bald ein Loch im Hinterkopf zu haben, sagte ich schließlich, ich hätte das Infoblatt verloren. An dem Tag zückte die Trainerin sogleich ihr Notizbuch, das sie eigentlich sonst nicht ständig mit sich herumtrug, und gab mir eines der noch übrigen Infoblätter. Nicht ohne mich zu ermahnen, diesmal aber auch ja daran zu denken, es meiner Mutter zu geben.

Ich schloss die Zimmertür hinter mir ab und las das Infoblatt noch ein paarmal durch. Was nun. Was nun. Es gab niemanden, mit dem ich hätte reden können. So ganz ohne Geschwister und ohne jemanden, der mit mir zusammen gegrübelt hätte, war ich in meiner Kindheit, wenn ich darüber grübelte, ob ich meinen Eltern etwas beichten solle oder nicht, wirklich ganz schön einsam. Aber genau bedacht, hätte ich ja auch Freunde um Rat fragen können. Mein Problem war also nicht, dass ich keine Geschwister hatte, sondern dass ich keine Freunde hatte. Angesichts dieser Erkenntnis fühlte ich mich, als hätte ich nun eine Lebensweisheit als Gratisbeilage bekommen. Aber irgendwie fühlte ich mich auch umso bitterer. So gab ich meiner Mutter schließlich das Infoblatt. Während sie es langsam durchlas, erstarrte ihr Gesicht.

»Die nehmen Extrageld für die Turnabteilung? Was ist denn das für eine Schule? Wenn ich das gewusst hätte, hätte ich dich doch gleich zu einem Turn-Hagwon schicken können, anstatt auf diese teure Schule, die noch dazu so weit weg liegt. Wieso wollen die denn so viel Geld? Die reinsten Diebe sind das. Diebe! Pfeif auf das Turnen. Zeit, den Krempel hinzuschmeißen!«

Was? Was sagte Mama da? Mit dieser Reaktion hatte ich nicht gerechnet. Dass ihr das mit dem »Hinschmeißen« so leicht über die Lippen kommen würde, hatte ich nicht gedacht.

»Soll ich einfach mit dem Turnen aufhören?«, fragte ich, um ihr etwas gründlicher auf den Zahn zu fühlen. Sie wandte sich ab und seufzte, sagte aber bis zuletzt nicht Nein.

Wortlos ging ich in mein Zimmer und verschloss die Tür. So wie wenn Vater im Hause meiner Großeltern mit einer langen Stange die große Jujube im Hof hin und her schüttelte, so heftig, dass man nicht wusste, ob er den Baum verdreschen oder seine eigene verbitterte Seele auspeitschen wollte, und dann die dicken Früchte herunterprasselten und am Boden zerbrachen, platzten nun dicke Tränen aus meinen Augen. Ich wusste nicht, was ich denken sollte.

Ich war nicht gut im Turnen, und auf diese weit entfernte Schule zu gehen, war auch nicht einfach. Jeden Tag war ich müde, ängstlich, niedergeschlagen. Es war wohl die bis dahin härteste Zeit meines noch jungen Lebens. Das Turnen aufgeben aber wollte ich nicht. Nicht weil es mir besonders gefallen hätte oder ich dabei glücklich gewesen wäre. Sondern weil ich mich geschämt hätte, wenn ich aufgegeben hätte. Zutiefst geschämt. Vor Vater, vor Mama, vor Großvater, Großmutter, Hyeseon und all den anderen Leuten aus meinem Viertel, die wussten, dass ich Turnen lernte.

Am nächsten Morgen knöpfte mir Mama meine Schuluniform zu und hielt mir, bevor ich losging, einen Briefumschlag hin. Der Briefumschlag war dick, und die Hand meiner Mutter zitterte, beinahe unmerklich. Mir war sofort klar, dass sich Geld in dem Umschlag befinden musste. Mama hatte das Geld also irgendwie organisiert. Entweder hatte sie es von Vater bekommen und sich dabei von ihm verfluchen lassen, oder sie hatte es von Großvater geliehen.

»Pass auf, dass du es nicht verlierst und auf jeden Fall der Trainerin gibst.«

Ich schluckte einmal und griff nach dem Umschlag. Meine Mutter ließ ihn nicht los. Als ich ein wenig daran zog, drückte sie ihre Finger zusammen und hielt den Umschlag fest. Ich zog noch einmal daran, und da erst löste sie ihren Griff. Während ich den Umschlag in ein Schulbuch legte, das Buch in meine Tasche steckte und den Reißverschluss zuzog, hing Mamas Hand noch immer unbeweglich in der Luft. Dann half Mama mir, die Tasche umzuschnallen, und überprüfte noch einmal, ob der Reißverschluss auch wirklich zu war.

»Setz die Tasche nicht ab. Da ist eine Menge Geld drin.«

»Okay.«

»Und du gibst es der Trainerin, gleich wenn du ankommst.«

»Okay.«

»Und lauf nicht noch irgendwo herum. Nicht dass du es noch verlierst.«

»Jahaa. Okay! Ich habe es verstanden.«

Während ich mir die Schuhe anzog, zog sie den Trageriemen noch etwas fester und fummelte weiter an der Schultasche herum. Dann klopfte sie mir erneut die Schuluniform aus, spuckte in ihre Hand und strich mir noch einmal den Pony glatt. Doch mit ihrem Blick war sie schon woanders, und ihre schwarzen Augen verrieten, dass sie unruhig war und das Geld noch immer nicht losgelassen hatte. Weil es ihr um das Geld leidtat oder weil sie sich unsicher war, ob sie sich auf mich verlassen konnte.

»Mama.«

»Hm. Äh, was?«

Sie zuckte zusammen.

»Tschüss, ich geh los.«

»Ja, gut.«

»Also, dann geh ich jetzt, ja?«

»Mani!«

Ich hatte nun wirklich losgehen wollen, doch nun war sie es, die mich rief. An diesem Morgen benahmen wir uns wie zwei Verliebte, die sich einfach nicht voneinander trennen konnten.

»Was?«

»Gib dir Mühe mit dem Training.«

»Hast du mich gerufen, weil du mir das sagen wolltest?«

»Ja. Gib dir Mühe.«

Ich sah ihr geradewegs in die zitternden Augen und fragte:

»Mal ehrlich, dir tut es leid um das Geld, oder?«

»Also ... das nicht. Es ist für uns sehr viel Geld, und ich wünsche mir, dass du es nicht verschwendest. Deshalb sag ich dir, dass du dir Mühe geben sollst.«

»Mama, ehrlich gesagt, ich bin keine gute Turnerin. Jetzt, wo ich in der Turngruppe bin, merke ich, dass ich mit den Mädchen, die das schon von klein auf richtig gelernt haben, nicht mithalten kann.«

»Es verlangt ja auch keiner, dass du sofort eine Goldmedaille gewinnst. So, und jetzt schnell zur Schule!«

Mama schob mich an der Schulter nach draußen. Ich geriet ins Schwanken.

»Also muss ich nicht unbedingt eine Goldmedaille gewinnen? Und du gibst mir trotzdem so viel Geld? Warum denn?«

»Weil du mein Kind bist. Mein Kind. Weil ich dir als Mutter wenigstens eine Sache ermöglichen will, die du dir wünschst, deshalb, du kleiner Quälgeist!«

Auf dem Weg zur Schule fühlte ich mich die ganze Zeit bedrückt. Die Worte meiner Mutter klangen noch immer in meinen Ohren. Weil du mein Kind bist. Mein kleiner Quälgeist. Quälgeist. Quälgeist.

Bis dahin hatte ich mich, wenn das allgemeine Training vorbei war, immer still umgezogen, Tschüss gesagt und die Turnhalle verlassen. Es gab ja niemanden, der mich aufgehalten hätte, und wenn ich bis zum letzten Schulbus geblieben wäre, wäre die späte Fahrt nach Hause einfach eine Tortur gewesen. Aber weil meine Mutter mich nun so eindringlich gebeten hatte, dass ich mir Mühe geben solle, blieb ich heute länger.

Erst mal lief ich ein bisschen. Es gab nichts, was ich unbedingt zu tun gehabt hätte, aber einfach nur herumstehen konnte ich ja auch nicht, und so drehte ich in der Turnhalle nun meine Runden. Zuerst langsam, einfach um meinen Körper ein wenig zu lockern, doch dann wurden meine Schritte nach und nach schneller und irgendwann sprintete ich in vollem Tempo. Aber dann waren mir meine Beine, die sich in so überflüssiger Ertüchtigung ergingen, doch peinlich, und noch peinlicher war mir, dass sich in der ganzen Halle kein Mensch für mein Gerenne interessierte. Während ich mir die Zunge aus dem Leib gehechelt hatte, standen die anderen Schüler mit ihren jeweiligen Trainern in Grüppchen, berieten irgendetwas, zeigten einander ihre Übungen, ahmten Bewegungsabläufe nach, führten Protokoll. Ich nahm all meinen Mut zusammen und ging zu ihnen. Und dann nahm ich noch einmal all meinen Mut zusammen, spannte meine Bauchmuskeln an und versuchte, mich irgendwie dazwischenzudrängen:

»Entschuldigung, Frau Trainerin, ich würde gern auch noch etwas mehr üben …«

Die Trainerin reagierte irritiert.

»Ah, ja. Schön. Moment, wir besprechen hier kurz noch die Choreografie zu Ende.«

Choreografie? Sie besprachen die Choreografie? Was denn für eine Choreografie? Dass in der Zeit, wo ich nach Hause gegangen war, vermutlich eine ganze Menge stattfand, hatte ich zwar irgendwie geahnt. So viel bekam sogar ich mit. Nur schienen es weitaus größere und wichtigere Dinge zu sein, als ich vermutet hatte. Bei dem Wort »Choreografie« stand ich da wie vom Donner gerührt.

Die Trainerin ließ die Mädchen üben und mich mehr als zehn Minuten lang, die sich aber anfühlten wie mindestens eine Stunde, einfach stehen wie die Braut mit rotem Rock und grüner Weste und kokett geöffnetem Schläfenhaar.[21] Ich fühlte mich wie ein Häufchen Elend. Erst als ich kurz davor war, in Tränen auszubrechen, kam die Trainerin zu mir.

»Mani, nehmen wir uns in diesem Halbjahr für dich als Ziel vor, dass du die Grundlagen lernst. Wo das jetzt der Anfang für dich ist, scheint es mir angemessen, wenn du dich an den Erst- und Zweitklässlerinnen orientierst. Wenn im Mai die Wettkämpfe für die anderen vorbei sind, können wir das noch mal genauer besprechen.«

Die anderen aus der Gruppe bereiteten also Wettkämpfe vor. Die Saison begann im Frühling mit den Auswahl- und Klassifizierungswettkämpfen für das Nationalteam und für internationale Wettkämpfe, setzte sich dann fort mit Jugendmeisterschaften, dem Chairman's Cup und verschiedenen Sponsorenwettkämpfen und ging schließlich im Herbst mit den nationalen Meisterschaften zu Ende. Natürlich nahmen nicht alle an allen Wettkämpfen teil. Je nach Disziplin und Leistungsstand wurde die Teilnahme festgelegt und dann gemäß dem Wettkampfplan trainiert. Und ich? Ich hatte nicht einmal gewusst, dass es überhaupt Wettkämpfe gab. Meine gleichaltrigen Mitschülerinnen traten schon als Wettkampfturnerinnen an, und ich mühte mich mit Stretching ab, hatte kein Talent und keinen blassen Schimmer von nichts.

Als ich noch zum Hagwon gegangen war, hatte ich ein Ziel gehabt. Ich wollte es in die Turngruppe schaffen. Ich hatte gedacht, wenn ich erst mal in der Turngruppe wäre, würde sich der Weg schon von selbst öffnen. Und dann würde ich zu Olympia fahren und Medaillen gewinnen. Ich hatte gedacht, das alles würde sich ganz von selbst so ergeben. Wie viele Meisterschaften und Auswahlwettkämpfe man bestreiten musste, bis man zu Olympia kam, und wie viel Übung und Training nötig war, um bei den Meisterschaften und Auswahlwettkämpfen antreten zu können, und wie viel Fitness und Körpergefühl und Unterstützung man brauchte, um beim Üben und Trainieren überhaupt zurechtzukommen, all das war mir gar nicht bewusst gewesen. Und während ich all diese Engpässe gerade eben erst entdeckt hatte und nicht wusste, was ich tun sollte, hatten meine Kameradinnen sie längst überwunden und schwebten bereits anderen Zielen entgegen. Mit gerade einmal zehn Jahren. Ich fragte mich, ob sie so schlau waren oder ich einfach zu blöd.

Die Härte des Trainings überstieg alles, was ich mir vorgestellt hatte, und auch die Jüngsten aus der Gruppe waren oft verletzt. Kim Chorong meinte, sie werde wohl bald am Fußgelenk operiert werden müssen. Beim Training habe sie sich einen Bänderriss zugezogen, der wegen des Wettkampfplans nicht richtig habe behandelt werden können, weshalb sich eine Entzündung gebildet habe, und weil sie, kaum dass sich diese etwas gebessert hatte, gleich wieder habe trainieren müssen, sei es immer wieder zu neuen Verletzungen gekommen. Choi Saetbyeol war beim Training am Stufenbarren vom Gerät gefallen und hatte unter einer kurzzeitigen Lähmung gelitten. Sie war seit Montag nicht zum Training gekommen, und als wir uns bei der Trainerin erkundigten, meinte diese, Saetbyeol habe eine kurze Trainingspause eingelegt, um sich eingehend untersuchen zu lassen. Als ich diese Erklärung der Trainerin hörte, spürte ich in mir eine Mischung aus Scham und Wut.

»Gibt es denn keinen Wettkampf, an dem ich teilnehmen könnte?«, fragte ich. »Wenn ich ab jetzt ganz fleißig trainiere? Bis zu den Wettkämpfen im Herbst sind es doch noch ein paar Monate hin.«

»Viele arbeiten allein an den Freiübungen etwa zwei, drei Monate, und normalerweise muss man sechs, sieben Monate rechnen, bis man zum Wettkampf antreten kann … Das ist der Zeitraum, den man braucht, um ein neues Programm einzustudieren. Für dich, Mani, wäre es im Moment noch zu schwierig, ein Programm zu erarbeiten. Hab Geduld …«

Die Trainerin meinte, es wäre gut, wenn ich in dem Zeitraum, in dem die anderen sich auf ihre Wettkämpfe vorbereiteten, an meinen Grundlagen arbeiten würde. Sie müsse sich nun erst einmal auf die Wettkampfvorbereitungen meiner Kameradinnen konzentrieren, und ich solle bitte ein wenig Verständnis haben. Erst einmal? Die Wettkampfsaison ging bis zum Herbst. Dann fügte sie noch vorsichtig hinzu:

»Hast du mal wegen dem Tanzunterricht gefragt? Du bräuchtest auf jeden Fall zusätzlichen Unterricht. Das muss mit deiner Mutter besprochen werden, wieso kommt sie denn nicht zum Beratungsgespräch?«

Von einem Beratungsgespräch war doch bisher nie die Rede gewesen. Und Geld für zusätzlichen Unterricht war beim besten Willen keines da. Ich setzte ein hohles Lächeln auf und erwiderte, ich wolle erst einmal ganz fleißig das grundlegende Training absolvieren. Es gab keinen Grund, noch länger dort herumzustehen. Ohne mich zu verabschieden, verließ ich die Turnhalle. Ich wollte mich noch einmal umdrehen, aber ich fühlte mich irgendwie gekränkt. *Blicken wir nicht zurück. Wer zurückblickt, wird zu Stein. Zu Stein. Zu Stein.*[22] Ich riss mich zusammen und trottete vorwärts. Aber dann drehte ich mich doch um. Die sechs Mädchen und die Trainerin hatten ihre Übungen unterbrochen und blickten mir nach. Nicht mit spöttischem Lächeln. Auch nicht mit traurigem oder bedauerndem Blick. Sie blickten mir einfach nur so nach. Eine von ihnen schenkte mir – gewohnheitsmäßige Gesichtsmotorik – ein leichtes Lächeln, doch wer von ihnen es war, konnte ich nicht mehr erkennen, denn meine Augen hatten sich mit Tränen gefüllt. Ach, ich hätte nicht zurückblicken sollen. Ich war zu Stein geworden.

Obwohl ich in meinem Selbstwertgefühl so geknickt war, ging ich doch weiterhin zu den festgelegten Zeiten fleißig in die Sporthalle zum Fitnesstraining. Was sollte ich mit meiner Fitness anfangen, wenn ich nicht an Wettkämpfen teilnahm? Ich kam mir kläglich vor. Weil mir das Gemüt schwer wurde, wurde mir auch mein Körper schwer, und ich fühlte mich krank. Ich hatte ein Stechen in Hüfte und Becken und ein unbeschreibliches Ziehen in den Oberschenkeln. Zweimal konnte ich deshalb nicht zum Training. Gleich nach dem Unterricht fuhr ich nach Hause, legte mich in mein Zimmer und wimmerte vor Schmerzen. Mama bedachte mich anstatt mit Schmerztabletten mit ihrem üblichen Gemeckere:

»Was uns diese verfluchte Turnabteilung kostet! Weißt du eigentlich, wie viel wir für jede einzelne Trainingsstunde hinblättern? Du, das ist pro Stunde teurer als der Hagwon damals. Und warum lässt du das jetzt ausfallen, warum? Weißt du, wie mühsam ich das Geld dafür zusammengekratzt habe? Du solltest trainieren, bis du zusammenbrichst, du solltest Rad schlagen, bis du vor die Hunde gehst!«

»Ich hab wirklich das Gefühl, ich geh vor die Hunde, so weh tut das! Soll ich vielleicht wenigstens jetzt Rad schlagen? Soll ich? Okay, mach ich! Ich schlage Rad, bis ich vor die Hunde gehe!«

Vielleicht wirkte sich meine physische Schwäche auch auf meine Psyche aus, denn das Gemotze meiner Mutter, obwohl nicht schlimmer als sonst auch, setzte mir diesmal doch ziemlich zu. So begann ich nun, in meinem engen Zimmer demonstrativ ein Rad nach dem anderen zu schlagen. Einmal vorwärts, noch einmal vorwärts, dann zurück, dann noch einmal, noch einmal, noch einmal ... Ich fiel dauernd um, weil mir so schwindelig war. Das Ziehen in den Oberschenkeln wurde immer schlimmer. Weinend schlug ich ein Rad nach dem anderen.

»Tolle Show.«

Meine Mutter ging nicht aus dem Zimmer, sondern sah mir weiter zu, als ob sie austesten wollte, wer länger durchhielte. Ich wollte nicht nachgeben. Beim etwa hundertsten Rad geschah es dann, dass ich mein kurz zuvor eingenommenes Abendessen auf den Fußboden erbrach. Meine Mutter zeigte sich nicht im Mindesten besorgt, sondern schlug mir mit voller Kraft die Hand auf den Rücken, woraufhin ich mich noch ein weiteres Mal in wohltuender Weise übergab. Nun, wo auch das letzte bisschen gelbliche Magensäure seinen Weg nach draußen gefunden hatte, fühlte ich mich erleichtert. Mama verschaffte sich ihrerseits Erleichterung, indem sie neuerliche Flüche auskotzte, bevor sie sich dann allerdings daranmachte, den Fußboden zu wischen und eine neue Bettdecke auszubreiten. Ich kroch sofort unter die Decke. Bald spürte ich, wie der Fußboden sich zu erhitzen begann. Offenbar hatte meine Mutter das erste Mal seit Februar den Boiler angedreht. Hüfte und Becken taten nun etwas weniger weh, aber im Unterbauch spürte ich nach wie vor stechende Schmerzen. Ich kroch unter die Schlafmatte und legte mich bäuchlings hin, so dass mein Bauch den warmen Boden berührte. Die Erschöpfung verschwand augenblicklich, und ich fiel in einen entspannten Schlaf.

In jener Nacht wurde ich von einem feuchten, schwitzigen Gefühl geweckt. Mir schwante nichts Gutes. Ich sprang auf und zog meine Hose und Unterhose herunter. Ein dunkelbrauner Fleck. Scheiße. Da hatte ich dem beschissenen Gezanke nun also einen Schlusspunkt gesetzt, indem ich mir selbst in die Hose geschissen hatte. Ich ging erst mal zum Waschbecken, um mich zu waschen, zog dann eine frische Unterhose an und spülte die schmutzige Unterhose aus. Ohne das Licht anzuschalten oder das Wasser zu weit aufzudrehen, wusch ich dort wie verrückt, und so leise ich konnte, meine Wäsche. Die Flecken verschwanden zwar nicht vollständig, aber gut zu erkennen waren sie auch nicht mehr. Zum Glück hing im Hof noch die Wäsche, die Mama gestern gewaschen hatte, so dass ich die leidige Unterhose einfach dazuhängen konnte. Welch ein Glück, dass ich mich am Vorabend hatte übergeben müssen. So war mein Magen leer gewesen, und ich musste nur meine Unterhose waschen. Andernfalls hätte ich möglicherweise auch noch meine Hose und die Schlafmatte vollgekackt. Als ich wieder in mein Zimmer ging und mich hinlegte, schlug mir das Herz noch immer bis zum Hals.

Das Problem war allerdings, dass sich das Malheur in der Schule wiederholte. Ich war morgens gleich nach dem Aufstehen auf die Toilette gegangen und hatte zur Sicherheit auch nicht gefrühstückt, und trotzdem trat, als ich in der Schule war, wieder wässriger Stuhl aus. Die Farbe war etwas dunkler als am Vorabend, und ich hatte das Gefühl, dass dies eine leichte Besserung darstellte, doch ich hatte keine Ersatzunterhose dabei. Es war nur ein relativ kleiner Fleck, aber Scheiße war eben Scheiße. Ich stand in der Toilettenkabine, trat unruhig von einem Bein auf das andere und murmelte vor mich hin. Was mach ich nur, was mach ich nur, was mach ich nur … Es war irgendwie seltsam. Mit meinem Magen schien doch alles in Ordnung zu sein, woher kam dann dieser Durchfall? Wieso kam dauernd Stuhl aus meinem Darm? Es war mir noch nie passiert, dass zum

Beispiel beim Lachen oder Husten mein Schließmuskel versagt hätte. Während ich noch auf meine schmutzige Unterhose blickte, läutete die Glocke zum Unterrichtsbeginn. Ich zog die Hose erst einmal wieder hoch. So viel war es ja nicht gewesen, das würde schon irgendwie trocknen. Um das, was noch am Körper klebte, konnte ich mich später kümmern.

Ich war zwar noch immer nicht wieder ganz fit, aber ich ging trotzdem zum Training. Eigentlich hätte ich mich lieber noch weiter ausgeruht, aber aus Rücksicht auf meine Mutter wollte ich nicht wieder zu früh nach Hause kommen. Als ich nach diesen paar Tagen Unterbrechung nun wieder in die Turnhalle kam, wurde ich von den anderen Viertklässlerinnen freundlich empfangen und gefragt, ob es mir nun ein wenig besser gehe. Hatten sie irgendwie mitbekommen, dass ich krank gewesen war? Wer hatte ihnen das gesagt? Während diese Fragen noch in meinem Kopf kreisten, ich keine Antwort fand und nur etwas vor mich hin murmelte, hatten sich die Mädchen schon wieder ihren Übungen zugewandt. Sie warteten nicht auf meine Antwort. Es fühlte sich an, als wehte ein kalter Luftzug durch mich hindurch.

Ich lief zwei Runden und machte Sidestretches. Alle anderen spreizten ihre Beine im Sitzen mühelos nach beiden Seiten, streckten dabei die Arme nach oben, ließen die Hüfte kreisen und gähnten noch dabei. Als die Trainerin uns aufforderte, uns jeweils zu zweit gegenüber zu setzen, fanden sich die anderen ganz selbstverständlich paarweise zusammen, und nur ich blieb übrig.

»Beine spreizen, so weit es geht. Die Fußspitzen an die des Partners, und dann zieht ihr euch gegenseitig aneinander.«

Die Körper der gelenkigen Mädchen klebten in enger Umarmung aneinander. Weil ich ohne Partner war, sah ich mich um. Die Trainerin sagte, ich solle mich der Wand gegenübersetzen und den Körper so weit wie möglich an die Wand drücken. So wurde die Wand mein Partner. Die Wand, groß, kalt und schweigsam. Das Gefühl, mich einer Wand gegenüber zu befinden, war im Wesentlichen das gleiche wie sonst auch, wenn ich in die Halle kam, und so war ich darüber nun auch nicht betrübter als sonst. Aber irgendwie einsam fühlte ich mich schon, als ich jetzt mit dem Rücken zu der Trainerin und den anderen Mädchen saß. Eine Spreizung von hundertachtzig Grad schaffte ich nicht. Hundertfünfzig vielleicht. Ich ächzte.

»Mani, Knie durchstrecken! Zehenspitzen nach vorne!«

Beine hundertachtzig Grad gespreizt, Knie durchgestreckt, Zehenspitze nach vorne – das war natürlich der Standard, aber all das gleichzeitig bekam ich einfach nicht hin. Wenn ich das Bein streckte, beugte sich das Knie, streckte ich das Knie durch, knickte die Fußspitze nach oben, streckte ich die Fußspitze nach vorne, war das Bein nicht mehr gerade. Die Trainerin kam herbei, drückte mein Knie und mein Fußgelenk durch, um mich in die korrekte Haltung zu bringen, und ging dann, wie immer mit tiefem Seufzen, wieder zu den anderen.

Als Nächstes waren Rumpfbeugen an der Reihe. Auch diesmal senkten die anderen Mädchen wieder wie im Schlaf ihre Köpfe, berührten mit den Handflächen den Boden und verharrten schier endlos in dieser Haltung. Ich kam gerade mal mit dem Mittelfinger auf den Boden. Ein fürchterliches Ziehen in Oberschenkel und Wade. Mir entfuhr ein Stöhnen. Da plötzlich schrie Kim Chorong, die hinter mir stand:

»Uäähh! Was ist denn das? Was hast du denn da?«

Erst dachte ich, dass sie vielleicht irgendwo eine Kakerlake entdeckt habe. Ich drehte mich um. Doch wen sie mit einer Mischung aus Ekel und Fassungslosigkeit anstarrte, war – ich.

»Du, ja du! Dich meine ich …«

Ich erinnere mich noch genau, wie sie das sagte. Und wie sie mit dem Finger auf meinen Hintern zeigte. Da machten auch die anderen Mädchen, die danebenstanden, große Augen und gaben Laute, irgendwo zwischen Aufschrei und Aufstöhnen, von sich, und auch die Kinder aus den unteren Klassen hatten von Weitem etwas mitbekommen und kamen nun herbeigeschlichen.

»Iiihh …«

»Was ist?«

»Oh je … Was ist denn mit dir?«

Ich zog an meiner Hose, um meinen Po zu betrachten,

aber ich sah nichts. Wenn ich so gelenkig gewesen wäre wie die anderen, hätte ich vielleicht etwas erkennen können, dachte ich noch, ohne mir des offensichtlichen Ernstes der Lage bewusst zu sein, während ich mich hin und her wand, um einen Blick auf meine Rückansicht zu erhaschen. Da kam die Trainerin herbeigelaufen, zog ihren Cardigan aus und wickelte ihn mir um die Hüfte.

»Mani, kein Problem, kein Problem. Geh erst mal schnell zur Toilette.«

Scheiße! Es war wieder etwas herausgekommen. Klar, beim Stretching hatte ich mich ordentlich ins Zeug gelegt und es wohl etwas übertrieben, aber ich hatte doch gar nichts gespürt … Es war einfach abartig. Alle hatten sie meine SCHEISSE gesehen. Ohne mich umzudrehen, rannte ich zur Toilette. Aber als ich dann vor dem Spiegel den um meine Hüfte gewickelten Cardigan abnahm und mich von hinten betrachtete, wäre ich beinahe in Ohnmacht gefallen.

Es war kein Kot. Ein herzchenförmiger Fleck hinten an meinem weißen Turnanzug, dick und rot wie ein Affenhintern. Meine erste Regelblutung. Ob es wohl irgendwen gab, der sich so idiotisch aufführte wie ich? Ich hatte seit gestern Nacht die ganze Zeit gedacht, es wäre Stuhl, dabei roch es doch überhaupt nicht.

Ich hatte zwar gewusst, dass in der Pubertät auch die Menstruation beginnt, nicht aber, dass es nun schon so weit war. So früh. Wahrscheinlich war ich die Erste in unserer Klasse und in unserem ganzen Jahrgang. Ich war körperlich am größten, auch meine Brüste hatten schon ein wenig zu wachsen begonnen, und meine Mutter oder die Trainerin, also die Erwachsenen, mussten sicher schon damit gerechnet und sich darauf eingestellt haben, aber mir hatte keiner was gesagt. Ich war von der Sache erwischt worden, ohne über die Situation Bescheid zu wissen und ohne die nun erforderlichen Utensilien zu besitzen.

Schließlich bekam ich eine Packung Damenbinden von meiner Trainerin. Als ich die rosafarbenen Binden zum ersten Mal betastete und zögernd von vorn und hinten beäugte, erklärte mir die Lehrerin freundlich, wie man sie benutzte. Erst nachdem ich mich hastig sauber gemacht, den blutverschmierten Turnanzug ausgezogen und die Schuluniform angezogen hatte, kam ich wieder ein wenig zur Besinnung. Ich schwitzte am ganzen Körper, nach all dem Schrecken, der Anspannung, dem An- und Ausziehen. Die Sachen knautschte ich hastig zusammen und stopfte sie in die Tasche, die Strickjacke der Lehrerin aber wickelte sich weich um meine Finger. Ich hatte die Jacke zu sehr geknüllt, und sie war im Waschraum wohl auch auf den Boden gefallen, feucht und schmutzig, wie sie nun war. Sicher war sie nicht billig gewesen.

Die ganze Sache war mir ungeheuer peinlich, aber mich von der Trainerin verabschieden musste ich schon. Ich nahm mir vor, mich bei ihr zu bedanken und ihr zu sagen, dass ich die Strickjacke zu Hause waschen und ihr dann wiedergeben würde. So durchquerte ich die Turnhalle und näherte mich der Lehrerin. Unter den

Blicken der anderen Mädchen, deren Gesichter erkennen ließen, dass sie mich merkwürdig, komisch, absurd und bemitleidenswert fanden. Ich fand mich selbst auch merkwürdig, komisch, absurd und bemitleidenswert. Ich weiß schon Bescheid, nun hört mal auf, so zu glotzen. Schnell glitt ich zwischen all diesen komplizierten Blicken hindurch, bis ich neben der Trainerin stand.

»Vielen Dank. Es tut mir leid.«

»Das braucht dir nicht leidzutun. Geh heute früher nach Hause. Bestimmt hast du einen Schreck bekommen. Geh einfach nach Hause und ruh dich aus. Und iss etwas Warmes.«

»Aber mir ist vorhin die Jacke runtergefallen … Ich gebe sie Ihnen zurück, wenn ich sie gewaschen habe. Tut mir wirklich leid.«

»Kein Problem. Gib mir die Jacke einfach. Die habe ich immer hier in der Turnhalle und werf sie mir manchmal einfach über. Kümmere dich nicht weiter darum.«

Dann schnappte sie sich die Jacke und nahm sie mit. Dass sie sich diesen Cardigan, dessen Wolle sich so weich und flauschig anfühlte wie ein sanftes Schläfchen am späten Nachmittag, einfach nur mal eben »überwarf«, war schwer zu glauben. Dann hätte sie die Jacke lieber mir geben sollen. Damals hatte ich wirklich gedacht, es sei nicht so schlimm, wenn diese Jacke ein wenig schmutzig geworden sei, aber später ging mir auf, dass man ein solches Kleidungsstück wahrscheinlich nicht so einfach in die Waschmaschine tun konnte. Mit gesenktem Kopf und ohne mich noch einmal umzudrehen, schlich ich aus der Sporthalle. Wenn ich mich dieses Mal umdrehte, würde ich wirklich zu Stein werden. Zu Stein. Zu einem Gesteinsbrocken. Deshalb drehte ich mich dieses Mal wirklich nicht um.

Zu Hause angekommen, schloss ich die Zimmertür hinter mir ab und holte meinen Turnanzug heraus. Das kräftige Rot hatte sich in Schwarz verwandelt. Nun sah es wirklich aus wie Kot. Was mochten die anderen Mädchen wohl gedacht haben, als sie den Fleck auf meinem Po gesehen hatten? Den scharlachroten Stempel auf meinem Hintern. So wie der Richter im Gerichtssaal seinen Hammer auf den Tisch schlägt, so wie das weiße Stück Fleisch in der Schlachterei mit dem Brenneisen gebrandmarkt wird, so war meinem Hintern ein roter Stempel aufgedrückt worden. Was damit wohl abgesegnet worden sein mochte?

Was man zum ersten Mal erlebt, ist meist mit innerer Ungewissheit und Aufregung verbunden. Doch in diesem Fall war das nicht so. Alles, was ich spürte, war körperlicher und seelischer Schmerz. Die einzige angenehme Erinnerung im Zusammenhang mit meiner ersten Regelblutung war das kühle, weiche Gefühl der um meine Finger gewickelten Strickjacke.

Als ich meine Mutter bat, wieder an die Schule in unserem Viertel wechseln zu dürfen, reagierte sie überraschend besonnen:

»Gibt es dafür einen besonderen Grund?«

Ich antwortete ganz ehrlich. Dass meine jetzige Schule zu weit entfernt und die tägliche Fahrt dorthin zu anstrengend sei, dass meine Kameradinnen in der Turnabteilung alle an größeren oder kleineren Wettkämpfen teilnähmen, nur mir keine Gelegenheit dazu gegeben werde, dass meine Fähigkeiten einfach zu kümmerlich seien, um von einer Wettkampfteilnahme auch nur zu träumen, und vor allem dass ich, recht betrachtet, nicht einen Funken Talent besäße. Mama stand eine Weile mit offenem Mund da. Vielleicht war meine Antwort doch ein wenig zu ehrlich gewesen.

Im Herbst 1990, als das zweite Halbjahr der vierten Klasse begann, ging ich wieder auf meine alte Schule. Und hörte auch mit dem Turnen auf. Wenn die Krähenmeise versucht, wie ein Storch zu laufen, zerreißt es ihr das Becken, so sagt man. Vielleicht war das bei mir im wahrsten Sinne des Wortes so gewesen.

Nachdem ich wieder auf meine alte Schule gekommen war, begann dort das Gerücht zu kursieren, dass ich mich bei der Vorbereitung auf die nationale Meisterschaft so schwer verletzt hätte, dass ich mit dem Turnen hatte aufhören müssen. Die Urheberin dieses Gerüchts war ich gewesen. Und um ihm gerecht zu werden, lief ich stets mit betrübtem Gesicht umher, einem Gesicht, das Bände sprach. Nach meiner Rückkehr kam ich nie wieder mit Hyeseon in die gleiche Klasse, und so liefen wir fortan im Flur stets mit krampfigem Lächeln aneinander vorbei.

Nach der Schule kam ich auf dem Nachhauseweg plötzlich auf die Idee, einfach einmal, ohne mich vorher zu melden, bei meinem alten Hagwon vorbeizugehen. Schon auf der Treppe hörte ich die lärmige Musik. Ich öffnete einen Spalt breit die Tür. Es war die Aerobic-Stunde der Hausfrauen. Ich überlegte, ob ich bis zum Ende des Aerobic-Unterrichts vor der Tür warten solle, aber weil es dort ziemlich eng war und es keinen Platz zum Hinsetzen gab, ging ich einfach hinein. Ich setzte mich leise auf einen Platz am Fenster, aber die Lehrerin bemerkte mich nicht.

Sie bewegte sich schwungvoll zur Musik, und ihr rann der Schweiß. Ganz wie früher rief sie mit lauter Stimme ihre Kommandos, während sie die Bewegungen vormachte. »Lunge! Leap! Kick! Kick! Kick!« Erst als die anstrengendsten Bewegungen vorbei waren und sie dastand, um tief durchzuatmen, trafen sich unsere Blicke im Spiegel. Laut und erfreut rief sie meinen Namen. Die Musik lief weiter, und etwas unschlüssig setzten die Damen ihre Bewegungen fort, aber die Lehrerin rief weiter meinen Namen und gab mir zu verstehen, ich solle zu ihr kommen. Sollte ich jetzt wirklich nach vorne kommen, vor die ganze Truppe? Es war mir nicht ganz klar, was genau die Lehrerin meinte, aber ich ging erst einmal nach vorne. Sie drückte mich an sich, und stolz stellte sie mich den Aerobicfrauen vor.

»Mani hat letztes Jahr hier Turnen gelernt. Jetzt geht sie auf eine berühmte Turnschule. Merken Sie sich dieses Gesicht. Sie wird später bei Olympia zu sehen sein.«

Die Frauen applaudierten. Meine herzensgute Lehrerin, auf die berühmte Turnschule gehe ich nicht mehr, und bei Olympia wird mich niemals jemand sehen. Vor all den Frauen wagte ich nicht, ehrlich zu sagen, wie die Sache aussah. Nicht nur, weil ich mich selbst geschämt hätte, sondern vor allem, um meiner Lehrerin den damit verbundenen Gesichtsverlust zu ersparen.

Gleich nachdem die Frauen gegangen waren, fragte mich die Lehrerin, ganz wie an dem Tag, als ich das erste Mal mit Nadia Comaneci in Berührung gekommen war, ob ich Hunger hätte. Zwar hätte ich gerne wieder ihr Steak gegessen, aber ich verneinte. Sie betrachtete mich unablässig mit vergnügtem Blick und strich mir immer wieder übers Haar.

»Ganz schön anstrengend, oder?«

Ich zögerte einen Moment lang, aber dann schüttete ich ihr mein Herz aus. Sagte, dass ich mit dem Turnen aufgehört hatte und nun wieder auf meine alte Schule ging. In ihrem Gesicht lag mehr Enttäuschung als in dem meiner Mutter. Die Lehrerin, die doch immer so ruhig und besonnen gewesen war, war nun so erstaunt, dass es ihr schwerfiel, ihre Worte zu ordnen.

»Aber … warum denn? Du hast doch immer so … fleißig trainiert.«

Mir fehlte der Mumm, um ihr auch ehrlich den Grund dafür zu sagen. So erzählte ich ihr die gleiche Lüge wie an meiner Schule. Dass ich mich beim Training verletzt hätte. Und deshalb nun nicht mehr turnen könne. Wenn ich das in der Schule erzählt und dann den Kopf gesenkt hatte, hatten mich meine Schulkameradinnen nur stumm mit betretenen Gesichtern angesehen. Aber die Lehrerin machte ein noch erschrockeneres Gesicht und fragte:

»Wo hast du dich verletzt? Und wie ist das passiert? Wie schwer ist denn die Verletzung?«

Oh je. Das hatte ich mir alles gar nicht überlegt. Wo hatte ich mich denn verletzt? Da fiel mir ein, was Kim Chorong damals erzählt hatte. Und so stammelte ich nun etwas davon, dass ich mir beim Training eine Bänderverletzung am Fußgelenk zugezogen und wegen der Wettkampfvorbereitungen nicht richtig hatte behandelt werden können, was zu einer Entzündung geführt habe und dann zu weiteren Verletzungen, die schließlich nicht mehr behandelbar gewesen seien. In größter Anspannung war ich schon darauf gefasst, nun detailliert erläutern zu müssen, bei welcher Übung das genau passiert sei, in welches Krankenhaus ich gekommen und ob ich operiert worden sei, doch glücklicherweise blieben mir diesbezügliche Fragen erspart. Stattdessen klopfte mir die Lehrerin sanft auf den Rücken und meinte tröstend, meinem Fußgelenk werde es sicher bald wieder besser gehen. Meinem Fußgelenk ging es gut. Ich hatte mich ja nirgendwo verletzt. Nicht gut allerdings ging es meiner Seele.

»Ich habe das Tanzen auch wegen einer Verletzung aufgeben müssen.«

So war das also. Und deswegen hatte sie hier am Stadtrand diese Allround-Tanz-Schule aufgemacht.

In jungen Jahren hatte sie ganz sicher nicht davon geträumt, vormittags den Hausfrauen aus der Nachbarschaft Aerobic und nachmittags irgendwelchen Hallodris wie mir Turnen beizubringen. Nicht dass ein solches Leben keinen Wert besessen hätte. Aber sicher hätte sie das Tanzen, das sie für sich gewählt hatte, gerne noch weiter ausgeübt, weiter perfektioniert und damit Erfolg gehabt.

Ich kenne keinen Erwachsenen, der seinen Kindheitstraum hätte verwirklichen können. Die Lehrerin aus dem Hagwon nicht, wahrscheinlich auch nicht die Trainerin in der Schule, und mein Vater und meine Mutter hatten, wenn ich auch nicht mit ihnen darüber gesprochen habe, früher bestimmt auch andere Träume gehabt. Auch ich bin eine der Erwachsenen, die ihren Traum nicht haben verwirklichen können. Vielleicht bedeutet Erwachsenwerden als solches, nach einem Scheitern sein Leben weiterzuleben.

Es gab vieles, was ich die Lehrerin gerne gefragt hätte, aber ich tat es nicht. Wo und wie und wie schlimm sie sich verletzt habe. Ob sie ihre Entscheidung nun vielleicht bereue. Wie sie mit dem Tanzen angefangen habe, wie fleißig sie trainiert habe, dass sie sich so hatte verletzen können, und wieso sie es trotzdem aufgegeben habe. Mir war nun tatsächlich der Fuß eingeschlafen. Ich beugte das Knie und betastete mein Fußgelenk. Die Lehrerin warf mir einen Blick zu und meinte:

»Gib es trotzdem nicht ganz auf.«

»Was?«

»Das Turnen. Gib es nicht völlig auf.«

Diese Worte waren etwas, das ich mit meinen zehn Jahren, nun, wo ich den ersten Traum meines Lebens begraben hatte, nicht verstehen konnte. Sie sollte mir nicht sagen, dass ich nicht denken solle, ich sei vollkommen gescheitert, dass ich nichts bereuen solle, weil ich ja mein Bestes gegeben hätte, dass ich das Turnen ja zumindest als Hobby weiter betreiben könne. Denn ich war vollkommen gescheitert, ich hatte durchaus nicht mein Bestes gegeben, und so ein Luxushobby konnte ich mir auch nicht leisten. Ich versuchte ein Lächeln.

»Man muss ja nicht unbedingt Wettkampfturnerin werden. Man kann sich auch mit der Theorie des Turnens beschäftigen. Es gibt ja viele Vereinigungen und Institutionen und Unternehmen, die mit Turnen zu tun haben. Und wenn man es erst einmal damit versucht, ergeben sich auch neue Gelegenheiten. Du bist ja noch jung und wirst dir diese Gedanken sicher noch nicht gemacht haben, aber es ist gar nicht so einfach, im Leben eine Arbeit zu finden, die einem wirklich gefällt.«

Ich hatte doch richtige Turnerin werden wollen. Und dann bei Olympia starten und Medaillen gewinnen wollen. Richtige Turnerin werden, das war der einzige Weg. Auch in diesem Moment dachte ich dies wieder, sagte aber nichts. Als ich die tiefe Ernsthaftigkeit in den Augen der Lehrerin sah, hielt ich lieber den Mund.

Manchmal schloss ich hinter mir die Tür ab und schlug in meinem Zimmer ganz allein Rad. Doch dann war irgendwann in den Nachrichten von Medaillengewinnern die Rede, und ich hörte vertraute Namen, und da erschien es mir einfach zu erbärmlich, weiterhin allein in der Zimmerecke Rad zu schlagen. Damals war ich noch zu klein gewesen, um zu verstehen, was die Lehrerin mir hatte sagen wollen, und so rückte das Turnen für mich allmählich in immer weitere Ferne.

HIER UND DA BLINKENDE LICHTER, WIE GEHEIME SIGNALE

Auf der Straße begegnete ich zufällig einer Freundin aus meiner Kindheit. Nur das Gesicht kam mir bekannt vor, an ihren Namen erinnerte ich mich nicht. Sie aber rief sofort meinen und kam erfreut auf mich zu. Ich sagte ihr ganz ehrlich, dass mir ihr Name nicht mehr einfiel.

»Ich bin es doch! Jiseon! Lee Jiseon!«

»Ach ja, klar! Jiseon!«

Ich hatte keinen blassen Schimmer. Sorry, Jiseon …

»Na ja, mein Name ist auch wirklich zu gewöhnlich, was? An einen so besonderen Namen wie deinen erinnert man sich natürlich gleich. Die anderen Mädchen haben immer gesagt, dass dein Name so ähnlich klingt wie der von Nadia Comaneci und dass du ja dann auch Turnerin geworden bist, genau wie sie. Machst du immer noch Turnen?«

Jiseon meinte, sie habe bei Sportübertragungen im Fernsehen, wenn Olympische Spiele oder nationale Meisterschaften gezeigt wurden, immer ganz genau aufgepasst, ob nicht vielleicht mein Name irgendwo auftauche. Besonders vertraut schien sie mit mir damals nicht gewesen zu sein, wenn sie nicht wusste, wie meine kurze Turnkarriere zu Ende gegangen war. Ich sagte ihr, dass es schon eine ganze Weile her sei, dass ich wegen einer Verletzung mit dem Turnen hätte aufhören müssen. Auch das Wort »Fußgelenksverletzung« kam mir reflexartig wieder über die Lippen. Wenn man älter wird, werden die Erinnerungen an frühere Fehler, an Armut und Unwissenheit zu einem bloßen Andenken. Deshalb kann man den meisten früheren Erfahrungen gegenüber irgendwann eine ehrliche Haltung einnehmen, aber in Bezug auf die Sache mit dem Turnen war mir das auch zwanzig Jahre später noch nicht gelungen. »Ach so …«, sagte Jiseon und klopfte mir tröstend auf die Schulter. Mich belastete, dass ich sie angelogen hatte und dass sie nun solche Anteilnahme zeigte. Ich wechselte das Thema.

»Wohnst du denn auch immer noch hier? Warum sind wir uns denn in all der Zeit nie begegnet?«

»Ach, ich bin nur heute hier, um mein Elternhaus zu besuchen.«

Elternhaus. Was sollte das denn heißen … Sie hatte doch wie ich all die Jahre in diesem Viertel gelebt, wenn sie hier zur Schule gegangen war und ihre Eltern noch immer hier wohnten. Wieso nannte sie das Haus, in dem sie ihr Leben lang gewohnt hatte, ihr »Elternhaus«? Weil wir nicht wussten, wie sich das Gespräch hätte fortführen lassen, setzten wir noch ein krampfiges Lächeln auf, nickten einander zu und verabschiedeten uns dann eilig voneinander. Als ich nun wieder einmal den Hügel hinaufstieg, musste ich an Nadia Comaneci denken. Es war lange her, dass mir ihr Name in den Sinn kam. Ob sie wohl noch lebte? Bestimmt. Als sie berühmt geworden war, war sie ja noch ganz jung gewesen. Soweit ich wusste, jedenfalls jünger als meine Mutter.

Mein Vater sah sich oft Sportübertragungen im Fernsehen an. Nicht dass er dazu eine bestimmte Meinung, Interesse an bestimmten Sportarten oder eine bestimmte Lieblingsmannschaft gehabt hätte. Er schien einfach der Ansicht zu sein, dass Männer eben Sport guckten. Wenn Vater Sport im Fernsehen sah, kam meine Mutter an und schaltete unweigerlich auf die Nachrichten, auf ein Musikprogramm oder auf eine Fernsehserie um, woraufhin Vater dann einfach kommentarlos das Programm mit ansah, das Mama ausgewählt hatte. Aber es gab eine Zeit, zu der mein Vater, der von Sport keine Ahnung hatte, meine Mutter, die von Sport ebenfalls keine Ahnung hatte und die deshalb alles guckte, wenn es nur kein Sport war, und ich, die keine Lust hatte zu lernen und wahllos jedes Programm im Fernsehen ansah, wenn sich nur die Gelegenheit bot, alle einträchtig vor dem Fernseher saßen, um uns Sportübertragungen anzusehen. Das war zur Zeit der Olympischen Spiele. Plötzlich wurden wir zu Patrioten, feuerten unsere Athleten an, verfolgten aufmerksam den Medaillenspiegel. Und meckerten – ohne die geringste Regelkenntnis – über Athleten, Trainer und Schiedsrichter. Und jedes Mal bei Olympia sagte mein Vater mit verklärtem Gesicht, ganz so, als kämen alte Erinnerungen in ihm hoch:

»Im Sport jedenfalls, da waren die Kommunisten immer gut.«

»Wieso?«

»Was wieso? Denk doch mal an damals, wo es die Sowjetunion noch gab. Die waren doch immer auf Platz eins. UdSSR, DDR, Ungarn, Rumänien ... Was haben die an Medaillen abgeräumt.«

»Ja, aber warum waren die denn so gut?«

»Haben wahrscheinlich ganz schön trainieren müssen.«

Da schaltete sich meine Mutter ein, die bis dahin nur zugehört hatte.

»Wenn die keine Medaille gewonnen haben, dann mussten die in die Kohlemine von Aoji.[23] Und nicht nur die. Auch noch deren Eltern und Geschwister.«

»Kohlemine von Aoji? Die ist doch in Nordkorea. Wir reden doch von der Sowjetunion!«

»Aber da gab es doch bestimmt auch so was Ähnliches. Nur hieß das nicht Aoji. Wer keine Medaille gewonnen hat, der wurde irgendwo hingebracht. Deshalb haben die sich so abgerackert.«

Mein Vater wollte dem etwas entgegnen, beließ es dann aber bei einem resignierenden Seufzer. Ich spürte ein leichtes Schaudern. Dann hatte es in Russland also auch so eine Art Aoji gegeben. Von der Kohlemine in Aoji hatte auch ich schon viel gehört. Die war auch in *General Ttori* vorgekommen.[24] Alle, die das zugeteilte

Arbeitspensum nicht erfüllten oder es wagten, Widerstand zu leisten, wurden in die Kohlemine von Aoji verschleppt und mussten dort pausenlos schuften und sich von den kommunistischen Sicherheitskräften, die wie Wölfe aussahen, bewachen und auspeitschen lassen. Für mich als Kind war Nordkorea wirklich gruselig gewesen und am allergruseligsten die Kohlemine von Aoji. Die antikommunistische Erziehung in meiner Kindheit war so lückenlos gewesen, dass mir daran nichts seltsam vorgekommen war.

Während ich so das Aoji-Gezanke meiner Eltern verfolgte, dachte ich an Nadia Comaneci. Bis dahin hatte ich mir gedacht, dass bei ihr, so wie bei den meisten Sportlern, mit zunehmendem Alter die Leistungskurve vermutlich gesunken und sie halt irgendwann zurückgetreten sei. Von dem vielen Geld, das sie in ihrer Jugend verdient hatte, hatte sie sicher einen angenehmen Lebensabend verbringen können, bis sie schließlich in einem Sarg zu liegen gekommen war, wie man ihn in Kinofilmen sieht, mit geöffnetem Deckel. Denn damals hatte ich wirklich geglaubt, Nadia Comaneci sei tot. Aber … Aber war Rumänien, das Land, aus dem sie stammte, nicht kommunistisch gewesen, so wie die Sowjetunion? Mir kam der düstere Gedanke, dass vielleicht auch sie nach Aoji, also nicht nach Aoji, aber in eine ähnliche Kohlemine anderen Namens, verschleppt worden und dort unter ungeklärten Umständen eines schrecklichen Todes gestorben sein könnte. Wie viel Kohle hätte denn ein so zerbrechliches, zierliches

Persönchen schon auskratzen können? Da wurde ich – ohne recht zu wissen, ob in Rumänien eigentlich mit Kohle oder mit Gas geheizt wurde – sehr wütend.

Als ich am nächstes Tag in die Schule kam, warf ich als Erstes meinen Ranzen auf meinen Platz, rannte in die Bibliothek und suchte nach Büchern über Nadia Comaneci. Was darin dokumentiert war, reichte immer nur bis zur Olympiade von Montreal. Das menschliche Interesse währte immer nur einen Moment lang. Nach mühevollem Suchen stieß ich schließlich in einer Sportzeitschrift auf ein Foto von Nadia Comaneci nach ihrem Rücktritt. Ich war erleichtert, zugleich aber auch enttäuscht.

Im November 1989, als ich dabei war, mich im Aerobic-Hagwon meinem Training zu widmen, um in die Turngruppe zu kommen, floh Nadia Comaneci über Ungarn und Österreich in die USA. Das Foto, das ich gefunden hatte, zeigte sie am Tag ihrer Einreise am John F. Kennedy International Airport in New York. Dass sie nicht ins Aoji-Bergwerk verschleppt worden war, war natürlich ein Glück. Aber meine frühere Inkarnation, meine Muse, meine Turnprinzessin, sah irgendwie ganz anders aus, als ich sie mir vorgestellt hatte. Sie trug eine dunkelblaue Jeansjacke, dicke goldene Ohrringe und großflächig Rouge auf den Wangen.

Selbst Mama schminkte sich damals nicht die Wangen. Wann hatte Mama, die sich sonst immer von dem orangefarbenen Lidschatten, den sie auf dem oberen Augenlid auftrug, mit dem kleinen Finger ein wenig auf die Wangen getupft hatte, eigentlich begonnen, diese letzte Phase ihrer Schminkprozedur wegzulassen? Als ich sie fragte, warum sie kein Make-up mehr auf Augenlider und Wangen auftrage, winkte sie ab.

»Sieht doch popelig aus.«

Es war Zeit für etwas Neues. Wie das mit jeder Mode so ist, kommt es auch im Falle von Make-up-Trends zwar manchmal vor, dass sie, nachdem sie sich eine Zeit lang immer wieder geändert haben, irgendwann wiederkehren, aber damals war es in der Tat popelig. Ich war ein bisschen enttäuscht. Was sollte das? Was sollte diese flippige Kleidung, dieses übertriebene Make-up, dieses unnatürliche Lachen? Ich war den Tränen nahe.

Rumänien befand sich damals unter der Diktatur Ceausescus, die Wirtschaft des Landes war am Boden, und die Menschen hatten kaum genug zu essen. Viele Menschen, die ohnehin ums Überleben kämpften, machten sich nun auf, um auf der Donau nach Ungarn zu gelangen. Die rumänische Regierung ließ auf sie schießen, und die schöne blaue Donau färbte sich rot vom Blut der Opfer. Auch Nadia Comaneci, der einstigen Volksheldin, wurde offenbar keine Sonderbehandlung gewährt. Es kursierten sogar Gerüchte, dass sie dem Sohn Ceausescus als Sex-Gespielin dienen musste, und so verließ sie schließlich ihr Heimatland. Bald darauf wurde Ceausescu wegen Hochverrats und Völkermords zum Tode verurteilt und erschossen. Es war Weihnachten.

Nach ihrer Flucht soll Nadia Comaneci kein ruhiges Leben gehabt haben. Wie viele Hochbegabte, die in so jungen Jahren schon zu Ruhm gekommen waren, hatte wohl auch Nadia Comaneci nie die Gelegenheit gehabt, außerhalb des Turnsports Erfahrungen mit dem gewöhnlichen Leben zu machen. Noch dazu konnte sie kein Englisch, und das in Amerika. Viele Betrüger hefteten sich an ihre Fersen. Doch hatte diese qualvolle Zeit für sie ein gutes Ende genommen, denn sie hatte schließlich einen anständigen Mann gefunden und ein Kind zur Welt gebracht, widmete sich seitdem dem Nachwuchstraining und schien nun, im letzten Akt des Turnmärchens, tatsächlich ein glückliches Leben zu führen.

Doch für mich fühlte sich auch dieses Happy End traurig an. Ich hatte vorher das Gefühl gehabt, als hätte Nadia Comaneci in einer vollkommen anderen, geradezu magischen, mir unzugänglichen zeitlichen und räumlichen Dimension gelebt. Dabei lebte sie wie ich in einer unbarmherzigen Realität. Auch sie wurde vom wechselvollen Gang der Geschichte mitgerissen, auch sie wurde von den Stürmen des Lebens geschüttelt, auch sie musste kämpfen, um inmitten widriger Umstände zu überleben, auch sie war eine Frau mit einem – um es mit den Worten meiner Mutter zu sagen – »heftigen Schicksal«. Dieses eine Foto von Nadia Comaneci ging mir noch lange schmerzhaft nach, und so bemühte ich mich fortan tunlichst, wie jemand, der eine frühere Liebschaft zu vergessen sucht, nicht mit Nachrichten über ihr aktuelles Leben in Berührung zu kommen.

Es war eine Zeit, in der ich jeden noch so bescheidenen Job annahm und innerhalb kurzer Zeit von einer Arbeitsstelle zur nächsten wechselte. Eines Sonntagnachmittags, als ich zusammen mit meiner Mutter Jjajang-Ramyeon, Instantnudeln mit Bohnenmussoße, gekocht hatte und diese nun als eine Art Brunch zu mir nahm, da war plötzlich, während wir uns so durch die Kanäle zappten, für einen ganz kurzen Moment Nadia Comaneci im Bild zu sehen. Hastig drückte ich auf die Fernbedienung, um das Programm wiederzufinden. Es war eine Werbung. Nicht mit der heutigen Nadia Comaneci mittleren Alters, sondern mit der Stufenbarrenübung der Olympischen Spiele von Montreal 1976, die mir damals solche Schauer über den Rücken gejagt hatte. Aber neben Nadia Comaneci war noch eine andere Turnerin im Bild zu sehen. Nastia Liukin. Sie wurde damals in den USA als Turnprinzessin gefeiert, so wie Nadia Comaneci dreißig Jahre zuvor. In der TV-Werbung sah man nun die beiden, wie sie eine surreale gemeinsame Stufenbarrenübung vollführten und einander nach dem Abgang vom Gerät einen Blick zuwarfen, der zu sagen schien: So, das hätten wir. Das Ganze war natürlich eine Montage, wirkte aber, was Gesichtsausdruck und Blickrichtung der beiden betraf, ungemein echt.

Die Werbung endete mit dem Slogan: »Wenn du glaubst, du schaffst es, schaffst du es. Impossible is nothing.« Pah! Wer mir weismachen wollte, ich solle an etwas glauben, der sollte in die Kirche oder ins buddhistische Kloster gehen. »Glauben tut das Herz, Handeln tut die Hand« – mit solchen Sprüchen konnte man mich jagen. So Sachen wie: »Wenn man es sich ganz doll wünscht, geht es in Erfüllung.« Oder: »Die eigene Bemühung betrügt einen nicht.« Oder: »Was zählt, ist der eigene Wille.« Für mich, die mit leeren Händen dastand, klang das genauso wie: »Tja, du hast es dir wohl nicht genug gewünscht.« Oder: »Du hast dich wohl nicht genug angestrengt.« Oder: »Dein Wille war wohl nicht stark genug.« So weit war es mit mir gekommen.

Trotz der sarkastischen Gedanken, die mir durch den Kopf gingen, lud ich mir das Werbevideo aus dem Internet herunter und sah es mir zu Hause oder bei der Arbeit in der Firma zwischendurch immer mal wieder an. Wenn ich mir die Kopfhörer ins Ohr stöpselte und dann die Musik und den Text hörte, kamen kribbelnde Erinnerungen in mir hoch. Ich hatte versucht, nach Möglichkeit nicht mehr daran zu denken. An all die Augenblicke, die ich am liebsten vollständig aus meinem Leben getilgt hätte. Wenn ich an früher gedacht hatte, war mir mein damaliges Ich unheimlich jung und unreif vorgekommen – wobei ich das rein altersmäßig ja auch tatsächlich gewesen war. Ich hatte mich geschämt. Nun aber, wo ich jeden Tag das Comaneci-Video ansah, ging mir auf, dass ich mich eigentlich in jene Zeit zurücksehnte. Wofür ich mich eigentlich schämte, war nicht mein neunjähriges Ich, das von einer Turnkarriere geträumt hatte und deshalb in eine Aerobic-Schule gegangen war, sondern mein fünfundzwanzigjähriges

Ich, das auf jene Zeit nur in tiefer Scham zurückblicken konnte.

Nadia Comaneci, meine einstige Heldin. Im Laufe der Zeit waren ihr Land, seine Ideologie und ihr einstiges Leben untergegangen, und sie war einfach wie eine alte Geschichte aus dem Gedächtnis der Leute verschwunden, ohne besondere Gefühle oder eine Moral zu hinterlassen. Doch hatte sie sich auf ihre Weise ein paarmal in mein Leben eingemischt. Natürlich nicht willentlich, wie denn auch, sie hatte ja keinen blassen Schimmer davon, dass es mich gab, aber sie hatte für mich und mein Leben viel bedeutet. Sie war eine Art Ansporn. Eine Art Ermahnung. So etwas in der Richtung. Jemand, der mein schlafendes Gehirn aufgeweckt hatte. Das Leben, das man lebt, verschwindet allzu leicht im Nichts, so dass es manchmal nötig ist, die eigenen Fußspuren und den eigenen Standort zu überprüfen. Was nicht unbedingt bedeuten muss, dass sich dadurch etwas ändert, aber, nun ja, es ist doch immerhin besser, als einfach völlig ahnungslos weiterzuleben.

Schließlich war es Vater doch noch gelungen, die Einwilligungserklärung zurückzubekommen. Er meinte, er sei mit einer großen Reiskuchenkelle aus seinem Laden im Büro aufgekreuzt, fest entschlossen, dort alles kurz und klein zu schlagen. Die junge Angestelle, vermutlich die gleiche, mit der ich gesprochen hatte, habe gemeint, dass sie die Einwilligungserklärung nicht so einfach herausgeben könne, sondern alles ganz bestimmten Regeln und Abläufen folge, und mit weinerlicher Miene immer wieder gefleht, er solle erst einmal die Kelle runternehmen. Dann sei Herr Kim ins Büro gekommen, der mit Vater auf der Polizeistation gewesen war, habe eine Weile auf die Kelle gestarrt und dann resignierend die Einverständniserklärung und einige weitere Unterlagen herausgerückt. Und ihn noch ermahnt, ja den anderen Mitgliedern des Anwohnerverbands nichts davon zu sagen. Vaters Heldengeschichte überlagerte sich in meinem Kopf mit einer vage erinnerten Szene aus einem Film. Das Büro des Anwohnerverbands war eine Bank, mein Vater der Bankräuber, die Reiskuchenkelle die Pistole. Ein Film noir. Vater und Mutter blickten ernst drein, aber ich brach in Gelächter aus.

»Ich wusste gar nicht, dass eine Reiskuchenkelle eine so bedrohliche Waffe sein kann.«

»Das war die Kelle für Großbetriebskantinen. Völlig anderes Kaliber als das, was du sonst in meinem Laden siehst. Klar, dass die alle Schiss kriegen, wenn das Ding plötzlich 'ne ganz andere Farbe und Größe hat.«

Mensch, Vater, die hatten keine Angst vor deiner Kelle, sondern vor dem unberechenbaran Sturkopf, der mit der Kelle in der Hand den Laden unsicher gemacht hat. Na, jedenfalls hatten wir jetzt die Einverständniserklärung zurück.

Einige Tage später saß ich mit meiner Mutter beim Abendessen, als plötzlich mein Handy klingelte. Ich sah auf dem Display, dass es Vater war.

Ja, hallo? – wollte ich gerade sagen, da hörte ich vom anderen Ende der Leitung schon die dringliche Stimme meines Vaters.

»Hör einfach nur zu, was ich sage.«

»Wie?«

»Ist Mutter in der Nähe?«

»Jawohl.«

»Dann sag nur was, wenn ich dich frage.«

Offenbar wollte er heute seinen nächsten Film drehen ...

»Ich mach heute früher Feierabend. Wenn die Abendkunden weg sind, mach ich dicht. Obwohl, eigentlich ist es ja schon Abend ... Wieso kommt denn keiner ...«

Pause.

»Wir treffen uns um acht in der Bierkneipe an der Hauptstraße. Auf ein Gläschen. Ich hab dir was zu sagen. Verstanden?«

»Verstanden.«

»Ich mach Schluss. Und nichts Mutter sagen.«

Tuck.

Mama schielte zu mir herüber.

»Wer war denn das?«

»Was? Ach, ähm ... Miss Song. Du weißt schon. Die früher mit mir zusammengearbeitet hat. Die ist gerade hier in der Gegend und will heute Abend ein Bier mit mir trinken.«

Mama, den Löffel fest im Griff, starrte mich ungläubig an.

»Miss Song? Die fünf Jahre jünger ist als du?«

»Mhm.«

»Du hast am Telefon gerade mal zwei Wörter gesagt. ›Jawohl‹ und ›Verstanden‹.«

Oh, Mist … Während ich noch nach der nächsten Ausrede suchte, gab Mama einen Seufzer von sich und sprach weiter.

»Ach, Kind … So eine Lahmarschigkeit. Und so eine Unterwürfigkeit gegenüber Leuten, die unter dir stehen, kein Wunder, dass du gefeuert wirst, wenn du dich so herumschubsen lässt. Diese Miss Song haben sie nicht entlassen, oder?«

»Nee, ähm, aber Miss Song ist auch ganz schön am Krebsen. Ist ja im Moment alles nicht so einfach in der Firma.«

Ich senkte den Kopf und aß weiter, ohne etwas zu sagen. Dass ich mich mit Miss Song verabredet hatte, stimmte zwar nicht, aber Mama hatte schon recht. Ich war lahmarschig, ließ mich herumschubsen und war eher entlassen worden als Miss Song. Als ich mit dem Essen fertig war, zog ich das an, was ich immer anzog, meine alte Jogginghose und dazu eine dicke, ausgeleierte Strickjacke, an der ein Knopf ganz fehlte und ein anderer nur noch an einem Faden baumelte.

»Zieh dich wenigstens ein bisschen anständig an! Oder willst du, dass alle sehen, dass du den ganzen Tag zu Hause rumhängst? Die Dame kommt doch direkt aus dem Büro und ist sicher dementsprechend ordentlich gekleidet. Wenn die Leute euch vergleichen, dann …«

»Lass mal gut sein. Ist ja gleich hier um die Ecke.«

Während ich mich bereits entfernte, hörte ich es noch hinter mir herrufen:

»Und nicht, dass du am Ende noch diejenige bist, die das Bier bezahlt! Wo du doch im Moment nichts verdienst, ne?«

Ich kam vor acht Uhr in der Kneipe an. Mein Vater war schon da und trank Bier. Zu essen hatte er nichts bestellt, nur einen Ein-Liter-Krug Bier, aus dem er sich in sein Glas eingoss. So wurde das Bier doch schal. Wieso hatte er denn nicht einen halben Liter bestellt? Ohne etwas zu sagen, setzte ich mich neben ihn. So aus der Nähe wirkte er ganz schön gealtert. Dass ich irgendwann in meinem Leben meinem Vater mal so gegenübersitzen und mit ihm Bier trinken würde, hätte ich mir auch nicht träumen lassen.

»Warum bestellst du nichts zu essen?«

»Keinen Hunger. Im Laden war noch so viel Reiskuchen und Frittiertes übrig, das hab ich erst mal aufgegessen.«

Ich stellte mir vor, wie mein Vater, der auf die siebzig zuging, ganz allein in seinem Laden hockte und Frittiertes in die Reiskuchensuppe tunkte – ein trauriger und zugleich lächerlicher Anblick. Und ich fühlte mich nicht gut. Denn ich hatte das Gefühl, dass all das irgendwie meine Schuld war. Betretenes Schweigen.

»Trink du auch ein Glas.«

Vater schenkte mir ein. Anstandshalber umgriff ich das Glas mit beiden Händen. Das Bier schäumte auf.

Schnell hielt ich den Mund an das Glas und schlürfte den überlaufenden Schaum. Das Bier lief prickelnd und erfrischend meine trockene Kehle hinunter. Ich stieß leicht auf. In so ungebührend lockerer Haltung vor dem eigenen Vater Bier zu trinken, war mir nun doch unangenehm, und ich drehte, ganz wie es sich gehört, den Kopf zur Seite und trank noch einen Schluck.

»Tu dir keinen Zwang an. Ich mag ja eigentlich lieber Schnaps, aber ich dachte mir, du magst vielleicht lieber Bier.«

»Wollen wir vielleicht was zu essen bestellen?«

»Okay. Bestell einfach, was du willst.«

Da wir beide ja schon satt waren, überflog ich die Karte mit den trockenen Knabbereien und wählte schließlich getrockneten Seelachs. Eine Weile saßen wir nur stumm da und tranken. Ich hatte das Gefühl, vielleicht ganz sachte ein paar Dinge ansprechen zu müssen, aber die Worte kreisten nur in meinem Mund und kamen mir schließlich nicht über die Lippen. Dann aber kam Vater zur Sache:

»Ich überlege, ob wir das Haus verkaufen. Was meinst du?«

»Was?«

»Das Haus. Puh ... Das verdammte Haus, das uns so viel Kopfzerbrechen bereitet. Seit alle von der Stadtteilsanierung reden, macht es nur noch Ärger. Verkaufen wir es und ziehen woandershin.«

»Mama will aber unbedingt eine Hochhauswohnung ...«

Auch diesmal war es wieder zu Komplikationen gekommen. Die Wirtschaftslage war nicht gut, es gab viele unverkaufte Hochhauswohnungen, die Banken verweigerten Kollektivdarlehen mit Zwischenzahlung oder erhöhten die Zinsen. Weil der Verkauf der Hochhauswohnungen nicht gut lief, waren nun auch in unserem Viertel Anwohnerverband und Bauunternehmen in Zwietracht geraten. Die meisten Leute im Viertel wussten, dass der Vorsitzende des Anwohnerverbands kein vertrauenswürdiger Mensch war, dass aber die Baufirma sich nun von dem Projekt zurückziehen wollte, wussten bislang nur sehr wenige, die eng mit den Immobilienmaklern oder dem Anwohnerverband zu tun hatten. Vater hatte es von Herrn Yu aus dem Immobilienbüro gehört. Noch, so hatte dieser gesagt, wisse wirklich fast niemand davon. Vielleicht war der Anwohnerverband deshalb so hinter Vollmachten und Einverständniserklärungen her, um die Verbandsmitglieder an sich zu fesseln. Und Mama? Wenn das Geschäft auch diesmal wieder nicht zustandekam, wie groß wäre bei ihr wohl das Gefühl der Enttäuschung, der Frustration, des Verlusts, der Wut? Und wie würde ich das ertragen können? Das bereitete mir schon jetzt Kopfzerbrechen.

»Herr Yu meinte, wir könnten das Haus teuer verkaufen. Es gibt offenbar noch Leute, die von der Sache nichts wissen und es kaufen würden. Aber nicht mehr lange, meinte er. Deshalb dachte ich, wie wäre es, wenn wir das Haus jetzt ganz schnell verkaufen und in die

Hochhauswohnung ziehen, die sich deine Mutter so wünscht?«

Wenn man spät in der Nacht im Bus oder in der U-Bahn-Linie 1 nach Hause fuhr und aus dem Fenster sah, dann sah die nächtliche Stadt aus wie ein Bogen Millimeterpapier, auf dem unzählige kleine Lichter leuchteten. Ein regelmäßig gezeichnetes Viereck, darin hier und da blinkende Lichter, wie geheime Signale. Ein Licht erlosch, ein anderes ging an, wieder andere erloschen … Was wollte dieses gelbe Viereck mir sagen?

»Selbst wenn wir unser Haus noch so teuer verkaufen, das bringt doch höchstens ein paar Groschen ein. In welche Hochhauswohnung könnte man denn von dem Geld schon ziehen?«

»Ich hab mir mal ein paar Objekte angeschaut, die Herr Yu mir genannt hat. Eines gefiel mir ganz gut. Mit dem Bus muss man nur einmal umsteigen, dann ist man schon im Seouler Stadtgebiet.«

Dann ist man schon im Seouler Stadtgebiet. Mit anderen Worten, wir würden aus Seoul wegziehen. Vielleicht würde ich also meine Heimat, den Ort, wo ich geboren und aufgewachsen war, verlassen. Na, und wenn schon. Warum war ich eigentlich nie auf den Gedanken gekommen, aus Seoul wegzugehen? Es gab in Seoul nichts, womit ich mich verbunden gefühlt hätte. Mein Leben bestand darin, nachts zu schlafen und tagsüber die Decke anzustarren und dumpfen Gedanken nachzuhängen oder Gymnastik zu machen oder beim Lesen eines Buches einzunicken oder mir, wenn ich Hunger bekam, Reis oder Toastbrot oder Instantnudeln in den Mund zu stopfen. Da wäre es vollkommen egal, ob ich in Seoul oder in Busan oder in Incheon oder in Luxemburg oder in Buenos Aires lebte.

»Wann hast du das denn alles herausgefunden?«

»Zwischendurch, wenn gerade keine Kunden da waren.«

Ob man die Zeit, die er gebraucht hatte, um den Bus zu nehmen, umzusteigen, in die Vororte zu fahren, sich beim Immobilienmakler zu informieren und Wohnungen anzuschauen, wirklich als »zwischendurch« bezeichnen konnte, erschien mir fraglich. Ganz schön langes »Zwischendurch«. Nun saßen der betrübteste Vater und die betrübteste Tochter von ganz Seoul einander gegenüber, einen Teller getrockneten Seelachs zwischen sich. Der Vater, der als Inhaber eines Imbissladens, wo es von Fliegen wimmelte wie nirgends sonst, jeden Abend, bevor er seinen Laden verließ, mit der gleichen Selbstverständlichkeit, mit der er den ganzen Tag Reiskuchen umdrehte und sein Geschäft betrieb, seinen Magen mit dem füllte, was von den Reiskuchen und vom Frittierten übrig geblieben war, und eine herumgammelnde Tochter, die weder Freunde noch Ehemann noch Arbeit hatte und der es vollkommen gleichgültig war, wohin sie vielleicht gehen würden. Nur das Bier wurde weniger, der Fisch blieb unangerührt. Der Trockenfisch, der dort stand und allmählich kalt wurde und immer zäher und fester. So wie unser Leben.

»Mach einfach, was du für richtig hältst, Vater. Ich bin mit allem einverstanden.«

Vater nickte und steckte sich ein Stück von dem getrockneten Seelachs in den Mund. Auf dem Fisch herumkauend, sagte er:

»Ich hab dich das immer schon mal fragen wollen ...«

Plötzlich wurde ich nervös. Was hatte er mich fragen wollen? Erst nachdem ich ihn nach einigem Zögern mehrmals gefragt hatte, machte er wieder den Mund auf.

»Warum nennst du mich eigentlich ›Vater‹?«

Mir gingen fünfzigtausend Gedanken durch den Kopf. War er betrunken? Das fehlte noch. War ich etwa nicht seine Tochter? Sollte jetzt in Soap-Opera-Manier irgendein Geheimnis im Zusammenhang mit meiner Geburt gelüftet werden? Mama, dann hattest du ja eine viel coolere Jugend, als ich gedacht habe ...

»Wieso ich dich ›Vater‹ nenne? Weil du mein Vater bist.«

»Ich meine, warum nennst du deine Mutter ›Mama‹ und mich ›Vater‹? So nennst du mich, seit du klein bist. Nicht ›Papa‹, wie andere Töchter.«

»Ach so, das ... äh, tja ...«

Ich hatte keine Antwort. Warum war das wohl so? Auch in den frühesten Erinnerungen hatte ich Vater stets »Vater« genannt. *Wie andere Töchter.* Aus diesen Worten meines Vaters klang dreißig Jahre lang unterdrückte Betrübnis. Aber ich konnte einfach nicht wie andere Töchter neben meinem Vater stehen und ihn

»Papa« nennen. An diesem Tag hatte ich mit meinem Vater so viel geredet wie noch nie, und doch fühlte ich mich ihm nun ferner als zuvor. Und während ich ihm im Abstand von einem Meter folgte wie eine achtzigjährige Frau ihrem Ehemann, wiederholte ich im Stillen auf dem gesamten Nachhauseweg die Worte *Wie andere Töchter. Wie andere Töchter. Wie andere Töchter …*

DER MANN, DER FREUNDLICH LACHTE, ALS ER DEN LAUCH SAH

Draußen war es mit einem Mal kalt geworden, da stand eines Morgens Miyeongnaengguk, kalte Seetangsuppe, auf dem Frühstückstisch. Mama hielt die Glasschale, die fein geschliffen war wie ein Edelstein und das Licht der Neonlampe nach allen Seiten reflektierte, in der Hand und schlürfte daraus die kalte Suppe.

»Sag mal, Mama, was soll denn diese kalte Suppe mitten im Winter? Ist dir denn nicht kalt?«

»Tja, komisch, nicht? In letzter Zeit hab ich ständig so ein Gefühl von Hitzewallungen.«

»Bestimmt die Wechseljahre.«

Mama klopfte mir mit ihrem Löffel an die Stirn.

»Deine Mutter geht auf die sechzig zu. Wechseljahre? Eintritt ins Greisenalter! Ach ja … Da soll ich nicht ins Schwitzen kommen? Und die einzige Tochter interessiert sich nicht im Mindesten für ihre Mutter, kommt selber bald in die Wechseljahre und ist noch immer nicht verheiratet.«

»Du willst doch gar nicht, dass ich heirate.«

»Wann habe ich gesagt, ich will nicht, dass du heiratest? Ich hab nur gesagt, daran hab ich bisher nicht gedacht.«

So oder so. Ich nahm einen Löffel von der Seetangsuppe. Von dem kalten, sauren Geschmack war ich schlagartig so hellwach, dass ich mich fragte, ob Mama uns das nicht vielleicht mit voller Absicht zum Frühstück vorgesetzt hatte. Sogar scharfe Chilischoten hatte sie offenbar noch hineingeschnippelt, so sehr stach es in der Nase und brannte auf der Zunge und im Rachen. Während ich noch benommen dasaß, trank Mama schon die nächste Schale. Ob sie wohl Wind bekommen hatte? Nach meinem geheimen Treffen mit Vater ertappte ich mich immer wieder dabei, dass ich sie beobachtete. In dieser Angelegenheit konnten wir Mama nicht einfach wie eine unwissende Braut im Dunkeln lassen. Wir mussten ihr die genauen Umstände erklären und ihre Zustimmung einholen, aber sowohl Vater als auch ich schoben die Sache immer weiter vor uns her.

Auch abends gab es kalte Seetangsuppe. Die Luft war nun noch kühler als am Morgen, und Vater, der nur in einer dünnen Steppjacke zur Arbeit gegangen war, kam in diesem Moment fröstelnd nach Hause. Und bekam von Mama nun die kalte Seetangsuppe vorgesetzt, in der nicht zu knapp Eiswürfel herumschwammen. Vater leerte die Schale ohne zu murren bis auf den letzten Tropfen. Wenn ich es recht bedachte, beteiligte sich Vater – mal gleichmütig, mal leicht genervt – nicht selten an verschiedenen Arbeiten im Haushalt, die man sich durchaus aktiv vornehmen musste, sei es, dass er den Boden wischte, Kleider bügelte, den Kühlschrank sauber machte oder den Schuhschrank aufräumte, nur kochen tat er nicht. Und nicht ein Mal, zumindest meiner Erinnerung nach, war es vorgekommen, dass er sich Unzufriedenheit über das von meiner Mutter gekochte Essen hätte anmerken lassen. Ob es schmeckte oder nicht, ob es mengenmäßig zu viel oder zu wenig war, ob das gleiche Essen zwei-, drei-, viermal auf den Tisch kam, immer aß er mit Appetit und immer aß er auf. Wenn ich am Essen herumnörgelte, sagte Mama meist nichts dazu, sondern saß nur mit spitzem Mund da, Vater jedoch reagierte stets ungehalten.

»Kannst ja selber kochen, wenn es dir nicht schmeckt.«

Und zu Mama sagte er:

»Brauchst für sie nächstes Mal nicht mitzukochen.«

So war es immer gewesen. Als ich dreißig, zwanzig, zehn oder noch jünger gewesen war. Ich erinnere mich noch daran, wie ich vielleicht fünf oder sechs gewesen war und auf Vaters harte Worte ganz geknickt entgegnet hatte, ich sei doch noch so klein, wie ich denn da allein kochen solle, woraufhin Vater geschimpft hatte, dann solle ich gefälligst dankbar meinen Reis essen, und mir schließlich die Tränen über die Wangen gekullert waren. Trotzdem meckerte ich auch weiterhin regelmäßig über das Essen, und als ich erwachsen war und häufiger Gelegenheit hatte, auswärts zu essen, hing mir Mamas eintönige Speisekarte umso mehr zum Halse heraus. Wobei es – außer wenn ich allein war und mir Instantnudeln kochte – niemals vorkam, dass ich den Gashahn am Herd eigenhändig angerührt hätte. So ein schlechter Mensch war ich.

Vater, der als Erster mit dem Essen fertig war, stellte die Reisschale in die Suppenschale und sagte:

»Bleibt morgen zu Hause. Es kommt jemand vom Immobilienbüro, der sich unser Haus ansehen will.«

Oh Mann, Vater. Haute der das einfach ohne Vorwarnung raus … Ich wusste ja, worauf die Sache hinauslief, und war nun dementsprechend nervös. Mama, vollkommen ahnungslos, blieb ruhig. Bis jetzt.

»Hm? Was? Wer kommt? Wer will was sehen?«

»Ich hab unser Haus zum Verkauf angeboten. Es gibt auch wen, der das kaufen will. Also leben will der hier nicht, aber er will sich das trotzdem mal ansehen, also lasst uns hier mal ein bisschen aufräumen und saubermachen.«

»Was soll das denn heißen? Leben will der hier nicht? Heißt das, der will hier sterben, oder was?«

Mensch, Mama. Du raffst echt überhaupt nichts … Vater senkte den Kopf ein wenig und meinte dann mit gedämpfter Stimme:

»Es hat wieder nicht geklappt. Der Sanierungsplan oder was auch immer. Das behalten wir aber schön für uns.«

Es folgte eine lange Erklärung vonseiten meines Vaters. Unerwarteterweise wurde Mama nicht wütend, unterbrach meinen Vater auch nicht und stellte keine Zwischenfragen, sondern hörte bis zum Schluss gefasst zu. Dann spitzte sie ihre Lippen wie jemand, der Zigarettenrauch aus dem Mund pustet, und atmete einmal tief aus. »Huuu …« Einen Moment lang herrschte Stille.

Ich presste die Lippen aufeinander und sah einmal zu meiner Mutter, einmal zu meinem Vater, noch einmal zu meiner Mutter, noch einmal zu meinem Vater hinüber. Da schlug Mama einmal mit den Händen auf die Knie und stand auf.

»Gut. Machen wir sauber. Vater trägt den Esstisch rüber, Mani, du wischst hier einmal durch.«

Nanu? War es das schon? Vater und ich begannen leicht verunsichert, Mamas Anweisungen zu befolgen. Ich griff nach dem Putzlappen, der, nachdem er ausgewrungen worden war, noch immer vor sich hin trocknend in einer Ecke des Zimmers lag, und mein Vater nahm das Esstischchen und folgte meiner Mutter. Da blieb sie plötzlich stehen, drehte sich zu ihm um und meinte:

»Hast du das ganz alleine herausgefunden und beschlossen? Oder wie? Ich, Mani, das Haus. Glaubst du, das gehört alles dir? Glaubst du, du kannst hier einfach machen, was du willst?«

Vater stellte das Esstischchen ab und legte beide Hände ordentlich zusammen.

»Deshalb frage ich dich ja jetzt um Erlaubnis. Ich schlage vor, dass wir das Haus verkaufen. Was meinst du?«

»Ich wart erst mal ab, was du machst.«

Während Mama das Geschirr spülte, bugsierte Vater alles, was auf dem vollkommen verstaubten Fernsehbord und der Kommode lag – Rechnungen, Kontoauszüge, Nagelknipser, eine Box mit Hwatu-Spielkarten, eine alte Packung Liquidschmerzmittel, Stifte und Scheren –, in eine Schublade. Ich ging mit dem Putzlappen hinter meinem Vater her und wischte sorgfältig über Fernsehbord, Kommode, Fensterrahmen und Lichtschalter.

Ich war in diesem Haus geboren und hatte mein ganzes Leben hier verbracht. Alles, was mit Umzug zu tun hatte, war neu für mich. Wie musste man sich wohl, damit es mit dem Hausverkauf klappte, auf jemanden vorbereiten, der kam, weil er Interesse an der Wohnung hatte? Und warum sollten wir jetzt putzen, wo der mögliche Käufer doch vermutlich nur darauf wartete, dass dieses Haus schnell abgerissen würde?

Der Mann, der zusammen mit Herrn Yu vom Immobilienbüro zu uns kam, war vielleicht Ende vierzig und machte einen ruhigen, höflichen Eindruck. Im Hof blickte er sich um, zog einmal kurz am Eingangstor, schob es dann wieder zu, warf einen aufmerksamen Blick in die Hundehütte, die dort stand, kam aber nicht in den Flur, den wir gestern noch so fleißig geputzt hatten. Mama und ich starrten vor uns hin, und Herr Yu, dem die Sache offenbar sehr unangenehm war, stand etwas hilflos da. Wenn es auch alt und schmutzig und klein war, es war doch unser Haus, wieso führte sich der Mann so seltsam auf?

»Das Haus wird doch ohnehin bald abgerissen, was wollen Sie denn da noch so genau angucken? Hahaha!«

»Ich muss doch einmal sehen, was das für ein Haus ist,

wer hier wohnt und ob der Ort zu mir passt. Ja, und wie ich sehe: Das Haus ist sauber, und die Dame des Hauses macht einen tüchtigen Eindruck. Dies scheint mir ein sehr glücklicher Ort zu sein.«

Mein lieber Herr, unser Haus ist alles andere als sauber. Und wenn dies ein so glücklicher Ort wäre, würden wir dann so hier hausen? Das hatte er wohl einfach so dahergesagt, aber okay, immerhin nett gemeint.

Obwohl er das Haus, wie wir gehört hatten, als Anlage kaufen wollte, inspizierte er jede Ecke, mit dem Gesicht eines armen Familienoberhaupts, das sich zum allerersten Mal anschickt, eine Wohnung zu kaufen. Er strich einmal mit der Hand über das Eingangstor, drehte einmal kurz den altmodischen Wasserhahn im Hof auf, betrachtete vor der Wohnungstür den Blumentopf mit Lauch und strahlte. Herr Yu pflückte überflüssigerweise ein Stück von dem Lauch ab, knabberte mit den Vorderzähnen darauf herum, verzog das Gesicht, machte ein paarmal »Bäh!« und spuckte aus. Der Mann hob angesichts dieses ungebührenden Verhaltens lediglich ein klein wenig die Mundwinkel zu einem entspannten Lächeln.

Offenbar besaß er auch in anderen Sanierungsgebieten mehrere kleine Miets- und Einfamilienhäuser. Ein professioneller Investor sei er aber nicht, sondern nur ein gewöhnlicher Firmenangestellter. Nachdem die Lage auf dem Immobilienmarkt einmalig günstig gewesen und er etwas angespartes Geld in eine Wohnung investiert habe, deren Preis sich innerhalb weniger Jahre verdoppelt habe, habe er später immer wieder auf verschiedene Weise, durch gewöhnlichen Kauf, aber auch durch Versteigerungen und Vorabkäufe, Häuser und Officetels erworben und später wieder verkauft und so eine gewaltige Menge Geld verdient. Nun waren die Perspekiven auf dem Immobilienmarkt zwar längst nicht mehr so rosig, aber vermutlich konnte er einfach nicht die Finger davon lassen. Weil er damit zu oft Erfolg gehabt hatte. Es ist schließlich nicht einfach, Entscheidungen zu treffen, die den eigenen Erfahrungen zuwiderlaufen.

»Ich habe Ihnen heute schon am frühen Morgen reichlich Umstände bereitet«, sagte er zu meiner Mutter und mir. »Sie beide werden bei der Vertragsunterzeichnung wohl nicht dabei sein?«

»Ja, das macht der Vater.«

Der Mann meinte, er selbst habe auch eine Tochter, die sei jetzt in der Pubertät und rede kaum ein Wort, da könne man gar nicht wissen, was so in ihr vorgehe – aber wieso rede er denn so viel? Er lachte etwas verschämt. Dann verbeugte er sich höflich, verabschiedete sich und ging. Noch von hinten machte er einen aufrichtigen, anständigen Eindruck. Die Abneigung und die Wut, die ich zunächst bei dem Gedanken empfunden hatte, dass irgendjemand mit sehr viel Geld unser Haus kaufen und zu seiner Hochhauswohnung machen würde, hatten sich gelegt.

Die Vertragsunterzeichnung kam an jenem Tag nicht zustande. Meinem Vater, der in seinem Imbiss die

Odeng-Brühe hatte aufgießen wollen, war der Henkel des Behälters abgebrochen, und er hatte sich das heiße Wasser über die Beine geschüttet. Zwar war es kein kochendes Wasser gewesen, aber eben doch heiß genug, dass er sich am rechten Bein vom Oberschenkel bis zum Fußgelenk weitflächige Verbrühungen zugezogen hatte. Erst nachdem er diese mit kaltem Wasser gekühlt, die Rollläden heruntergelassen, sich – wie an dem Tag, als ich in die neue Schule gekommen war – allein ins Taxi gesetzt und zum Arzt begeben hatte und schließlich nach Hause gekommen war, erfuhren wir von dem Unfall. Mama fragte, warum er denn nicht früher angerufen habe, ob alles in Ordnung sei und ob er beim Immobilienmakler gewesen sei. Vater sah sie mit rätselhaftem Gesichtsausdruck an und schüttelte dann den Kopf.

Der Mann, der sich den halben Tag freigenommen hatte, hatte in der Zeit, als Vater ins Krankenhaus gegangen war, unverrichteter Dinge wieder in die Firma zurückkehren müssen und gemeint, dass er sich dort nun keine weiteren Fehlstunden erlauben dürfe, weil er sich wegen seiner Immobilienangelegenheiten schon ein paarmal freigenommen habe. Der Vertrag für unsere künftige Wohnung war bereits abgeschlossen, und so hatte Vater es nun eilig. Wenn der Mann vielleicht irgendwo etwas gehört und seine Meinung geändert hatte? Einige Male rief Vater bei Herrn Yu an, damit die Sache nun schnell unter Dach und Fach käme. Schließlich erklärte sich Herr Yu notgedrungen bereit, spät am

Abend einen Termin einzurichten, an dem man sich zu dritt in seinem Büro treffen könne.

Die Vertragsgebühr betrug zehn Prozent des Kaufpreises. So etwas wie Zwischenzahlung gab es nicht. Der Umzug sollte in einer Woche stattfinden, an diesem Tag würde die gesamte Restsumme überwiesen werden und die Wohnung ihren Besitzer wechseln. Besonders sicher war das nicht, aber die Zeit war knapp. Mama machte ein skeptisches Gesicht.

»Es wird doch hoffentlich nicht passieren, dass wir das Haus verlieren und am Ende mit leeren Händen dastehen?«

»Damit das nicht passiert, schließen wir den ganzen Handel ja über den Immobilienmakler ab«, gab Vater zur Antwort. Wir sahen ihn mit dem Kopf nicken. Aber beruhigt waren wir dadurch nicht. Auch wenn er sein halbes Leben lang geschäftlich tätig gewesen war, einen so großen Deal hatte er noch nie gemacht. Und schließlich ging es darum, wo wir drei in Zukunft wohnen, essen und schlafen sollten. Ich hatte kein gutes Gefühl. Wir wollten jemandem unser Haus mal eben schnell für sehr viel Geld – natürlich war es kein Traumhaus, aber die Summe war trotzdem kein Pappenstiel – verkaufen, indem wir ihm eine ganz bestimmte wichtige Information vorenthielten. Das war im Grunde Betrug.

Einen Tag, nachdem der Vertrag unterzeichnet war, fühlte ich mich so unwohl, dass ich das Haus verließ, ziellos hier und da umherirrte und schließlich zu Vater in den Laden ging. Dort saßen zwei Mädchen, vermutlich Mittelstufenschülerinnen, und unterhielten sich, übelste Kraftausdrücke wie gewohnheitsmäßige Interjektionen verwendend, in so unflätiger Art und Weise, dass es kaum zu ertragen war. Ich war drauf und dran, ihnen ein paar Takte zu erzählen, biss dann aber so fest die Zähne zusammen, dass mein Kiefer zu schmerzen begann. War ich schon so alt geworden? Eine alte Meckertante? Vater dagegen schnippelte weiter völlig ungerührt den Lauch in den Kochtopf, nahm ein Bündel Odeng aus einer großen Tüte, um sie ins siedende Wasser zu halten, und rührte die Tteokbokki um.

Als die beiden Schülerinnen ihre Tteokbokki aufgegessen hatten, nahmen sie jeweils einen kleinen Beutel aus der Tasche, trugen Lippengloss auf, dick und rot wie Erdbeermarmelade, und standen auf. Und auch als sie bezahlten, setzte sich das Gekicher und Gefluche in einer Tour fort. Mit gleichgültigem Gesicht nahm Vater den Geldschein entgegen, gab das Wechselgeld heraus und sagte: »Auf Wiedersehen und bis zum nächsten Mal.« Hatte ihn das wirklich kaltgelassen? War er so abgestumpft? Vor mich hinmurmelnd machte ich meinem Unmut ein wenig Luft.

»Boah, diese Kinder haben ja echt einen krassen Ton drauf. Dazu noch dieses Make-up …«

Vater kniff die Augen zu einem freundlichen Lächeln zusammen.

»Das sind ganz liebe Kinder.«

Puh, Vater hatte offenbar wirklich nicht den geringsten Schimmer, wozu die Jugend von heute alles in der Lage war.

»Wenn ich mal kurz rausgehe, kommen die nie auf die Idee, sich einfach einen Odeng-Spieß zu stibitzen. Und nie lassen die was übrig, sondern essen immer brav auf.«

»Und das reicht dir, um zu sagen, dass das liebe Kinder sind?«

»Und dir reichen die paar Wörter, die du eben von denen gehört hast, um zu sagen, was für Kinder das sind?«

Darauf konnte ich nichts mehr sagen. Etwas verlegen nahm ich mir einen Odeng-Spieß aus dem Topf und steckte ihn mir in den Mund. Ich goss mir etwas Brühe in einen Pappbecher und trank sie aus. Da fragte mich Vater, weshalb ich denn gekommen sei.

»Ich weiß nicht genau«, antwortete ich wahrheitsgemäß. Es war nicht so, dass ich mir vorher alles genau überlegt hätte oder mir meiner Sache ganz sicher gewesen wäre. Ich wollte einfach nur mit Vater reden. Ich erzählte ihm von einer Szene, die mir immer wieder ins Bewusstsein kam und sich dort entfaltete wie ein aufgeweichtes und wieder getrocknetes, zerknittertes Blatt Papier.

»Vor unserem Haus steht doch dieser Topf mit dem Lauch. Als er den gesehen hat, hat er ganz freundlich gelacht.«

»Wer?«

»Der Mann, der unser Haus kaufen will. Den wir reingelegt haben.«

Vater wandte den Kopf ab, um mir nicht in die Augen sehen zu müssen, und rührte dann einmal ganz langsam die Tteokbokki um. Ich hatte das Gefühl, noch irgendeine zusätzliche Erklärung bringen zu müssen, aber die Worte blieben mir in der Kehle stecken und wollten nicht nach draußen, so dass ich nur stumm dastand und mit der Zunge meine Lippen befeuchtete.

Bevor wir dem Mann persönlich begegnet waren, war es leicht gewesen, ihn zu verurteilen. Ein reicher Schnösel, ein mieser Spekulant, ein übler Schuft. Wir hatten unserer Abneigung einfach freien Lauf gelassen. Aber nun, wo wir ihm ins Gesicht geblickt, ihn gegrüßt und uns ein wenig mit ihm unterhalten hatten, fühlte es sich anders an. Als er den Lauch sah, hatte er so freundlich gelacht. Dieses feine Lächeln, nicht beim Anblick einer Rose oder Orchidee, sondern beim Anblick von ein paar Stangen Lauch. Ein ganz gewöhnlicher Mann, der eine Krawatte trug, ganz normal zur Arbeit ging, auf seinen Chef Rücksicht nehmen musste und sich Sorgen über seine pubertierende Tochter machte. Diesen Mann, der zufällig einen Weg gefunden hatte, sein Geld zu vermehren und deshalb ab und zu in Immobilien investierte, konnte ich nun nicht mehr so einfach verurteilen. Und auch nicht so einfach übers Ohr hauen.

»Was sollen wir jetzt machen?«, fragte Vater.

»Weiß nicht … Auf jeden Fall haben wir doch selber die ganze Zeit mit angesehen, wie mit Macht und Geld herumgetrickst wird. Und jetzt sind wir diejenigen, die tricksen. Das ist irgendwie nicht in Ordnung.«

Da ging die Ladentür auf und herein kam ein Junge im Grundschulalter, einen Tausend-Won-Schein in der Hand.

»Zwei Pikachu, bitte.«

Vater strich die Gewürzmischung auf die kleinen Schnitzel in Pikachu-Form, die dort auf der Alufolie übereinanderlagen, und drückte dem Jungen je eines in jede Hand. Billige kleine Schnitzelstückchen aus zermahlenen Schweinefleischresten mit einer scharfen Soße aus Chilipaste und Stärkesirup. Die hatte ich früher auch immer gern gegessen. Das aßen die Kinder heute also immer noch …

»Weißt du eigentlich, dass unser Laden für diese Pikachu-Schnitzel berühmt war?«, fragte Vater. »Es ging damals das Gerücht, da wären gute Zutaten drin.«

»Hä? Wieso denn das?«

»Du bist doch jeden Tag gekommen, um das zu essen. Da haben die Leute wohl gedacht, na, wenn der das seinem eigenen Kind so oft zu essen gibt, dann verwendet er bestimmt Zutaten, die in Ordnung sind.«

Na so was. Kleines Missverständnis. Ich musste lachen. Für denjenigen, der missverstanden wird, wirkt das Missverständnis meist vollkommen absurd, aber derjenige, der etwas missverstanden hat, mag wohl seine Gründe gehabt haben. Vielleicht verstand ja auch ich gerade etwas falsch, aber auch das hätte seine Gründe.

»Den Vertrag wieder auflösen, den Umzug absagen, das wäre wahnsinnig kompliziert. Das ist wirklich keine Kleinigkeit. Und der Schaden für uns wäre immens. Aber denken wir noch mal drüber nach.«

Als ich, ohne dass eine Entscheidung getroffen worden wäre, den Laden wieder verließ, fiel mir plötzlich die Melodie eines Liedes ein. An den Text erinnerte ich mich nicht mehr, nur noch daran, dass es ein ziemlich trauriger Text war. Ich summte das unbekannte traurige Lied vor mich hin und ging langsam den Hügel hinauf.

So wurde an diesem Abend eilig eine Art Familienkonferenz einberufen. Zu dritt saßen wir beisammen, um eine Schale mit Mandarinen herum, von denen sich aber keiner welche nahm. Ich war so nervös, dass ich ins Stottern geriet, als ich nun wiederholte, was ich zuvor schon in Vaters Imbissladen gesagt hatte. Mama saß ruhig da und hörte zu, dann wandte sie sich an Vater und meinte:

»Der Vertrag ist geschrieben und die Vertragsgebühr bezahlt, wenn wir das jetzt über den Haufen schmeißen, verlangt man von uns doch bestimmt eine Menge Geld für die Vertragskündigung, und mal ganz ehrlich, wäre es überhaupt noch möglich, den Vertrag aufzukündigen?«

»Aber wir müssen den Vertrag doch gar nicht kündigen. Wir sagen natürlich einfach: Wir haben auch erst jetzt dies und das erfahren, das steht alles noch nicht so genau fest, also entscheiden Sie selbst.«

Mama prokelte mit dem Daumennagel am Linoleumfußboden herum, um die so entstandenen unebenen Stellen anschließend gleich wieder plattzudrücken. Die Entscheidung lag nun bei ihr. Immer wenn es in unserem Hause etwas Wichtiges zu entscheiden gab, war es so, dass Vater in ruhigem Ton sagte, was zu sagen war, und auch ich nicht still blieb, am Ende aber merkwürdigerweise doch alle Mamas Urteil folgten. So war es gewesen, als ich mit dem Turnen angefangen hatte, als Vater mit seinem Laden die Geschäftssparte oder den Standort gewechselt hatte und auch als in unserem Haus verschiedene Reparaturen und Renovierungsarbeiten angestanden hatten. Das hieß natürlich nicht, dass Mama mit ihrem Urteil immer ins Schwarze getroffen hätte. Ich denke da beispielsweise an die Sache mit dem Turnen. Oder auch an die Sache mit dem Turnen. Ganz zu schweigen von der Sache mit dem Turnen …

Die Zeit schien nicht gleichmäßig zu vergehen. Manchmal stand sie still, dann zwinkerte Mama plötzlich ein paarmal, und die Zeit eilte wieder voran, dann machte Vater einen langen Seufzer, und wieder kroch die Zeit im Schneckentempo. Ich bekam kaum Luft, es war nicht zum Aushalten. Jedenfalls war ich diejenige gewesen, die das Problem angesprochen hatte, und nun wollte ich nur, dass dieses schreckliche Schweigen schnell ein Ende haben möge. Deshalb äußerte ich nun, ohne dass mich jemand dazu aufgefordert hätte, so etwas wie eine resümierende Schlussbemerkung.

»So bescheiden unser bisheriges Leben auch war, wir haben uns alle drei nie etwas zuschulden kommen lassen, immer tüchtig gearbeitet und nie gehungert. Es wäre doch ein schwaches Bild, wenn wir das jetzt ändern würden, bloß um ein altes Haus zu verkaufen. Dann wären wir schließlich auch nicht besser als die, auf die wir immer geschimpft haben.«

Mama hob den Kopf und sah mich an, sah Vater an, öffnete dann ganz langsam den Mund und sagte:

»Ihr daddelt hier rum.«

Was? Ähm, Mama?

»Was soll das heißen, der hat gelacht, als er den Lauch sah? Was ist das für ein dummes Geschwätz? Wie du gesagt hast: Wir haben uns nie etwas zuschulden kommen lassen und waren immer tüchtig, aber trotzdem mussten wir in so einem Loch leben, nur wegen diesen Halunken, diesen Spekulanten. Das sind ganz miese Kerle. Und tun immer nett und freundlich. Und immer sind wir diejenigen, die einstecken müssen. Aber jetzt nicht mehr. Wenn der Wurm getreten wird, muss er ordentlich zappeln. Bohnenmus mit Bohnenmus, Scheiße mit Scheiße!«

Auge um Auge, Zahn um Zahn? Na, wie auch immer. Nach Mamas unmissverständlicher Entscheidung brachten wir die noch ausstehenden Formalitäten des Hausverkaufs und die Abwicklung des Ladens in Windeseile über die Bühne.

Mit einem Mal war der Winter da. Jeden Tag stürzte die Quecksilbersäule tiefer, und auch unser Umzug fand an einem Wintertag mit eisigen Temperaturen statt. Als der Gasmann am frühen Morgen gekommen war und das Gas abgedreht hatte, wurde es mir wirklich bewusst: Nun würden wir dieses Haus verlassen.

Ich hatte darauf bestanden, eine Umzugsfirma zu beauftragen, aber Vater hatte schließlich einen armseligen Lieferwagen kommen lassen. Für einen im Laufe von mehr als dreißig Jahren angehäuften Hausrat hatte ich mir einen Lieferwagen beim besten Willen nicht vorstellen können, aber alles lief erstaunlich unproblematisch. Die einzigen größeren Möbelstücke waren die beiden Zweierschränke aus dem Schlafzimmer und die Kommode aus meinem Zimmer. Den Schminktisch aus dem Schlafzimmer und den Pinocchio-Schreibtisch, den ich seit der Grundschule benutzt hatte, hatten wir einfach weggeworfen, da sie den Transport wohl ohnehin kaum überlebt hätten. Am Vorabend hatten Mama und ich zusammengesessen und alle Kleider herausgesucht, die wir in den vergangenen fünf Jahren nicht mehr angezogen hatten, und die Hälfte davon kurzerhand entsorgt. So bestand unser Gepäck im Grunde nur aus ein paar Kleiderkartons, wenigen Gegenständen des täglichen Bedarfs und einer Kiste mit Küchenutensilien wie Geschirr und Töpfen. Elektrogeräte wie Kühlschrank, Waschmaschine und Fernseher waren alt und von kleinem Format.

Der Mann, der den Transporter fuhr und uns auch beim Aufladen des Umzuggepäcks behilflich war, gab sich wortkarg und lud nur die Kisten auf, die leicht aussahen. Die schweren Sachen mussten Vater, Mutter und ich alle selbst auf die Ladefläche wuchten. Wenn der Körper sich abmüht, tut dies auch die Seele, und so verschärfte sich ein paarmal unser Umgangston.

»Hör auf, da so herumzuzerren, das kippt sonst noch um!«

»Nun fass doch mal mit an! Nicht nur die Hand drauflegen, du sollst das Ding hochheben, Mann!«

»Na los! Schieben! Hast du nicht gefrühstückt, oder was?«

Vater, der sonst kaum einmal die Stimme erhob, brüllte ordentlich herum. Tja, hätte er mal den Umzugsservice kommen lassen. Armselig bis auf die Knochen ... Diese Angewohnheit, ohne Rücksicht auf die Qualität partout das Billigste zu wählen. Selbst wenn wir eine Milliarde, ach was, zehn Milliarden Won im Lotto gewonnen hätten – einfach mal richtig schön essen gehen wäre vermutlich trotzdem nicht drin gewesen. Ganz gleich, ob wir so verzagt geworden waren, weil wir arm waren, oder ob wir glaubten, dass wir unserer Armut – hipp, hipp, hurra! – entkommen könnten, wenn wir so verzagt lebten.

Ein letztes Mal sahen wir uns um, ob wir auch nichts vergessen hatten, auch wenn es im Grunde nicht schade drum gewesen wäre. Beim Hinaustragen des Gepäcks hatten wir die Schuhe angelassen, so dass jetzt ein schwindelerregendes Muster aus Schuhsohlenabdrücken den Linoneumboden zierte. Nun, da sämtliches Gepäck draußen war, sah die Wohnung noch kleiner aus. Hier hatten wir zu dritt gewohnt. Mein altes Zimmer, eng, langgestreckt, mit trapezförmigem Grundriss, kam mir fremd vor. Die Kommode, darauf die Decken, dann der Schreibtisch, der Stuhl und ich – all das hatte hier hineingepasst. Und hier hatte ich gelebt. Und war aufgewachsen. Ich.

Der Wind rüttelte am geöffneten Fenster.

»So geht noch die Scheibe kaputt.«

Vater schloss das Fenster und dann die verschiedenen Zimmertüren. Und so, wie wir es immer getan hatten, wenn wir das Haus für längere Zeit verlassen hatten, sah er in alle Ecken, machte noch ein wenig Ordnung und schloss die Türen ab. Mama öffnete noch einmal den Schrank unter der Spüle und wischte den Staub mit der Hand vom Boden. Als wir schließlich draußen waren und das Eingangstor hinter uns verriegelt hatten, entfuhr mir ein langer Seufzer. Hierhin würde ich mich nicht zurücksehnen. Die dreißig Jahre, die ich hier verbracht hatte, waren ein für alle Mal genug. Es gab nichts zu bedauern. Nichts zu bedauern. Wirklich nichts zu bedauern.

Wir gingen zum Immobilienbüro, um das restliche Geld entgegenzunehmen. Der Mann, der so freundlich gelacht hatte, als es den Lauch vor unserem Haus gesehen hatte, bedachte auch heute jeden Einzelnen von uns mit einem warmherzigen, erwartungsvollen Blick, begrüßte uns freundlich und erkundigte sich nach unserem Wohlbefinden. Ich brachte es nicht fertig, ihm geradewegs in die Augen zu sehen. Mit seinem Smartphone überwies er den Restbetrag, und Vater überprüfte im Büro auf Herrn Yus Computer den Eingang des Geldes auf unserem Konto. Dann hielt er Mama den Stempel hin. Den ominösen Stempel von damals.

»Hier. Stempel du das ab. Du hast es dir so gewünscht. Viel Spaß.«

Mama schmatzte einmal mit den Lippen und nahm den Stempel. Gründlich säuberte sie ihn mit einem Taschentuch und drückte ihn fest in die rote Stempelfarbe. Dann setzte sie ihn unten auf den Quittungsbogen neben die Stelle, wo Vaters Name gedruckt stand, und presste ihn mit beiden Händen auf das Papier. So fest drückte sie, dass zu befürchten stand, das Papier könne reißen, aber dann löste sie ihn langsam wieder ab, und dort stand rot und dick und deutlich Vaters Name. Mama machte ein zufriedenes Gesicht. Der Mann nahm die Zahlungsbestätigung entgegen, wedelte sie ein paarmal hin und her, damit die Stempeltusche trocknete, und lächelte dabei so strahlend, dass sämtliche Oberzähne sichtbar waren.

»Dann ziehen Sie jetzt um, oder? Ich wünsche Ihnen alles Gute in der neuen Wohnung.«

»Äh ja. Ja«, antwortete Vater etwas knapp. Zwar lächelten wir alle, aber ein freudiges Lächeln war es nicht. Es gab einfach kein anderes Mittel, die ganze Sache auf natürliche Weise abzuschließen.

Infolge der morgendlichen Strapazen und weil ich in der Nacht zuvor kaum geschlafen hatte, fielen mir, kaum dass der Transporter abgefahren war, die Augen zu. Als ich sie irgendwann wieder öffnete, sah ich, dass sich draußen vor dem Fenster Reisfelder erstreckten. Dahinter Gewächshäuser, brachliegende Flächen, ein paar kleinere Industrieanlagen und daneben, wie aus dem Nichts, eine Hochhaussiedlung. Unser neues Heim. Die Bauern hatten die Arbeit auf dem Feld beendet und gingen nun, die Ackergeräte bei sich tragend, in ihre Hochhäuser. So sah die Welt also inzwischen aus. Bauern im Hochhaus. Hier war weder richtig Stadt noch richtig Land. Fest stand nur, dass man, wenn man einmal umstieg, mit dem Bus nach Seoul fahren konnte.

Eine 80-Quadratmeter-Wohnung mit drei kleinen Zimmern. Den Namen der Baufirma und der Apartmentmarke hörte ich zwar zum ersten Mal, aber die Wohnung war erst ein paar Jahre alt und dementsprechend sauber. Wir verteilten unser Umzugsgepäck erst einmal im Wohnzimmer, setzten uns auf die Kisten und ließen uns Jjajangmyeon-Nudeln vom Lieferservice bringen. Danach ging Vater eilig los, um verschiedene Dinge beim Immobilienmakler, bei der Registerbehörde, im Bürgerbüro und beim Einwohnermeldeamt zu regeln, während Mama und ich ächzend und ohne ein Wort zu sagen, den Schrank und die Kommode aufstellten und dann begannen, die Kleider einzuräumen. Als das Gepäck weitgehend verstaut war und wir abschließend einmal feucht durchgewischt hatten, ging Mama auf die Veranda und sah aus dem Fenster. Es war der gleiche seltsame Anblick wie der, den ich aus dem Fenster des Lieferwagens gesehen hatte. Reisfelder, Gemüsebeete, Gewächshäuser, Brachland, kleine Industrieanlagen.

»Wo kaufen wir hier denn ein?«, fragte Mama.

»Alle fünf Tage ist Markt«, gab ich wieder, was Vater gesagt hatte. Mama seufzte noch lauter. Aber als sie dann die Töpfe auspackte, um sie ins Küchenregal zu räumen, lächelte sie wieder. Sie schaltete die eingebaute Mikrowelle an, ließ die Abzugshaube über dem Herd laufen, drehte abwechselnd warmes und kaltes Wasser auf und war zufrieden. Dann lief sie, als sei ihr plötzlich ein Gedanke gekommen, ins Bad, sah das Sitzklo und die Badewanne und strahlte übers ganze Gesicht.

»Jetzt nehme ich jeden Tag ein Bad.«

Auch als alles eingeräumt war, war die Wohnung noch immer leer. Natürlich war die neue Wohnung größer als die alte, aber vor allem hatten wir wirklich wenig Gepäck. Im Schlafzimmer war nur der Doppelschrank, in meinem Zimmer nur die Kommode und im Wohnzimmer noch nicht einmal ein Bord, so dass der Fernseher einfach auf dem Boden stand. Ich setzte mich in der Küche auf den eingebauten Esstisch, um den noch keine Stühle standen, und meinte:

»Ein paar Sachen werden wir wohl noch kaufen müssen.«

»Und von welchem Geld?«, kam im gleichen Moment Mamas Zurechtweisung.

»Wir brauchen eine große, flache Pfanne für Pilzeintopf«, sagte ich.

In der kleinen alten Küche, wo es keine Heizung und kein warmes Wasser gab, hatte Mama im Winter, um Reis oder Suppe zu kochen, immer schlotternd an der Spüle gestanden. Wenn ich manchmal darauf hinwies, dass das Gemüse nicht schmecke oder die Suppe zu salzig sei, hatte sie schlechtgelaunt geantwortet, dies liege daran, dass es so kalt sei. Und dass es ihr einfach zuwider sei, im Winter zu kochen, bestimmt werde sie krank, wenn sie so in der Kälte zittern müsse, und wie schön es doch wäre, wenn sie nicht dauernd kochen müsste. Es war klar, dass sie nicht glücklich gewesen war. Und nie das Gefühl gehabt hatte, die Mühe lohne sich.

Solche scheußlichen, kalten Küchen gibt es gewiss unzählige auf dieser Welt. Also, Mama, auch wenn die neue Küche nun warm und sauber ist und warmes Wasser fließt, streng dich beim Kochen nicht zu sehr an. Mach einfach alles so wie bisher.

SZENE IM MONDLICHT

Meine Mutter nahm wirklich jeden Tag ein Bad. Ich legte Bücher auf meinen neuen Fußbodenschreibtisch, saß in meinem Fußbodensessel und las Romane oder Zeitschriften, hörte Radio und schlief dabei ein. Vater saß im sonnigen Wohnzimmer, hatte einen Kalender ausgebreitet und stutzte sich Fuß- und Fingernägel mit dem Nagelknipser. Und Tag für Tag war das Knipp-Knipp des Nagelknipsers zu hören, weil er offenbar immer weiter stutzte und stutzte.

Niemand ging Geld verdienen. Wenn das so weiterginge, wäre es nur eine Frage der Zeit, bis wir alle elendig verhungern würden. Aber wir alle wollten uns ein wenig ausruhen, und so hielt niemand dem anderen seine Untätigkeit vor. Denn wir wussten, dass die Zeit des Faulenzens bald vorbei sein und uns dann nichts anderes übrig bleiben würde, als wieder mitten ins Leben zu springen.

Mama kochte dreimal am Tag schweigend Reis, Suppe und Beilagen. Es gab nur wenige Sorten, doch wechselte die Art der Beilagen und der Suppe beinahe jeden Tag. Woher sie wohl das Geld für die Zutaten nahm? Ich hatte ihr nun schon seit Monaten kein Haushaltsgeld mehr gegeben.

»Mama, habt ihr eigentlich viel Geld für den Notfall beiseitegelegt?«

»Sei ruhig und iss.«

»Wie kommt es denn, dass es jeden Tag neue Beilagen gibt? Wir verdienen doch im Moment nichts.«

»Auf dem Markt kaufe ich immer das, was gerade am billigsten ist.«

»Auf jeden Fall super, Mama. Dir haben wir es zu verdanken, dass wir nicht verhungern.«

Und auch mein Vater wollte ein lobendes Wort einwerfen.

»Das ist es, was Mütter so großartig macht.«

Doch entgegen Vaters Absicht warf Mama plötzlich die Suppenkelle hin und schrie:

»Das ist ja wohl zum Totlachen! Ich koche doch nicht, damit ihr beide nicht verhungert! Sondern, weil ich was essen will. Und ich kümmere mich in einer Tour um das Essen, die Wäsche, das Putzen. Wie wäre es, wenn ihr beiden mal ein bisschen Geld verdienen würdet? Manis Abfindung ist komplett aufgebraucht, und die Sparverträge haben wir auch beide gekündigt. Wenn das so weitergeht, ist der Tank bald leer. Jetzt ist Schluss mit der Faulenzerei! Nach dem Frühstück geht ihr raus. Unbedingt!«

Vater versprach, er werde ein neues Geschäft eröffnen, und sorgte dafür, dass die Kaution, die er für seinen früheren Laden zurückerhalten hatte, dafür bereitstand und von uns nicht einfach verjubelt wurde. Er ging in die Stadt, klapperte Immobilienbüros ab, machte sich mit den Maklern bekannt, sammelte Auskünfte und besuchte auch einige Franchising-Infoveranstaltungen.

Ich durchstöberte Internetseiten mit Stellenanzeigen und schickte meinen Lebenslauf an alle Firmen, die von unserer neuen Wohnung aus ohne Umsteigen direkt mit dem Bus erreichbar waren. Ich bewarb mich als Webdesignerin, Warenlagerverwalterin, Küchenhilfe im Pizzaladen, Installateurin für traditionelle Erdbetten, Vertreterin für eine Keksfirma … Ob ich die geforderte Berufserfahrung und die nötigen Qualifikationen besaß oder nicht – gnadenlos reichte ich überall meinen Lebenslauf ein. Ich wusste nicht genau, was ein Webdesigner eigentlich machte, ein traditionelles Erdbett hatte ich auch noch nie zu Gesicht bekommen, und obwohl ich nur einen Führerschein der Klasse 2 (Automatikgangschaltung) besaß, bewarb ich mich als Lkw-Fahrerin für 5-Tonner. Warum denn auch nicht? Jemanden, der für die Arbeit nicht geeignet wäre, würden die ja ohnehin nicht nehmen.

Auch der neue Sprecher des Anwohnerverbandes in S-dong wurde schließlich verhaftet. Das Viertel schien zu einem Friedhof der Vorsitzenden des Anwohnerverbandes zu werden. Wie Vater von Herrn Yu erfuhr, hatte der Verbandsvorsitzende nicht nur – das sowieso – Bestechungsgeld von der Baufirma bekommen, sondern auch noch verschiedene Geschäftsunterlagen gefälscht und mehrere Hundertmillionen Won Kredit zu privaten Zwecken aufgenommen. Mit dem

Bauunternehmen, das von den Anwohnern ausgewählt worden war, sei es zu Konflikten gekommen, die Firma habe sich von dem Projekt zurückgezogen, und schließlich sei die ganze Sache zum Erliegen gekommen. Nach dem, was Herr Yu erzählte, stand nun möglicherweise tatsächlich die gesamte Stadtteilsanierung vor dem Scheitern.

Ununterbrochen wurden Hochhauswohnungen gebaut, und das ist auch heute nicht anders. Immer wieder sprachen die Leute aufgeregt davon, dass dies nun wirklich die »letzte Gelegenheit« sei, aber seltsamerweise wollte der Preis für die Hochhauswohnungen einfach nicht sinken. Die Summe für die Jeonse-Kaution war schon beinahe so hoch wie der Kaufpreis, reine Mietwohnungen wurden immer seltener, und stattdessen war nun die merkwürdige Form der Halb-Jeonse-Vermietung entstanden, die Bestimmungen für Kreditwürdigkeit wurden verschärft, und die Zahl der Wohnungsverkäufe hatte sich inzwischen halbiert. Der Immobilienmarkt begann, sich aus den spezifisch koreanischen Verhältnissen, wie ich sie gewohnt war, zu lösen. Schwer zu sagen, ob das eine Veränderung zum Besseren war. Es war einfach nicht mehr möglich, irgendwelche Vorhersagen zu treffen. Die Leute in Korea, die ungefähr in meinem Alter waren, ließen sich mittlerweile in drei Gruppen einteilen: diejenigen ohne eigene Wohnung, diejenigen mit Schulden und diejenigen mit reichen Eltern.

Was wohl aus unserem alten Haus geworden war? Aus dem Mann, der den Lauch betrachtet hatte. Aus dem Lauch.

Den Blumentopf hatten wir nicht mitgenommen. Auf dem ruckeligen Lieferwagen wäre er vermutlich zu Bruch gegangen und die Blumenerde überall verschüttet worden, und außerdem hatten wir mit dem übrigen Umzugskrempel schon genug um die Ohren gehabt. Eigentlich aber hatten wir uns gedacht, dass es das Beste wäre, wenn er einfach dort an seinem alten Platz bliebe. Seitdem war es einmal sehr kalt geworden, es hatte zweimal geschneit und auch mehrmals geregnet. Das frische Grün war vermutlich inzwischen einer traurigen Blässe gewichen. Einem unansehnlichen Gelb. Und auch von seinem würzigen, scharfen, stechenden Geschmack war nun sicher nichts mehr übrig. Er war erfroren oder vertrocknet, jedenfalls nicht mehr am Leben.

Von einem in der Stadt gelegenen Anwaltsbüro für Arbeitsrecht erhielt ich die Einladung zu einem Vorstellungsgespräch. Es ging wohl um eine Stelle als Bürogehilfin, aber wie die Ausschreibung im Einzelnen ausgesehen hatte, wusste ich nicht mehr. Der Angestellte, der mich anrief, fragte mich danach, wie viel Gehalt ich bei meiner früheren Firma bekommen und welchen Dienstrang ich besessen hätte, Fragen, für die auch im Bewerbungsgespräch noch Zeit gewesen wäre. Ich antwortete ehrlich. Einen Augenblick lang herrschte Stille, vielleicht weil er sich meine Antworten notierte, dann meinte er lachend, dass ich ja immerhin rund zehn Jahre angestellt gewesen sei, wobei mir nicht klar war, worauf er damit hinauswollte. Berufserfahrung. Bei dem Gedanken, dass meine zehn Jahre Berufserfahrung ja durchaus etwas waren, bekam ich – ganz gleich, ob ich tatsächlich eingestellt würde oder nicht – gute Laune.

Spät in der Nacht wachte ich auf, vielleicht vor Aufregung wegen des bevorstehenden Bewerbungsgesprächs. Es war schon nach drei Uhr. Ich trat ins Wohnzimmer, um zur Toilette zu gehen. Durch das gardinenlose Fenster fiel der Schein des Mondes. Dass der Mond eine so rote Farbe haben konnte. Wie kam es, dass es in dieser Nacht in Seoul trotz der überall flackernden Neonreklamen so dunkel war? Ich ging zum Verandafenster und sah gedankenverloren nach draußen. Da hörte ich hinter mir ein dumpf polterndes Geräusch. Vielleicht war jemand aufgewacht. Ich drehte mich um.

Dort im Mondlicht, das sich langgestreckt über den Wohnzimmerboden ergoss, sah ich mich selbst. Neun Jahre alt, im Aerobicdress, auf und ab hüpfend. Die Füße sauber geschlossen, auf der Stelle, auf und ab. Zehn Jahre alt, im weißen, am Hintern von rotem Blut durchtränkten Turnanzug, die Hüfte gebeugt, die Hände auf den Boden gestützt, vor Anstrengung ächzend. Auch nachdem ich mit dem Turnen aufgehört hatte, auch nachdem ich aus der Firma entlassen worden war, auch nachdem ich meine Heimat verlassen hatte, auch nach einigen größeren und kleineren Rückziehern, Misserfolgen und Abfuhren war das Leben weitergegangen. Das Leben hatte nicht einfach aufgehört wie ein Roman oder ein Film, ich hatte die endlos lange Zeit, die vor mir lag, nicht einfach überspringen oder wegwerfen können, sondern sie, Minute für Minute, Sekunde für Sekunde, durchleben müssen. Und dies würde ich auch weiterhin tun müssen. Aus kleinen Handlungen entsteht das Leben, aus vielen Leben entsteht die Welt.

Ernste Gesichter, entschlossene Blicke. Niemand ist glücklich, doch auch niemand betrübt. Es leben alle nur fleißig ihr Leben.

ANMERKUNGEN DES ÜBERSETZERS

1. Foto mit dem Gesicht des Verstorbenen, das bei Ahnengedenkritualen oder Trauerfeiern anstelle der ansonsten üblichen hölzernen Totentafel verwendet wird.
2. *Han jibung se gajok* (1986–1994), südkoreanische TV-Serie über den Alltag verschiedener benachbarter Familien.
3. *Apatue* (»Der Hochhausblock«), populärer südkoreanischer Schlager von Yun Su-il aus dem Jahr 1982.
4. Modernes Schauermärchen, das von Ende der 1980er bis Anfang der 1990er Jahre in Südkorea kursierte und sich um eine alte Frau, die »Hongkong-Halmae«, dreht, die bei einem Flugzeugabsturz in Begleitung ihrer Katze ums Leben gekommen sein und seitdem als Geist – halb Mensch, halb Katze – umherspuken und Kinder überfallen soll. Die Geschichte steht im Zusammenhang mit den seinerzeit gehäuft auftretenden Kindesentführungen in den südlichen Seouler Stadtbezirken und diente auch als pädagogisches Mittel, um Kinder zur Vorsicht zu ermahnen.
5. Die Rede ist vom Bombenattentat auf den Korean-Air-Flug 858 am 29. November 1987.
6. Das in Korea allgemein übliche System der Fußbodenheizung (kor. *Ondol*) ist ein Grund dafür, dass ursprünglich auf dem Boden geschlafen und gegessen und auf Mobiliar wie Bett, Stuhl oder Sofa verzichtet wurde.
7. *Nalgae* (»Die Flügel«), Erzählung von Yisang (1936).
8. *Isangui nalgae* (»Die Flügel deiner Träume«), Schlager aus dem Jahr 1986, gesungen von Lee Miki.

9. *Dam-da-di*, gesungen von Lee Sang-eun, aus dem Jahr 1988.
10. Gemeint ist der seinerzeit auch in Korea weithin bekannte Titel *Physical* von Olivia Newton-John (1981). Der für viele Koreaner damals unverständliche englische Text »Let me hear your body talk« wurde scherzhaft verstanden als *Wenirini parittong* (wörtlich in etwa: »Ach du Schreck, Fliegendreck!«), so dass der Song in Korea bis heute unter diesem Mondegreen – und anderen, z.B. *Naembiwie babi ta* (»Da im Topf, der Reis brennt an!«) – bekannt ist.
11. Motiv aus dem koreanischen Dangun-Mythos, der die legendäre Gründung Koreas beschreibt.
12. Die Protagonistin hört hier das Lied *Shock* der Boygroup *Beast* aus dem Jahr 2010.
13. *Kungddari Shabara* der Gruppe *Clon* aus dem Jahr 1996.
14. Japanische Zeichentrickserie aus dem Jahr 1985.
15. Japanische Zeichentrickserie aus dem Jahr 1979.
16. Aus dem Gedicht *Hyangsu* (»Heimweh«) (1927) von Jeong Ji-yong (1902–1950).
17. *Banggwa hu oksang* (»Nach der Schule auf dem Dach«), südkoreanische Kinokomödie von Lee Seok-hoon aus dem Jahr 2006.
18. *Garosu* (»Straßenbaum«) und *Byeoruksijang* (»Flohmarkt«): kostenlose Zeitungen, überwiegend mit Inseraten.
19. In Südkorea verbreitetes Mietsystem. Statt Monatsmieten zahlt der Mieter dem Wohnungsbesitzer beim Einzug ein Darlehen, das *Jeonse*, das er beim Auszug komplett zurückerhält.
20. Der berühmte Beginn des *Hunminjeongeum*, mit dem König Sejong im Jahr 1443 das koreanische Alphabet Hangeul einführte.
21. Traditionelles Erscheinungsbild der koreanischen Braut bei der Hochzeit.
22. Zitat aus dem Film *Nado anaega isseosseumyeon joketda* (I wish I had a wife) (2001) von Park Heung-sik.

23. Kohlemine im Landkreis Gyeongheung (früher Eundeok) in der nordkoreanischen Provinz Nord-Hamgyeong.
24. *Ttorijanggun* (»General Ttori«), antikommunistischer südkoreanischer Zeichentrickfilm aus dem Jahr 1978.

»Miss Kim weiß Bescheid« versammelt die Leben von acht koreanischen Frauen im Alter von 10 und 80 Jahren. Jede einzelne dieser stellvertretenden Frauenbiografien wird vor einem aktuellen gesellschaftlichen Thema in Korea verhandelt: das heimliche Filmen von Frauen in der Öffentlichkeit, Hatespeech und Cybermobbing auf Social-Media-Plattformen, häusliche Gewalt, Gaslighting, weibliche Identität im Alter und die Ungleichbehandlung am Arbeitsplatz. Die unterschiedlichen Schicksale sind nicht annähernd so weit von uns weg, wie wir meinen und hoffen.

Leseproben und mehr unter www.kiwi-verlag.de

Kiepenheuer & Witsch